MIJN KWELLING

ROMANTIEK MET EEN DUISTER TINTJE

ANNA ZAIRES

♠ MOZAIKA PUBLICATIONS ♠

Copyright © 2020 Anna Zaires
www.annazaires.com/book-series/nederlands/

Uitgegeven door Mozaika Publications, onderdeel van Mozaika LLC.
www.mozaikallc.com

Ontwerp cover: Najla Qamber Designs
www.najlaqamberdesigns.com

Vertaling: TextStress

ISBN: 978-1-63142-549-3
Print ISBN-13: 978-1-63142-550-9

DEEL I

VIJF JAAR GELEDEN, DE NOORDELIJKE KAUKASUS

eter

'PAPA!' HET HOGE GILLETJE WORDT GEVOLGD DOOR HET gestamp van kleine voetjes en mijn zoontje schiet door de deuropening. Zijn donkere krullen dansen rond zijn stralende gezichtje.

Lachend vang ik zijn kleine, stevige lichaampje op als hij zich letterlijk op me werpt. 'Heb je me gemist, *pupsik?*'

'Ja!'

Hij slaat zijn korte armpjes om mijn nek en ik snuif zijn zoete kindergeur diep op. Hoewel Pasha bijna drie is, ruikt hij nog altijd naar melk, de geur van gezonde baby en kinderlijke onschuld.

Ik houd hem stevig vast en voel de kilte in mijn binnenste wegsmelten door een zachte, felle warmte die zich door mijn borst verspreidt. Ik ervaar een pijn zoals wanneer je met ijskoude voeten in een heet bad stapt, maar het is een goede pijn. Het is een pijn die ervoor zorgt dat ik me levend voel; een pijn die de scheuren in mijn binnenste opvult tot ik bijna geloof dat ik een volwaardig mens ben dat de liefde van zijn zoon verdient.

'Hij heeft je gemist,' zegt Tamila terwijl ze de hal in loopt. Zoals altijd beweegt ze zich stilletjes, haast geruisloos voort. Haar blik is op de grond gericht.

Ze kijkt me niet direct aan. Van jongs af aan is haar geleerd geen oogcontact te maken met mannen, dus het enige wat ik zie, zijn haar lange wimpers. Haar blik blijft op de vloer gericht. Ze draagt de traditionele hoofddoek die haar lange, donkere haar aan het zicht onttrekt en haar grijze jurk is lang en vormeloos. Desondanks is ze nog altijd mooi, net zo mooi als drieënhalf jaar geleden toen ze bij mij in bed kroop om aan een huwelijk met haar dorpsoudste te ontkomen.

'En ik heb jullie allebei gemist,' zeg ik. Mijn zoon duwt tegen mijn schouders, een teken dat hij op de grond gezet wil worden. Met een grijns zet ik hem neer. Meteen begint hij aan mijn hand te trekken.

'Papa, wil je mijn vrachtwagen zien? Toe, papa?'

'Jazeker.' Mijn grijns verbreedt zich als hij me richting de woonkamer meetrekt. 'Wat voor vrachtwagen is het?'

'Een grote!'

'Oké, die wil ik wel zien.'

Tamila komt achter ons aan en ik realiseer me dat

ik nog niets tegen haar heb gezegd. Ik blijf staan en draai me om zodat ik mijn vrouw aan kan kijken. 'Hoe is het met jou?'

Ze gluurt door haar wimpers naar me op. 'Goed. Ik ben blij je te zien.'

'Ik ben ook blij jou weer te zien.' Ik wil haar kussen, maar omdat ik weet dat ze zich schaamt als ik dat doe waar Pasha bij is, laat ik het. In plaats daarvan strijk ik zacht met een hand over haar wang en ga dan met Pasha mee naar zijn vrachtwagen kijken. Het blijkt degene te zijn die ik hem drie weken geleden vanuit Moskou toegestuurd heb.

Trots laat hij alles zien wat de wagen kan. Ik ga op mijn hurken naast hem zitten en kijk naar zijn levendige gezichtje. Hij heeft Tamila's donkere, exotische schoonheid, tot aan zijn lange wimpers aan toe, maar ik zie zeker ook iets van mezelf in hem, ook al kan ik niet precies aanwijzen wat.

'Hij heeft jouw onbevreesdheid,' zegt Tamila, die op haar knieën naast me komt zitten. 'En ik denk dat hij net zo lang wordt als jij, al is dat nu nog moeilijk te zeggen.'

Ik werp een blik op haar. Dat doet ze vaker: me zo nauwkeurig observeren dat het lijkt alsof ze mijn gedachten kan lezen. Aan de andere kant is het niet zo moeilijk te raden wat ik denk. Ik heb nog voor Pasha's geboorte een vaderschapstest laten doen.

'Papa, papa.' Mijn zoon trekt weer aan mijn hand. 'Kom spelen.'

Lachend geef ik hem weer mijn aandacht.

In het uur dat volgt, spelen we met de vrachtwagen en allerlei andere soorten auto's. Pasha is verzot op auto's, van ambulances tot racewagens. Wat ik ook voor hem koop, hij speelt alleen met het speelgoed dat wielen heeft. Na het spelen gaan we eten en daarna doet Tamila Pasha in bad voor hij naar bed gaat.

Ik zie dat er een scheur in de badkuip zit en prent me in een nieuwe te bestellen. Het kleine dorp Daryevo ligt hoog in het Kaukasus-gebergte en is moeilijk te bereiken, dus een gewone levering is niet mogelijk. Maar ik heb zo mijn manieren om dingen hier te krijgen. Als ik aan Tamila voorleg wat ik van plan ben, vliegen haar wimpers omhoog en werpt ze me een zeldzame directe blik toe, evenals een brede glimlach.

'Dat zou heel fijn zijn, dank je wel. Ik moet bijna elke avond de vloer dweilen.'

Ik glimlach terug en ze haalt Pasha uit bad. Als hij afgedroogd is en zijn pyjama aanheeft, draag ik hem naar bed en lees voor uit zijn lievelingsboek. Hij valt vrijwel meteen in slaap en ik druk een kus op zijn gladde voorhoofd.

Een krachtige emotie welt op in mijn hart. Het is liefde. Ik herken het, hoewel ik het nooit eerder heb ervaren – hoewel een man als ik het recht niet heeft liefde te voelen. In dit kleine dorp in Dagestan doet het er niet toe wat ik gedaan heb. Als ik bij mijn zoon ben, voel ik het bloed aan mijn handen niet.

Voorzichtig, zodat ik Pasha niet wek, sta ik op en loop zijn kleine slaapkamer uit. Tamila wacht op me in onze slaapkamer, dus kleed ik me uit en voeg me bij haar in bed, haar zo teder beminnend als ik kan.

Morgen moet ik mijn lelijke wereld weer onder ogen komen, maar vanavond ben ik gelukkig. Vanavond kan ik liefhebben en geliefd worden.

~

'Niet weggaan, papa.' Pasha's kin trilt. Tamila heeft hem een paar weken geleden verteld dat grote jongens niet huilen en hij doet zijn uiterste best om een grote jongen te zijn. 'Alsjeblieft, papa. Blijf nou thuis.'

'Over een paar weken ben ik weer terug,' beloof ik als ik op mijn hurken voor hem ben gaan zitten. 'Ik moet gaan werken, weet je.'

'Je moet altijd werken.' Zijn kin begint nog harder te trillen en de tranen staan in zijn donkerbruine ogen. 'Waarom mag ik niet mee naar je werk?'

Ik zie ineens weer de terrorist voor me die ik vorige week heb gemarteld en het kost me de grootste moeite om mijn stem niet te laten trillen als ik zeg: 'Het spijt me, Pashen'ka. Mijn werk is niet voor kinderen.' Of volwassenen, maar dat voeg ik er maar niet aan toe. Tamila weet wel iets van mijn werk bij de speciale eenheid van de Spetsnaz, de Russische commando's, maar ook zij heeft geen idee van de duistere werkelijkheid van mijn dagelijkse bestaan.

'Maar ik ben heel lief.' Hij is nu volop aan het huilen. 'Ik beloof het, papa. Ik ben heel lief.'

'Dat weet ik.' Ik trek hem tegen me aan en houd

hem stevig vast. Zijn kleine lichaam schokt van de snikken. 'Jij bent mijn lieve jongen. Zul je goed voor mama zorgen terwijl ik weg ben? Je bent een grote jongen, dus pas goed op haar.'

Dat was blijkbaar wat hij moest horen, want hij haalt diep adem en maakt zich van me los. 'Dat doe ik.' Het snot loopt uit zijn neus en zijn wangen zijn betraand, maar zijn kleine kin staat vastberaden als hij me aankijkt. 'Ik beloof dat ik voor mama zal zorgen.'

'Hij is heel slim,' zegt Tamila. Ze knielt naast me en trekt Pasha in haar armen. 'Het lijkt wel of hij bijna vijf is in plaats van bijna drie.'

'Dat weet ik.' Mijn borst lijkt op te zwellen van trots. 'Hij is geweldig.'

Ze glimlacht en werpt me opnieuw zo'n zeldzame directe blik toe. Haar bruine ogen zijn precies die van Pasha. 'Pas goed op jezelf en kom snel terug, goed?'

'Dat doe ik.' Ik leun naar voren druk een kus op haar voorhoofd, waarna ik een hand door Pasha's zijdezachte haren haal. 'Ik ben terug voor jullie er erg in hebben.'

~

IK BEN IN GROZNY, TSJETSJENIË, OP JACHT NAAR EEN nieuwe radicale rebellenbeweging, als ik het nieuws te horen krijg.

Ivan Polonsky, mijn leidinggevende uit Moskou, is het die belt. 'Peter.' Zijn stem klinkt ongewoon ernstig. 'Er was een incident in Daryevo.'

Mijn binnenste verkilt. 'Wat voor incident?'

'Er vond een operatie plaats waar wij niets van wisten. De NAVO was erbij betrokken. Er zijn... doden gevallen.'

Het ijs in mijn binnenste verspreidt zich met scherpe punten die me lijken te verscheuren. Het kost me enorme moeite mijn volgende woorden uit mijn dichtgeknepen keel te persen. 'Tamila en Pasha?'

'Ik vind het heel erg, Peter. Er zijn burgers omgekomen bij het kruisvuur en...' – hij slikt hoorbaar – '...ik heb begrepen dat Tamila een van hen is.'

Mijn vingers knijpen de telefoon bijna fijn. 'En Pasha?'

'Dat weten we nog niet. Er waren meerdere explosies en...'

'Ik kom eraan.'

'Peter, wacht...'

Ik hang op en snel de deur uit.

ALSJEBLIEFT, LAAT HEM NOG LEVEN. ALSJEBLIEFT, LAAT HEM nog leven. Alsjeblieft, ik zal alles doen, als hij nog maar leeft.

Ik ben nooit een gelovig man geweest, maar tijdens de vlucht met de militaire helikopter ben ik aan het bidden, smekend en onderhandelend met wie of wat zich daarboven ook bevindt voor een klein wonder, een klein teken van genade. Een kinderleven is betekenisloos in het grote geheel, maar voor mij betekent het alles. Mijn zoon is mijn leven, het middelpunt van mijn hele wereld.

Het geraas van de rotorbladen is oorverdovend, maar niets vergeleken bij het rumoer in mijn hoofd. Ik krijg geen adem; mijn woede en angst lijken me van binnenuit te verstikken. Ik weet niet hoe Tamila gestorven is, maar ik heb genoeg lichamen gezien om me haar lichaam precies voor de geest te halen: haar prachtige ogen leeg en nietsziend, haar mond slap en bedekt met bloed. En Pasha... Nee, daar mag ik nu niet aan denken. Niet tot ik het zeker weet.

Dit had niet moeten gebeuren. Daryevo bevindt zich totaal niet in de buurt van de mogelijke brandhaarden in Dagestan. Het is een klein, vredig dorp zonder banden met rebellengroeperingen. Ze hadden daar veilig moeten zijn, ver van mijn gewelddadige wereld verwijderd.

Alsjeblieft, laat hem nog leven. Alsjeblieft, laat hem nog leven.

De vlucht lijkt eeuwig te duren, maar uiteindelijk breken we door de wolken heen en zie ik het dorp liggen. Mijn keel knijpt dicht en even krijg ik geen adem meer. Dikke rookpluimen rijzen op uit meerdere gebouwen in het centrum van het dorp. Overal lopen gewapende soldaten rond.

Zodra de heli de grond raakt, spring ik eruit.

'Peter, wacht. Je moet toestemming hebben,' roept de piloot.

Maar ik ben al onderweg, mensen ongeduldig opzij duwend. Een jonge soldaat verspert me de weg, maar ik ruk zijn M16 uit zijn handen en richt de loop op hem. 'Breng me naar de lichamen. Nu.' Ik weet niet of het aan het wapen of aan mijn toon ligt, maar de soldaat doet wat ik vraag: hij snelt richting een schuur aan het andere einde van de straat. Ik volg hem. Adrenaline raast als een giftig mengsel door mijn aderen.

Alsjeblieft, laat hem nog leven. Alsjeblieft, laat hem nog leven.

Naast de schuur liggen lichamen, sommigen netjes neergelegd en anderen in hoopjes op het met sneeuw besprenkelde gras. Verder is er niemand te zien; de soldaten moeten de inwoners gezegd hebben afstand te bewaren. Sommige doden herken ik meteen: de dorpsoudste aan wie Tamila uitgehuwelijkt zou worden, de vrouw van de bakker, een man van wie ik een keer geitenmelk heb gekocht... Maar anderen herken ik niet, ofwel vanwege hun wonden, ofwel omdat ik niet veel tijd heb doorgebracht in het dorp. Om eerlijk te zijn, heb ik hier nauwelijks tijd doorgebracht.

En nu is mijn vrouw dood.

Ik hard mezelf en kniel naast het slanke lichaam van een vrouw. De M16 leg ik in het gras en ik schuif de hoofddoek voor haar gezicht weg. Een kogel heeft een deel van haar gezicht weggeblazen, maar ik kan genoeg van haar trekken zien om te weten dat het niet Tamila is.

Daarom ga ik naar de volgende vrouw, een lichaam met meerdere kogelgaten in haar borst. Het is Tamila's tante, een verlegen vrouw van in de vijftig met wie ik de afgelopen drie jaar nog geen vijf woorden heb gewisseld. Voor haar – en de rest van Tamila's familie – ben ik altijd een vreemdeling geweest, een griezelige buitenstaander uit een andere wereld. Ze begrepen niet waarom Tamila ervoor koos om met mij te trouwen; ze keurden haar besluit zelfs af. Maar daar gaf Tamila niets om.

Ze was altijd al zo zelfstandig.

Mijn oog valt op nog een vrouwelijk lichaam. De vrouw ligt op haar zij, maar de zachte ronding van haar schouder komt me pijnlijk bekend voor. Mijn hand trilt als ik haar omdraai. Een withete pijn raast door me heen als mijn blik op haar gezicht valt.

Tamila's mond hangt even slap als ik me al voorstelde, maar er is geen sprake van een lege blik. Haar ogen zijn gesloten; haar lange wimpers zijn verbrand en bloed heeft haar ogen aan elkaar gekleefd. Meer bloed bedekt haar borst en armen, waardoor haar grijze jurk bijna zwart lijkt.

Mijn vrouw, de mooie jonge vrouw die de moed had haar eigen lot te kiezen, is dood. Ze is gestorven zonder ooit haar dorp te verlaten, zonder Moskou te zien, zoals ze zo graag wilde. Haar leven is uitgedoofd voor ze de kans kreeg om te leven en dat is mijn schuld. Ik had hier moeten zijn; ik had haar en Pasha moeten beschermen. Verdomme, ik had van deze operatie moeten weten. Niemand had hier mogen komen zonder dat mijn team me dat doorgaf.

Razernij welt in me op, vermengd met een

kwellende pijn en scherp schuldgevoel, maar ik duw alles weg en dwing mezelf om verder te zoeken. In de rij liggen alleen de lichamen van volwassenen, maar er is ook die stapel nog.

Alsjeblieft, laat hem nog leven. Ik zal alles doen, als hij nog maar leeft.

Als ik naar de stapel loop, voelen mijn benen aan als afgebrande luciferhoutjes. Het is een stapel vol losse ledematen en zwaar verminkte lichamen die nauwelijks nog herkenbaar zijn. Dit moeten de slachtoffers van de explosies zijn.

Ik werk me erdoorheen en leg ieder lichaamsdeel opzij. De geur van oud bloed en verbrand vlees hangt zwaar in de lucht. Een normaal mens zou inmiddels over zijn nek zijn gegaan, maar ik ben nooit normaal geweest.

Alsjeblieft, laat hem nog leven.

'Peter, wacht. Er is een speciale taakeenheid onderweg en ze willen niet dat we aan de lichamen komen.' De piloot, Anton Rezov, komt van achter de schuur naar me toe gelopen.

Al jarenlang werken we samen en ik beschouw hem als een goede vriend, maar als hij me tegen probeert te houden, vermoord ik hem. Zonder iets te zeggen, ga ik door met mijn gruwelijke taak, methodisch ieder ledemaat en verbrand torso in ogenschouw nemend voor ik ze opzijleg. De meeste lichaamsdelen lijken van volwassenen te komen, al kom ik ook wat stukken tegen die kleiner zijn. Maar ze zijn te groot om van Pasha te zijn en ik ben egoïstisch genoeg om daar opluchting over te voelen. Maar dan zie ik het.

'Peter, heb je me gehoord? Dit mag nog niet.'

Anton reikt naar mijn arm, maar voor hij me heeft aangeraakt, draai ik me om. Mijn hand balt zich automatisch tot een vuist. Die raakt zijn kaak en hij wankelt naar achteren. Zijn ogen rollen weg. Ik kijk niet eens toe hoe hij valt; ik ben alweer bezig me een weg door de stapel lichamen te graven, op zoek naar de kleine hand waar mijn blik zojuist op viel.

Een kleine hand die om een kapotte speelgoedauto geklemd is.

Alsjeblieft, alsjeblieft, alsjeblieft. Laat ik me alsjeblieft vergissen. Alsjeblieft, laat hem nog leven. Alsjeblieft, laat hem nog leven.

Ik werk als een bezetene door, alles gericht op die ene hand. Sommige van de bovenste lichamen zijn nagenoeg intact, maar ik voel hun gewicht niet eens als ik ze opzij duw. Ik voel de pijn in mijn spieren niet, ruik de misselijkmakende stank van gewelddadige dood niet. Ik buk en gooi tot overal om me heen lichaamsdelen liggen en ik onder het bloed zit. Ik ga door tot het kleine lichaam in zijn geheel bevrijd is – tot er geen enkele twijfel meer is.

Bevend zak ik door mijn knieën als mijn benen weigeren mijn gewicht nog langer te dragen.

Als door een wonder is de rechterkant van Pasha's gezicht intact; zijn gladde jonge huid heeft zelfs geen krasje. Een van zijn ogen is gesloten en zijn kleine mond staat iets open. Als hij net als Tamila op zijn zij had gelegen, zou het geleken hebben of hij gewoon sliep. Maar hij ligt niet op zijn zij, dus zie ik het gapende gat waar de explosie zijn halve schedel heeft weggeslagen. Zijn linkerarm is afgerukt, net als zijn linkeronderbeen. Maar zijn rechterarm is onbeschadigd en zijn vingers zijn nog altijd om het autootje geklemd.

In de verte hoor ik een brul, een waanzinnig, gebroken geluid vol onmenselijke razernij. Pas als ik het kleine lichaam tegen mijn borst druk, besef ik dat het geluid van mij komt. Mijn mond sluit zich, maar ik kan niet ophouden met hem wiegen. Met hem omhelzen.

Ik weet niet hoelang ik daar blijf zitten, het lichaam van mijn zoon in mijn armen, maar het is al donker als de soldaten van de speciale taakeenheid me meenemen. Ik verzet me niet. Dat heeft toch geen zin. Mijn zoon is dood, zijn heldere licht gedoofd voor het de kans kreeg om te stralen. 'Het spijt me,' fluister ik terwijl ze me wegslepen.

Bij iedere meter die ons scheidt, voel ik de kilte in mijn binnenste toenemen en de laatste restjes menselijkheid in mijn ziel wegsterven. Er zijn geen smeekbedes meer, geen onderhandelingen met wie of wat dan ook. Ik heb geen hoop meer, geen warmte en geen liefde. Ik kan de klok niet terugdraaien en mijn zoon langer vasthouden. Ik kan niet blijven, zoals hij me vroeg. Ik kan niet volgend jaar met Tamila naar Moskou, zoals ik haar beloofd had. Ik kan nog maar één ding doen voor mijn vrouw en zoon en dat is de reden dat ik zal blijven leven.

Ik zal hun moordenaars laten boeten. Stuk voor stuk. Ze zullen voor deze massamoord met hun levens betalen.

2

VERENIGDE STATEN VAN AMERIKA, HEDEN

*S*ara

'WEET JE ZEKER DAT JE NIET MEEGAAT IETS DRINKEN MET
MIJ EN DE MEIDEN?' vraagt Marsha terwijl ze naar mijn
kluisje loopt. Ze heeft haar verpleegsteruniform
verwisseld voor een sexy jurkje. Met haar rode
lippenstift en flamboyante blonde krullen ziet ze eruit
als een oudere versie van Marilyn Monroe – en ze
houdt ook net zo van feestjes.

'Nee, bedankt. Ik kan niet.' Ik glimlach om minder
hard over te komen. 'Het is een lange dag geweest. Ik
ben kapot.'

Ze rolt met haar ogen. 'Natuurlijk ben je dat.
Wanneer ben je dat niet?'

'Dat krijg je van dit werk.'

'Wel als je het negentig uur per week doet. Als ik

niet beter wist, zou ik nog denken dat je jezelf dood probeert te werken. Je bent niet langer coschappen aan het lopen, hè? Je hoeft dit allemaal niet te pikken.'

Met een zucht pak ik mijn tas. 'Iemand moet toch op oproep beschikbaar zijn.'

'Ja, maar jij hoeft dat niet altijd te doen. Het is vrijdagavond. Je hebt de afgelopen maand ieder weekend gewerkt en al die nachtdiensten gedraaid. Ik weet dat je de jongste arts in het team bent, maar...'

'Ik vind die nachtdiensten niet erg,' onderbreek ik haar. Ik loop naar de spiegel. Mijn mascara heeft me donkere vegen onder mijn ogen bezorgd. Met een nat papiertje veeg ik ze weg. Weliswaar zie ik er niet heel veel beter uit, maar ik ga toch naar huis. Wat maakt het uit?

'Want je slaapt toch niet,' zegt Marsha.

Ze komt achter me staan en ik zet me schrap, want ik weet wat ze nu gaat zeggen. Hoewel ze zo'n vijftien jaar ouder is, is Marsha mijn beste vriendin hier in het ziekenhuis. Haar bezorgdheid steekt ze echter niet onder stoelen of banken. 'Alsjeblieft, Marsha. Ik ben hier echt te moe voor,' zeg ik terwijl ik mijn krullende haar in een staart probeer te doen. Ik heb geen preek nodig om te weten dat ik mezelf aan het uitputten ben. In de spiegel zie ik dat mijn bruine ogen dof en vermoeid staan. Ik voel me eerder zestig in plaats van achtentwintig.

'Ja, omdat je overwerkt bent en slaapgebrek hebt.' Ze slaat haar armen over elkaar. 'Ik weet dat je afleiding nodig hebt na alles met George, maar...'

'Maar niets.' Ik draai me om en werp haar een strenge blik toe. 'Ik wil het niet over George hebben.'

'Sara...' Ze fronst. 'Je moet echt ophouden jezelf daarvoor te straffen. Het was jouw schuld niet. Hij koos ervoor in de auto te stappen; het was zíjn beslissing.'

Mijn keel knijpt dicht en mijn ogen beginnen te branden. Tot mijn afschuw sta ik op het punt om in tranen uit te barsten. Snel wend ik me af zodat ik een beetje grip op mezelf kan krijgen. Helaas kan ik nergens heen; de spiegel voor me weerspiegelt al mijn gevoelens.

'Het spijt me, liefje. Ik ben een ongevoelige trut. Dat had ik niet moeten zeggen.' Marsha kijkt oprecht schuldbewust en knijpt zachtjes in mijn arm.

Ik haal diep adem en keek haar weer aan. Ik ben ook gewoon uitgeput, wat de emoties die me toch al dreigen te overweldigen alleen maar versterkt. 'Het is niet erg.' Ik dwing mezelf te glimlachen. 'Echt niet. Ga maar gauw, de meiden wachten vast al op je.' En ik moet naar huis voor ik en plein publiek in tranen uitbarst, wat echt het toppunt van vernedering zou zijn.

'Oké, liefje.' Marsha glimlacht terug, maar ik zie ook medelijden in haar blik. 'Zorg dat je wat slaap krijgt dit weekend, ja? Beloof me dat.'

'Jazeker... mam.'

Ze rolt met haar ogen. 'Ja, ja, ik snap het al. Ik zie je maandag.' Ze loopt de kleedruimte uit.

Ik wacht even, anders kom ik in de lift ook haar

vriendinnen nog tegen. Ik heb voor vandaag meer dan genoeg medelijden gezien.

~

IN DE PARKEERGARAGE VAN HET ZIEKENHUIS PAK IK UIT GEWOONTE MIJN TELEFOON. Mijn hart slaat over als ik een berichtje van een geblokkeerd nummer zie. Ik blijf staan en veeg met een bevende vinger over het scherm.

Alles goed, maar we moeten je bezoek dit weekend uitstellen, meldt het bericht. *Dubbele afspraken.*

Mijn adem ontsnapt in een zucht van opluchting en meteen voel ik een vlaag van schuldgevoel. Ik zou niet opgelucht moeten zijn. Ik zou deze bezoekjes moeten willen, in plaats van ze als een onprettige verplichting beschouwen. Maar ik kan er niets aan doen dat het zo voelt. Iedere keer als ik bij George op bezoek kom, roept dat de herinneringen aan die avond op en slaap ik nachtenlang niet. Als Marsha nu al vindt dat ik slaapgebrek heb, dan zou ze me eens een paar dagen na zo'n bezoekje moeten zien.

Ik steek de telefoon weer in mijn tas en loop naar mijn auto. Ik heb al vijf jaar dezelfde Toyota Camry. Nu ik mijn studieschuld heb afbetaald en wat geld heb gespaard, zou ik een nieuwe auto kunnen kopen, maar waarom zou ik? George was degene die van auto's hield, niet ik.

Een bekende, scherpe pijn snijdt door me heen en ik weet dat het door dat berichtje komt. En door het gesprek met Marsha. De laatste tijd zijn er zelfs dagen geweest waarin ik niet aan het ongeluk heb gedacht en gewoon mijn leven heb geleid zonder dat overweldigende schuldgevoel, maar vandaag is niet zo'n dag.

Hij was volwassen, breng ik mezelf in herinnering. Dat zegt iedereen. *Hij koos ervoor in de auto te stappen.*

Rationeel gezien weet ik dat het waar is, maar hoe vaak ik het ook hoor, ik geloof het niet. In mijn hoofd blijft zich maar hetzelfde riedeltje afspelen van die avond en hoe hard ik mijn best ook doe, ik kan het niet stoppen.

Genoeg, Sara. Concentreer je op de weg.

Ik haal diep adem en rij weg. Het is veertig minuten rijden van het ziekenhuis naar huis en dat zijn me er op dit moment veertig te veel. Mijn buik begint pijn te doen en ik besef dat een deel van de reden dat ik zo emotioneel ben, is omdat ik ongesteld moet worden. Als gynaecoloog weet ik beter dan wie ook hoe krachtig het effect van hormonen kan zijn. PMS gecombineerd met lange dagen en herinneringen aan George... Het is een wonder dat ik nog droge ogen heb. Dat is het gewoon. Ik ben moe en hormonaal. Eenmaal thuis gaat het vast stukken beter met me.

Ik zet de radio aan, kies een zender met popliedjes uit de jaren 90 en begin mee te zingen met Britney Spears. Het is niet echt goede muziek, maar het is wel vrolijk en dat is precies wat ik nu nodig heb. Ik weiger in te storten. Vanavond zal ik slapen, zelfs als ik daarvoor een slaapmiddel moet nemen.

MIJN HUIS LIGT AAN EEN DOOR BOMEN OMRINGDE doodlopende weg die van een tweebaansweg afkomt en door de landerijen slingert. Net als veel andere huizen in de chique wijk Homer Glen, Illinois, is het enorm: vijf slaapkamers en vier badkamers, evenals een complete kelder. Daarnaast heeft het huis een enorme tuin en wordt het door eiken omringd, wat me altijd het gevoel geeft dat ik midden in een bos woon.

Het is perfect voor het grote gezin dat George en ik wilden stichten en ongelofelijk eenzaam voor mij in mijn eentje. Na het ongeluk overwoog ik het huis te verkopen en dichter bij het ziekenhuis te gaan wonen, maar ik kon het niet.

Ik kan het nog steeds niet. George en ik hebben het huis samen gerenoveerd: de keuken en badkamers opgeknapt en iedere kamer opnieuw ingericht om het huis een warme, verwelkomende sfeer te geven. Passend voor een gezin. Ik weet dat de kans daarop nu nihil is, maar toch houdt een deel van mij nog vast aan die oude droom, aan dat perfecte leven dat we zouden gaan leiden.

'Minstens drie kinderen,' zei George op onze vijfde date tegen me. 'Twee jongens en een meisje.'

'Waarom niet twee meisjes en een jongetje?' Ik grijnsde. 'Gendergelijkheid en zo, weet je nog?'

'Twee tegen één is toch nooit gelijk? Iedereen weet dat meisjes je om hun kleine vingertje winden en met twee...' Hij huiverde overdreven. 'Nee, twee jongens hebben we nodig, om de boel in balans te houden. Anders kan papa het wel vergeten.'

Ik schoot in de lach en gaf hem een stomp tegen zijn schouder, maar stiekem had het idee van twee drukke jongens die hun kleine zusje beschermden me wel aangestaan. Ik ben enig kind en heb altijd al een grotere broer gewild. Het was makkelijk om Georges droom over te nemen.

Nee, niet aan denken. Het kost me moeite, maar ik zet de herinneringen van me af. Goede of slechte, ze leiden altijd tot die avond en dat kan ik op dit moment niet aan. De krampen zijn erger geworden en het kost me moeite om mijn handen aan het stuur te houden als ik de garage inrijd. Ik heb een pijnstiller, een warme kruik en mijn bed nodig, in die volgorde. Als ik geluk heb, val ik meteen in slaap en heb ik geen slaapmiddel nodig.

Met een kreun sluit ik de garagedeur, tik de alarmcode in en sleep mezelf het huis binnen. De krampen zijn nu zo hevig dat ik niet meer rechtop kan lopen, dus begeef ik me meteen naar het medicijnkastje in de keuken. Ik neem niet de moeite om het licht aan te doen; niet alleen bevindt het lichtknopje zich aan de andere kant van de keuken, ik ken de ruimte goed genoeg om in het donker mijn weg te kunnen vinden.

Ik open het kastje, vind op de tast de verpakking met pijnstillers, haal er twee uit en stop ze in mijn mond. Dan loop ik naar de gootsteen, vul mijn hand met water en slik de pillen door. Hijgend grijp ik het aanrecht vast en besluit even te wachten tot de medicijnen werken voor ik iets ambitieus ga doen zoals de trap naar de eerste verdieping en mijn slaapkamer nemen.

Ik voel hem slechts een moment voor het gebeurt. Het is een subtiele verandering in de lucht achter me, een vleugje van iets vreemds... een plots gevoel van gevaar. De haartjes in mijn nek gaan overeind staan, maar het is al te laat.

Het ene moment sta ik naast de gootsteen en het volgende moment bedekt een hand mijn mond en word ik van achteren door een groot, hard lichaam tegen het aanrecht geperst.

'Ik zou niet schreeuwen,' fluistert een diepe mannenstem in mijn oor.

Ik voel iets kouds en scherps tegen mijn keel drukken.

'Je wilt niet dat mijn mes slipt.'

3

*S*ara

IK ZET HET NIET OP EEN GILLEN. NIET OMDAT DAT verstandig is, maar omdat ik letterlijk geen geluid over mijn lippen krijg. Ik ben bevroren van angst, volkomen verlamd. Al mijn spieren, dus ook mijn stembanden, weigeren me nog te gehoorzamen en mijn longen functioneren niet meer.

'Ik haal mijn hand van je mond,' prevelt hij in mijn oor.

Zijn adem voelt warm aan tegen mijn klamme huid.

'En jij blijft zwijgen. Begrepen?'

Nog altijd ben ik niet in staat om geluid te maken, maar het lukt me wel om te knikken. Hij laat zijn hand zakken en slaat zijn arm om mijn middel. Dat is precies het moment waarop mijn longen weer beginnen te werken. Zonder dat ik er iets aan kan doen, haal ik diep adem. Meteen dringt het lemmet verder mijn huid in. Als ik een straaltje warm bloed langs mijn hals voel lopen, verstijf ik opnieuw.

Ik ga dood. O, God. Ik ga sterven, hier, in mijn eigen keuken.

Angst is een klauwend, ijskoud monster in mijn binnenste. Ik ben nog nooit zo dicht bij de dood geweest. Een centimeter naar rechts en...

'Ik wil dat je naar me luistert, Sara.'

De stem van de indringer is zacht, een schril contrast met het mes dat zich in mijn hals dreigt te boren.

'Als je meewerkt, laat ik je in leven. Zo niet, dan dragen ze je in een lijkenzak deze keuken uit. Kies maar.'

In leven? Een sprankje hoop vlamt op in mijn paniekerige brein. Ik besef dat hij met een licht accent spreekt. Iets exotisch. Midden-Oosters, of misschien Oost-Europees.

Gek genoeg zorgt dat kleine detail ervoor dat ik me wat meer mezelf voel. Het geeft mijn brein iets om zich aan vast te klampen. 'Wat wil je?' De woorden zijn nauwelijks meer dan een beverige fluistering, maar alleen het feit dat ik kán spreken is al een wonder. Ik voel me als een hert in de koplampen van een auto: verbijsterd en overweldigd. Mijn gedachten gaan bizar langzaam.

'Alleen wat antwoorden,' zegt hij.

De druk van het mes neemt iets af. Nu dat koude

staal niet meer zo tegen mijn huid drukt, neemt mijn paniek voldoende af dat ik andere dingen kan opmerken. Mijn belager is minstens een kop groter dan ik en enorm gespierd. De arm rond mijn ribben voelt als een stalen band en het harde lichaam dat tegen mijn rug duwt, geeft nergens mee. Ik ben van gemiddelde lengte voor een vrouw, maar wel slank en tenger gebouwd. Als hij zo gespierd is als ik denk, moet hij zowat het dubbele wegen als ik. Zelfs als hij dat mes niet had gehad, had ik nog niet kunnen ontsnappen. 'Wat voor antwoorden?' Mijn stem klinkt iets sterker nu.

Misschien komt hij me alleen beroven en wil hij de code van de kluis. Hij ruikt schoon, naar wasverzachter en gezonde man, dus is hij geen amfetamineverslaafde of zwerver. Misschien een professionele inbreker? In dat geval geef ik hem graag mijn sieraden en het contante geld dat George in het huis verborgen heeft.

'Ik wil dat je me over je man vertelt. Bovenal wil ik zijn verblijfplaats weten.'

'George?' Alle gedachten verdwijnen uit mijn brein als ik gegrepen word door een nieuwe angst. 'Wat? Waarom?'

De druk van het mes neemt toe. 'Ik stel hier de vragen.'

'Alsjeblieft,' hijg ik. Ik kan niet nadenken, kan me nergens anders op concentreren dan op dat mes. Hete tranen rollen over mijn wangen en ik begin over mijn hele lichaam te trillen. 'Alsjeblieft, ik weet niet...'

'Geef antwoord op de vraag. Waar is je man?'

'Ik...' O, God. Wat moet ik zeggen? Hij is vast een van *hen*, een van de redenen voor al die voorzorgsmaatregelen. Mijn hart roffelt zo snel in mijn borst dat ik begin te hyperventileren. 'Alsjeblieft, ik weet niet... ik heb niet...'

'Lieg niet, Sara. Ik wil weten waar hij is. Nu.'

'Ik zweer dat ik dat niet weet. Alsjeblieft, we...' Mijn stem breekt. 'We zijn uit elkaar.'

De arm rond mijn ribbenkast verstrakt en het mes dringt iets verder in mijn huid. 'Wil je dood?'

'Nee, dat wil ik niet. Alsjeblieft...' Ik begin harder te beven en de tranen vormen nu een onstuitbare vloed. Na het ongeluk waren er dagen waarop ik dacht dat ik wilde sterven, dagen waarop het schuldgevoel en de pijn te zwaar leken om te dragen, maar nu, met dat mes tegen mijn keel, besef ik dat ik wil leven. Ik wil niets liever.

'Vertel me dan waar hij is.'

'Dat weet ik niet!' Mijn knieën dreigen het te begeven, maar ik kan George niet verraden. Ik mag hem niet aan dit monster blootstellen.

'Je liegt.' De stem van mijn belager is kil als ijs. 'Ik heb je berichten gelezen. Je weet precies waar hij is.'

'Nee, ik...' Ik probeer een goede leugen te verzinnen, maar er schiet me niets te binnen. Paniek brandt in mijn keel en de vragen tuimelen door mijn hoofd. Hoe heeft hij mijn berichten kunnen lezen? Wanneer? Hoelang achtervolgt hij me al? Is hij een van *hen*? 'Ik... ik weet niet waar je het over hebt.'

De druk op het mes neemt nog een beetje toe en ik

knijp mijn ogen stijf dicht. Mijn ademhaling is een reeks rauwe snikken. De dood is zo dichtbij dat ik hem kan proeven, kan ruiken... met elke vezel van mijn lijf kan voelen. Hij bevindt zich in de metalige geur van mijn bloed en het koude zweet op mijn rug, het bonzen van mijn polsslag in mijn slapen en de spanning in mijn trillende spieren. Zo meteen raakt hij mijn halsslagader en dan bloed ik hier op mijn eigen keukenvloer dood. Is dit wat ik verdiend heb? Is dit hoe ik voor mijn zonden zal boeten?

Ik klem mijn kaken op elkaar om te voorkomen dat mijn tanden gaan klapperen. *Vergeef me alsjeblieft, George. Als dit is wat je nodig hebt...*

Ik hoor mijn aanvaller zuchten en dan verdwijnt het mes en word ik op het aanrecht getild. Mijn rug raakte het garde graniet en mijn hoofd tuimelt achterover de spoelbak in. Mijn nekspieren protesteren bij die plotse beweging. Naar adem snakkend probeer ik hem te schoppen en slaan, maar hij is me te snel af. Hij klimt vliegensvlug ook op het aanrecht en gaat op me zitten, waardoor hij me met alleen zijn gewicht al op mijn plaats houdt. Met iets hards en onbreekbaars bindt hij mijn polsen aan elkaar en grijpt ze dan met één hand vast. Hoe hard ik ook spartel, ik kom niet los. Mijn hielen vinden geen grip op het gladde aanrechtblad en mijn nekspieren branden van de inspanning die het me kost om mijn hoofd omhoog te houden. Ik ben hulpeloos en aan hem overgeleverd; een nieuwe vlaag van paniek slaat door me heen.

Alsjeblieft, God, nee. Geen verkrachting.

'We gaan iets anders proberen,' zegt hij.

Een doek raakt mijn gezicht.

'Eens zien of je echt wilt sterven voor die schoft.'

Hijgend probeer ik mijn hoofd te draaien om de doek van mijn gezicht te krijgen, maar hij is te groot en ik krijg nauwelijks adem. Wil hij me verstikken? Is dat het plan? Dan hoor ik de kraan piepen en begrijp ik het ineens. 'Nee!' Ik begin harder te worstelen, maar zijn vrije hand grijpt me bij mijn haar en duwt me met mijn gezicht onder de kraan.

De eerste schok van het water in mijn gezicht is niet zo erg, maar binnen een paar seconden is het water mijn neus in gelopen. Mijn keel knijpt toe, mijn longen trekken samen en mijn hele lichaam schokt als ik kokhals en sputter. De paniek is instinctief en onbeheersbaar. De doek voelt aan alsof er een natte klauw over mijn neus en mond geklemd is en ze dichtknijpt. Het water loopt mijn neus in, mijn keel in. Ik stik. Ik verdrink. Ik krijg geen adem... geen adem...

De kraan gaat uit en de doek wordt van mijn gezicht gerukt. Hoestend en proestend snak ik naar adem. Mijn hele lichaam trilt en beeft. Witte vlekken dansen voor mijn ogen. Voor ik me kan herstellen, daalt de doek weer op mijn gezicht neer en gaat het water opnieuw aan.

Ditmaal is het nog erger. Mijn sinussen branden van het water en mijn longen schreeuwen om zuurstof. Ik kokhals, ik hijg, intussen huilend en langzaam stikkend. Ik krijg geen adem. *O, mijn God. Ik ga dood. Ik krijg geen adem...*

En dan is de doek verdwenen en snak ik opnieuw naar zuurstof.

'Vertel me waar hij is, dan stop ik.' Zijn stem is een duistere fluistering ergens boven mijn hoofd.

'Dat weet ik niet! Alsjeblieft!' Ik proef braaksel en de wetenschap dat hij het nog een keer gaat doen, verkilt me tot in mijn binnenste. Met het mes was het makkelijk om dapper te zijn, maar dit gaat niet. Ik kan het niet aan om zo te sterven.

'Laatste kans,' zegt mijn martelaar zacht.

Opnieuw komt de natte doek op mijn gezicht neer.

De kraan piept.

'Stop! Alsjeblieft!' Ik kan de schreeuw niet binnenhouden. 'Ik zal het je vertellen! Ik zal het vertellen.'

De kraan gaat uit en de doek wordt van mijn gezicht getrokken. 'Vertel.'

Ik snik en hoest zo hevig dat ik er geen woord uitkrijg, dus tilt hij me van het aanrecht op de vloer en hurkt naast me, waarna hij me tegen zich aan trekt. Een buitenstaander die naar binnen zou kijken, zou een troostende omhelzing of de beschermende omarming van een geliefde zien.

Die illusie wordt nog versterkt als mijn kweller zacht en vriendelijk in mijn oor fluistert: 'Vertel het me, Sara. Vertel me wat ik wil weten en ik ben weg.'

'Hij is...' Ik dwing mezelf te stoppen voor ik de waarheid eruit flap. Het paniekerige beest in mijn binnenste eist dat ik mezelf red, maar dat kan niet. Ik kan dit monster niet naar George leiden. 'Hij is in het Advocate Christ-ziekenhuis,' hijg ik. 'De afdeling Langdurige Zorg.' Het is een leugen en blijkbaar nog een slechte ook, want de armen om me heen verstrakken zo dat het pijn doet.

'Speel verdomme geen spelletjes met me.' In zijn stem klinkt nu alleen nog bijtende woede door. 'Hij is daar al maanden weg. Waar verbergt hij zich?'

Ik huil nog harder. 'Ik... ik weet niet...'

Mijn belager staat op en trekt me met zich mee omhoog.

Ik begin te schreeuwen en te worstelen als hij me weer richting de kraan duwt. 'Nee! Alsjeblieft!' Hysterisch probeer ik hem in zijn gezicht te krabben als hij me op het aanrecht tilt. Mijn hielen bonken op het aanrechtblad als hij opnieuw op me gaat zitten. Gal welt op in mijn keel als hij mijn hoofd aan mijn haren naar achteren trekt. 'Stop!'

'Vertel me de waarheid, dan doe ik dat.'

'Dat kan ik niet. Alsjeblieft, dat kan ik niet.' Dit kan ik George niet aandoen, niet na alles wat er gebeurd is. 'Stop, alsjeblieft, stop!' De natte doek valt over mijn gezicht heen en mijn keel knijpt dicht. Het water staat nog uit, maar ik verdrink nu al. Ik krijg geen adem... geen adem...

'Verdomme!'

Ik word abrupt van het aanrecht gerukt en zak op de vloer ineen, snikkend en bevend. Ditmaal voel ik geen armen om me heen. Vaag besef ik dat hij opzij is gegaan. Ik zou moeten opstaan, moeten vluchten, maar mijn handen zijn vastgebonden en mijn benen doen het niet. Het enige wat me lukt, is zwakjes opzij rollen en proberen te kruipen. Mijn angst is verblindend en ik zie niets in de duisternis in de keuken. Ik zie *hem* niet.

Rennen, zeg ik tegen mijn bevende spieren. *Opstaan, rennen.* Hijgend grijp ik iets vast – het blijkt een hoek van het aanrecht te zijn – en ik dwing mezelf op te staan. Maar het is te laat; zijn harde arm vouwt zich van achteren om mijn middel.

'Laten we eens kijken of dit beter werkt,' fluistert hij. Iets kouds en hards prikt in mijn nek.

Een naald, besef ik met een nieuwe vlaag van angst, maar dan wordt alles zwart.

VOOR MIJN OGEN DANST EEN GEZICHT. HET IS EEN aantrekkelijk gezicht, knap zelfs, ondanks dat er een litteken door de linkerwenkbrauw loopt. Hoge jukbeenderen, staalgrijze ogen die omringd worden door zwarte wimpers, een sterke kaak vol stoppels… een mannengezicht, stelt mijn brein wazig vast. Zijn haar is vol en donker, bovenop langer dan aan de zijkanten. Geen oude man, maar ook geen tiener. Een man in de bloei van zijn leven.

Het gezicht fronst; het staat hard en streng. 'George Cobakis,' zegt de harde, goedgevormde mond. Het is een sexy mond, goedgevormd, en de woorden klinken alsof ze me door een megafoon in de verte worden toegeschreeuwd. 'Weet je waar hij is?'

Ik knik, of in elk geval, dat probeer ik. Mijn hoofd voelt zwaar en mijn nek doet op een rare manier pijn. 'Ja, ik weet waar hij is. Ik dacht ook dat ik hem kende, maar ik kende hem niet. Niet echt. Ken je iemand ooit echt? Ik denk het niet, of in elk geval, ik kende hem niet echt. Ik dacht van wel, maar dat was niet zo. Al die jaren samen en iedereen dacht dat we perfect waren. Ze noemden ons het perfecte stel. Kun je het je voorstellen? Het perfecte stel. We waren het neusje van de zalm: de jonge arts en het aanstormende journalistieke talent. Ze zeiden dat hij op een dag nog eens de Pulitzer-prijs zou winnen.' Hoewel ik me er vaag bewust van ben dat ik zit te babbelen, kan ik er niet mee ophouden. De woorden blijven maar komen en voeren alle opgekropte pijn en bitterheid met zich mee. 'Mijn ouders waren zo trots en zo gelukkig toen we trouwden. Ze hadden er geen idee van, van wat zou komen, wat zou gebeuren...'

'Sara. Concentreer je op mij,' zegt de megafoon.

Ik hoor een licht buitenlands accent. Dat accent vind ik fijn. Ik wil mijn hand uitsteken en die goedgevormde lippen voelen, om ze vervolgens over die stoppelige kaak te laten glijden. Ik houd van stoppelig. George kwam ook vaak stoppelig terug na zijn reizen naar het buitenland en dat vond ik dan heerlijk. Echt heel fijn, hoewel ik altijd zei dat hij zich moest scheren. Hij zag er namelijk beter uit als hij geschoren was, maar soms vond ik het heerlijk om die stoppels te voelen, zeker tussen mijn dijen als hij...

'Sara, hou op,' klinkt de stem weer. De frons op dat exotisch knappe gezicht verdiept zich.

Ik besef dat ik hardop praatte, maar ik schaam me daar helemaal niet voor. Het zijn mijn woorden niet; ze stromen gewoon als vanzelf uit me. Mijn handen lijken ook een eigen leven te leiden. Ze proberen bij dat gezicht te komen, maar iets houdt ze tegen. Als ik mijn hoofd buig, zie ik een plastic tie-wrap om mijn polsen en een grote mannenhand over mijn handen heen liggen. Die hand is warm en hij houdt mijn handen op mijn schoot gedrukt. Waarom doet die hand dat? Waarom komt die hand vandaan? Als ik verbaasd opkijk, is het gezicht dichter bij het mijne gekomen. Grijze ogen staren me aan.

'Ik wil dat je me vertelt waar je man is,' zegt de man.

De megafoon klinkt nu dichterbij. Naast mijn oor, zelfs. Ik krimp ineen. Maar die mond intrigeert me. Ik wil die lippen aanraken, likken, ze voelen tegen mijn... wacht. Ze vragen me iets. 'Waar mijn man is?' Mijn stem klinkt als een echo.

'Ja, George Cobakis, je man.'

De lippen zien er verleidelijk uit als ze woorden vormen en het accent streelt me vanbinnen, hoewel die megafoon nog altijd akelig dichtbij is.

'Vertel me waar hij is.'

'Hij is veilig. Hij is in een onderduikwoning,' zeg ik. 'Ze zitten achter hem aan. Ze wilden niet dat hij dat verhaal schreef, maar dat deed hij wel. Zo dapper was hij, of zo dom – stom, toch? – en toen was er dat ongeluk, maar ze zouden toch achter hem aan kunnen zitten, want dat doen ze nou eenmaal. Het maakt de maffia niets uit dat hij nu een kasplant is, een orchidee, een hortensia, een tomaat. Een tomaat is fruit, maar hij is een kasplant. Een dahlia? Ik weet het niet. Dat doet er ook niet toe. Het gaat erom dat ze hem als voorbeeld willen stellen, andere journalisten bedreigen die iets over hen schrijven. Dat is wat ze doen; zo werken ze. Het gaat om pappen en nathouden en als je daarover schrijft...'

'Waar is dat onderduikadres?' Er straalt een duister licht uit die staalgrijze ogen. 'Vertel me wat het adres van de onderduikwoning is.'

'Ik weet niet hoe de straat heet, maar het is op de hoek naast Ricky's Wasserette in Evanston,' zeg ik tegen die ogen. 'Ze brengen me er altijd in een auto heen, dus het precieze adres weet ik niet, maar dat gebouw zag ik vanuit het raam. Er zitten altijd minstens twee mannen in die auto en ze rijden wel uren rond. Soms wisselen ze van auto. Dat is vanwege de maffia, die kan hen volgen. Ze laten me altijd ophalen door een auto, maar dit weekend kon het niet. Dubbele afspraken, zeiden ze. Soms gebeurt dat; de schema's van de bewakers zijn niet...'

'Hoeveel bewaking is er?'

'Drie, soms vier mannen. Grote legermannen. Of voormalig leger, geen idee. Ze zien er gewoon zo uit. Ik weet niet waarom, maar ze zien er allemaal zo uit. Het is net zoiets als getuigenbescherming, maar niet helemaal, want hij heeft speciale zorg nodig en ik kan geen ontslag nemen. Ik wil geen ontslag nemen. Ze zeiden dat ze me konden helpen verdwijnen, maar ik wil niet verdwijnen. Mijn patiënten hebben me nodig en mijn ouders ook. Wat zou ik anders met mijn ouders moeten? Ze nooit meer zien of bellen? Dat is waanzin. Daarom lieten ze het kasplantje verdwijnen, de hortensia, de dahlia...'

'Sara, stil.'

Vingers duwen tegen mijn lippen en stoppen de woordenstroom. Het gezicht komt nog dichterbij.

'Je mag ophouden met praten. Het is voorbij,' prevelt de sexy stem.

Ik open mijn lippen en zuig die vingers naar binnen. Ik proef zout en huid en ik wil meer, dus laat ik mijn tong eromheen glijden. Ik voel het ruwe eelt en de stompe toppen van korte nagels. Het is zo lang geleden dat ik iemand heb gehad... Mijn lichaam komt tot leven van die vingers, die blik in die zilveren ogen.

'Sara...'

De stem met het accent klinkt nu lager, zwaarder en zachter. Minder megafoon en meer sensuele echo, zoals muziek op een synthesizer.

'Dit wil je niet, *ptichka*.'

O, jawel. Dit wil ik echt wel. Ik ga door met mijn tong rond die vingers laten dansen en kijk toe als die grijze ogen donkerder worden en de pupillen zich verwijden. Dat is een teken van opwinding, weet ik, en ik wil nog meer. Ik wil die goedgevormde lippen kussen, mijn wang langs die stoppelige kaak laten glijden. En dat haar, dat volle, donkere haar. Zou het zacht of stug zijn? Ik wil het weten, maar ik kan mijn handen niet bewegen. Daarom neem ik die vingers dieper in mijn mond en bedrijf met mijn lippen en tong de liefde ermee. Ik zuig erop alsof het een lolly is.

'Sara.'

De stem is laag en hees; het gezicht staat strak van nauwelijks verhulde lust.

'Je moet stoppen, *ptichka*. Morgen heb je hier spijt van.'

Spijt? Ja, vast wel. Ik heb overal spijt van, van zoveel dingen, en laat de vingers los om dat te zeggen. Maar voor ik een woord kan uitbrengen, trekken de vingers zich terug van mijn lippen en beweegt het gezicht naar achteren. 'Laat me niet alleen.' De smeekbede klinkt als die van een hangerig kind. Ik wil meer van die menselijke aanraking, die connectie voelen. Mijn hoofd voelt als een zak keien en ik heb overal pijn, vooral in mijn nek en schouders. Mijn buik krampt. Ik wil dat iemand mijn haar borstelt en mijn nek masseert, me vasthoudt en zachtjes wiegt, alsof ik een baby ben. 'Ga alsjeblieft niet weg.'

Iets van pijn glijdt over het gezicht van de man, en dan voel ik opnieuw die koude steek van een naald in mijn nek.

'Tot ziens, Sara,' prevelt de stem.

Dan ben ik weg, mijn geest meegevoerd als een blad op de wind.

ara

DE HOOFDPIJN. HET EERSTE WAT IK ME GEWAARWORD, IS de hoofdpijn. Mijn schedel voelt aan alsof hij in stukken wordt gespleten; het pijnlijke bonzen vormt een drumsalvo in mijn brein.

'Dokter Cobakis... Sara, hoor je me?'

De vrouwenstem klinkt zacht en vriendelijk en toch word ik er bang van. Er klinkt bezorgdheid in die stem door, evenals een soort bedwongen urgentie. Het is een toon die ik vaak hoor in het ziekenhuis en hij voorspelt nooit veel goeds. Terwijl ik probeer mijn bonzende hoofd niet te bewegen, dwing ik mijn oogleden zich te openen. Knipperend tegen het felle licht doen ze wat ik vraag. 'Wat...waar...' Mijn tong voelt dik en onwillig aan; mijn mond is kurkdroog.

'Hier, neem een slokje.'

Er tikt een rietje tegen mijn mond en ik zuig het water gretig naar binnen. Mijn ogen zijn eindelijk aan het licht gewend en ik kan de ruimte nu goed in me opnemen. Het is een ziekenhuis, maar aan de onbekende inrichting te zien is het niet míjn ziekenhuis. En ik bevind me ook niet in mijn gebruikelijke positie. Normaal gesproken sta ik naast iemands bed, maar nu lig ik er zelf in. 'Wat is er gebeurd?' vraag ik schor. Nu de mist in mijn hoofd optrekt, word ik me bewust van een vage misselijkheid en allerlei zeurende pijntjes. Mijn rug voelt aan als één grote blauwe plek en mijn nek is stijf en pijnlijk. Ook mijn keel voelt rauw, alsof ik hard heb geschreeuwd of overgegeven. Als ik mijn hand optil, voel ik dat er aan de rechterkant van mijn hals een dik verband zit.

'U bent aangevallen, dokter Cobakis,' zegt een donkere vrouw van middelbare leeftijd.

Ik herken haar stem; zij was degene die eerder ook tegen me sprak. Ze draagt een verpleegstersuniform, maar toch lijkt ze me geen verpleegster.

Als ik haar niet-begrijpend aanstaar, verduidelijkt ze: 'In uw huis. Er was een man. Herinnert u zich iets?'

Ik knipper even terwijl ik probeer die verwarrende mededeling te verwerken. Het voelt alsof er naast dat drumstel alleen nog maar watten in mijn hoofd zitten. 'Mijn huis? Aangevallen?'

'Ja, dokter Cobakis,' antwoordt een mannenstem.

Instinctief krimp ik ineen. Mijn hart begint te bonzen, tot ik de stem herken.

'Maar nu bent u veilig. Het is voorbij. Dit is een privé-instelling, speciaal voor onze agenten; hier zal u niets overkomen.'

Ik draai mijn bonzende hoofd langzaam om zodat ik agent Ryson aan kan kijken. Bij het zien van de uitdrukking op zijn bleke, hologige gezicht, trekt mijn maag samen. Stukje bij beetje komen flarden van wat ik heb doorstaan boven, en de herinneringen brengen nieuwe angst met zich mee. 'George. Is hij...'

'Het spijt me.' De rimpels in Rysons voorhoofd worden dieper. 'Ook het onderduikadres is gisteravond aangevallen. George... heeft het niet overleefd. Ook zijn drie bewakers niet.'

'Wat?' Het voelt alsof iemand mijn longen met een scalpel doorboord heeft. Ik kan zijn woorden niet bevatten; kan de enorme consequenties ervan niet verwerken. 'Is hij... dood?' Dan dringt ook de rest van wat hij zei tot me door. 'En die drie bewakers ook? Wat... hoe...'

'Dokter Cobakis... Sara.' Ryson loopt op me af. 'Ik moet precies weten wat er gisteravond gebeurd is, zodat we hem kunnen vinden.'

'Hem? Wie bedoelt u?' Hij heeft het altijd over *zij* gehad, de maffia, en ik ben nog te versuft om het plotselinge verschil te kunnen begrijpen. George is er niet meer. George en de drie bewakers. Ik kan het niet bevatten, dus probeer ik het niet eens. Nog niet. Voor ik de pijn en het verdriet toelaat, moet ik eerst de puzzelstukjes van mijn herinneringen aan elkaar zien te verbinden.

'Het kan zijn dat ze zich het niet herinnert. Ze had een sterke cocktail in haar bloed,' zegt de verpleegster.

Ik besef dat ze agent Ryson kent. Dat verklaart ook waarom hij openlijk spreekt waar ze bij is; normaal gesproken is hij zo discreet dat het op paranoia lijkt.

Terwijl ik dat aan het verwerken ben, komt de vrouw dichterbij. Ik ben aangesloten op een machine die mijn belangrijkste functies in de gaten houdt. Ze controleert de bloeddrukmeter rond mijn bovenarm en geeft dan een zacht kneepje in mijn onderarm. Ik kijk naar mijn arm en een kil gevoel welt in me op als ik een dunne rode streep om mijn pols zie. De andere pols heeft zo'n zelfde streep.

De tie-wrap. De herinnering is verbluffend helder. Er zat een tie-wrap om mijn polsen. 'Hij heeft me gewaterboard. Toen ik hem niet wilde vertellen waar George was, stak hij een naald in mijn nek.' Ik besef pas dat ik het hardop heb gezegd als ik de afschuw op het gezicht van de verpleegster zie. De uitdrukking van agent Ryson is milder, maar ik kan aan hem zien dat ook hij geschokt is.

'Dat vind ik heel erg voor u.' Zijn stem klinkt gespannen. 'We hadden dit moeten voorzien. Maar aangezien hij de gezinnen van de anderen met rust liet en u niet wilde verhuizen... Toch hadden we moeten weten dat niets hem zou beletten...'

'Welke anderen? Over wie hebt u het?' Mijn stem wordt luider als ik me meer herinner. *Mes tegen mijn keel, natte doek op mijn gezicht, naald in mijn nek, geen adem...*

'Karen, ze heeft een paniekaanval! Doe iets.'

Het apparaat naast me begint te piepen en Ryson is duidelijk geschrokken. Ik ben aan het hyperventileren en hoewel ik beef als een rietje, lukt het me om op de monitor te kijken. Mijn bloeddruk is torenhoog en mijn polsslag gaat te snel, maar toch brengen die getallen me een beetje tot rust. Ik ben een arts. Dit is mijn habitat, mijn comfortzone. Ik kan dit. *Lucht inademen. Uitademen.* Ik ben niet zwak. *Lucht inademen. Uitademen.*

'Goed zo, Sara. Diep ademhalen.' Karens stem is zacht en troostend. Ze streelt mijn arm. 'Je kunt het. Nog een keer diep inademen. Zo, ja. Goed zo. Nog een keer. En nog eens...'

Ik volg haar vriendelijke aanwijzingen op en blijf naar de cijfers op de monitor kijken. Langzaam neemt het verstikkende gevoel af en keren mijn waarden terug naar normaal. Meer duistere herinneringen duwen tegen de rand van mijn bewustzijn, maar daar ben ik nog niet klaar voor. Daarom duw ik ze opzij en sluit me er zo goed mogelijk voor af. 'Wie is hij?' vraag ik als ik weer kan praten. 'En wat bedoelde u met "de anderen"? George heeft dat artikel in zijn eentje geschreven. Waarom zit de maffia achter iemand anders aan?'

Agent Ryson wisselt een blik uit met Karen en kijkt dan naar mij. 'Dokter Cobakis, ik ben bang dat we niet helemaal eerlijk zijn geweest. We hebben de ware situatie voor u achtergehouden om u te beschermen, maar daar hebben we duidelijk in gefaald.' Hij haalt diep adem. 'Het was niet de lokale maffia die achter uw man aanzat. Het was een internationale voortvluchtige, een gevaarlijke crimineel, van wie uw man het pad kruiste toen hij in het buitenland was.'

'Wat?' Mijn hoofd bonst pijnlijk als ik probeer al die onthullingen te verwerken. George was zijn carrière begonnen als buitenlandcorrespondent, maar de laatste vijf jaar had hij steeds meer klussen binnen de VS aangepakt. Ik had het niet begrepen, gezien zijn passie voor buitenlandse zaken, maar toen ik hem ernaar had gevraagd, had hij aangegeven vaker thuis te willen zijn, bij mij. Daar had ik het bij gelaten.

'Deze man heeft een lijst met mensen die hem iets hebben aangedaan – of van wie hij denkt dat ze hem iets hebben aangedaan,' zegt Ryson. 'Ik ben bang dat George ook op die lijst stond. De precieze omstandigheden en de identiteit van de voortvluchtige zijn geheim, maar u verdient het om zoveel mogelijk van de waarheid te weten nu u dit is overkomen.'

Ik staar hem aan. 'Het was één man? Een voortvluchtige?' Ineens zie ik een gezicht voor me, een hard, mannelijk, knap gezicht. Het beeld is wazig, alsof ik het heb gedroomd, maar op de een of andere manier weet ik zeker dat hij het is, de man die mijn huis is binnengedrongen en me al die vreselijke dingen heeft aangedaan.

Ryson knikt. 'Ja. Hij is goed getraind en heeft de beschikking over veel bronnen. Daardoor weet hij ons al zolang voor te blijven. Overal heeft hij connecties, van Oost-Europa tot Zuid-Amerika en het Midden-

Oosten. Toen we ontdekten dat uw echtgenoot op die lijst stond, hebben we George naar het onderduikadres laten overbrengen. Dat hadden we met u ook moeten doen. We dachten alleen dat...' Hij zwijgt, hoofdschuddend. 'Het doet er niet toe wat we dachten. We hebben hem onderschat en nu zijn vier mensen dood.'

Dood. Vier mensen zijn dood. Dan dringt tot me door dat George er echt niet meer is. Ik had het eerder nog niet kunnen verwerken. Mijn ogen branden en mijn borst voelt aan alsof hij samengeknepen wordt. Ineens vallen de puzzelstukjes op hun plek. 'Het komt door mij, nietwaar?' Ik ga rechtop zitten en negeer de pijn en duizeligheid. 'Ik heb dit veroorzaakt. Op de een of andere manier heb ik hem verteld waar het onderduikadres was.'

Ryson werpt opnieuw een blik op de verpleegster.

Ik voel een knagende angst. Ze geven geen antwoord, maar hun lichaamstaal zegt genoeg. Ik ben verantwoordelijk voor Georges dood. Voor de dood van alle vier.

'Het is uw schuld niet, dokter Cobakis.' Karens bruine ogen staan meelevend en ze legt een hand op mijn arm. 'De drug die hij u gaf, zou iedereen gebroken hebben. Kent u de stof natriumthiopental?'

'Een barbituraat voor algehele anesthesie?' Ik knipper even. 'Natuurlijk. Het werd algemeen gebruikt ter inleiding van algehele anesthesie voordat propofol het voorkeursmiddel werd. Wat heeft... O.'

'Ja,' zegt agent Ryson. 'Ik zie dat u weet waar het

spul nog meer voor gebruikt kan worden. Dat wordt slechts zelden toegepast, buiten de inlichtingendiensten in elk geval, maar het is een middel dat effectief werkt als waarheidsserum. Het verlaagt remmingen in de hogere breinfuncties en maakt de proefpersonen daardoor praatgraag en medewerkend. Dit was een speciaal ontworpen middel, een samenstelling van thiopental met een aantal andere stoffen die we nog niet eerder zo gezien hadden.'

'Hij heeft me gedrogeerd om me aan het praten te krijgen?' Mijn maag draait zich om. Dat verklaart de hoofdpijn en de mist in mijn hoofd. De wetenschap dat hij me dit heeft aangedaan – dat hij me zo geschonden heeft – geeft me het gevoel mijn brein met bleek te willen schrobben. Die man is niet alleen mijn huis binnengedrongen, maar mijn brein ook.

'Dat is wel wat we vermoeden, ja,' zegt Ryson. 'U had een flinke dosis in uw bloed zitten toen onze agenten u vastgebonden in uw woonkamer vonden. Daarnaast zat er bloed op uw hals en dijen, waardoor ze in eerste instantie dachten...'

'Bloed op mijn dijen?' Ik zet mezelf schrap voor een nieuwe gruwel. 'Heeft hij...'

'Nee, geen zorgen. Hij heeft je daar niets gedaan.' Karen werpt Ryson een boze blik toe. 'We hebben je volledig onderzocht toen je hier kwam en het was alleen menstruatiebloed, meer niet. Er was geen enkele teken van seksueel trauma. Op een paar blauwe plekken en de oppervlakkige verwondingen aan je hals na, gaat het prima met je... zodra de drug uitgewerkt is, dan.'

Prima. Een hysterische lach welt in me op en het kost me de grootste moeite om hem binnen te houden. Mijn man en drie andere mannen zijn dood en het is mijn schuld. Er is ingebroken in mijn huis en in mijn geest. En zij denkt dat het prima gaat? 'Waarom hebt u die leugen over de maffia verzonnen?' Het kost me moeite de pijn in mijn binnenste te bedwingen. 'Hoe moest die me beschermen?'

'Omdat de voortvluchtige in het verleden niet achter de onschuldigen aan ging. De vrouwen en kinderen van de mannen op de lijst bleven altijd buiten schot,' zegt Ryson. 'Hij heeft wel de zus van één man gedood omdat de man haar in vertrouwen had genomen en zij erbij betrokken raakte. Hoe minder u wist, hoe veiliger, vooral omdat u niet wilde verhuizen en niet tegelijk met uw man wilde verdwijnen.'

'Kom op, Ryson,' zegt Karen scherp.

Maar het is al te laat. Die nieuwe klap komt hard aan. Zelfs als ik mezelf zou kunnen vergeven voor het verklappen van het adres omdat ik gedrogeerd was, is het wel degelijk mijn schuld dat ik niet weg wilde. Ik ben egoïstisch geweest. Ik dacht aan mijn ouders en mijn carrière in plaats van aan het gevaar dat mijn man liep. Ik vreesde voor mijn eigen veiligheid, niet de zijne, maar dat is geen excuus. Georges dood is mijn schuld, net zoals het ongeluk dat zijn brein beschadigde. 'Heeft hij...' Ik slik moeizaam. 'Heeft hij geleden? Ik bedoel... hoe is het gebeurd?'

'Een kogel door het hoofd,' zegt Ryson zacht. 'Net als de drie mannen die hem bewaakten. Het moet te snel zijn gegaan. Ze zullen niet geleden hebben.'

'O, mijn God.' Mijn maag trekt heftig samen.

Karen moet mijn gezicht groen hebben zien worden, want ze grijpt een metalen bak en duwt me die in de handen.

Precies op tijd, want mijn maag leegt zich erin. Maagzuur brandt in mijn keel terwijl ik de bak met trillende handen omklem.

'Het is goed. Dat is niet erg. Kom, laten we je even schoonmaken.' Karen is een en al efficiëntie, net als een echte verpleegster. Wat ze ook doet bij de FBI, ze weet hoe ze met handelen in medische situaties. 'Kom, ik help je naar de badkamer. Je voelt je zo wel weer beter.' Ze zet de bak op het tafeltje naast het bed, slaat een arm om me heen en begeleidt me naar de badkamer.

Mijn benen trillen zo hevig dat ik nauwelijks kan lopen; zonder haar had ik het niet gehaald. Toch heb ik behoefte aan privacy en daarom vraag ik Karen: 'Zou je even buiten willen wachten? Het gaat wel weer.'

Het moet overtuigend genoeg hebben geklonken, want Karen zegt: 'Ik sta buiten als je me nodig hebt.' Dan sluit ze de deur achter me.

Bevend en met het koude zweet dat me uitbreekt, slaag ik erin mijn mond te spoelen en mijn tanden te poetsen. Dan ga ik naar het toilet, was ik mijn handen en gooi koud water in mijn gezicht. Tegen de tijd dat Karen weer op de deur klopt, voel ik me zowaar weer een beetje mens. Maar ik denk nergens aan. Als ik ga nadenken over hoe George en de anderen zijn gestorven, ga ik weer over mijn nek. Ik heb tijdens mijn coschappen op de SEH meerdere schotwonden gezien en ik weet wat voor verwoestende schade ze kunnen aanrichten.

Niet aan denken. Nog niet.

'Zijn mijn ouders al op de hoogte gesteld?' vraag ik als Karen me weer in bed heeft gestopt. De bak heeft ze weggehaald.

Ryson zit op een stoel naast het bed. Zijn verweerde gezicht straalt vermoeidheid en spanning uit.

'Nee,' zegt Karen zacht. 'Nog niet. Dat wilden we met je bespreken.'

Ik staar haar aan en kijk dan naar Ryson. 'Wat bespreken?'

'Dokter Cobakis... Sara. Het lijkt ons het beste als de precieze omstandigheden van de dood van uw echtgenoot, evenals wat u is overkomen, geheim blijven,' zegt Ryson. 'Dit zou veel media-aandacht trekken, wat zeer onprettig is, en...'

'Dit zou jullie veel onprettige media-aandacht schelen, bedoelt u.' Een vlaag woede verjaagt een deel van de mist in mijn hoofd. 'Daarom ben ik hier en niet in een gewoon ziekenhuis. Jullie willen het in de doofpot stoppen en net doen of het nooit gebeurd is.'

'We willen jou beschermen en je helpen hier overheen te komen,' zegt Karen. Haar bruine ogen staan oprecht. 'Er komt niets goeds van als dit in het nieuws komt. Er heeft een afschuwelijke tragedie plaatsgevonden, maar je man lag al aan de beademing.

Jij weet beter dan wie ook dat het slechts een kwestie van tijd was voor...'

'En die andere drie?' onderbreek ik haar scherp. 'Lagen zij ook aan de beademing?'

'Zij zijn tijdens hun werk omgekomen,' zegt Ryson. 'Hun families zijn op de hoogte gesteld, maakt u zich daar geen zorgen om. U was Georges enige familie, dus...'

'Nu ben ik ook op de hoogte.' Mijn mond vertrekt. 'Jullie geweten is gesust, dus is het tijd voor de grote schoonmaak. Of moet ik zeggen: tijd om je handen schoon te vegen?'

Zijn gezicht verstrakt. 'Dit is nog altijd grotendeels geheime informatie, dokter Cobakis. Als u naar de media stapt, stort u zich in een wespennest. Geloof me, dat wilt u niet. Uw man ook niet, als hij nog geleefd had. Hij wilde dat niemand hiervan wist, ook u niet.'

'Wat?' Ik staar hem aan. 'George wist dit? Maar...'

'Hij wist niet dat hij op die lijst stond, maar dat wisten wij ook niet.' Karen legt een hand op de rugleuning van Rysons stoel. 'Dat kwamen we pas na het ongeluk te weten. Vanaf dat moment hebben we gedaan wat we konden om hem te beschermen.'

Mijn hoofd bonst, maar ik probeer me te concentreren. 'Ik begrijp het niet. Wat is er dan tijdens die opdracht in het buitenland gebeurd? Hoe heeft George het pad van deze voortvluchtige gekruist? En wanneer dan?'

'Dat is allemaal geheim,' zegt Ryson. 'Het spijt me, maar het is echter beter als u de zaak laat rusten. We zijn op zoek naar de moordenaar van uw man en we proberen de resterende mensen op de lijst te beschermen. Aangezien hij zoveel mogelijkheden heeft, is dat niet eenvoudig. Als de media ook nog achter ons aankomen, kunnen we ons werk minder goed doen en zouden nog meer mensen kunnen sterven. Begrijpt u, dokter Cobakis? Voor uw veiligheid, evenals die van anderen, moet u dit laten rusten.'

Ik verstijf als ik denk aan wat de agent zei over anderen op de lijst. 'Hoeveel heeft hij er al gedood?'

'Te veel, ben ik bang,' zegt Karen somber. 'We hoorden pas van die lijst toen hij al meerdere mensen in Europa omgebracht had en tegen de tijd dat we de juiste bewaking op poten hadden gezet, waren er nog maar een paar over.'

Beverig haal ik adem. Het duizelt me. Ik wist wat George deed als buitenlandcorrespondent. Ik heb veel van zijn artikelen en stukken gelezen, maar die verhalen leken me nooit echt. Zelfs toen agent Ryson me negen maanden geleden benaderde omdat de maffia Georges leven zou bedreigen, was de angst die ik voelde eerder ingebeeld dan echt.

Op Georges ongeluk en de pijnlijke jaren ervoor na heb ik een heerlijk leven geleid, een typisch middenklasse leventje met minieme zorgen over school, werk, mijn familie. Internationale voortvluchtigen die mensen martelen en doden omdat ze op een lijst staan, vormen zo'n andere wereld dat ik het gevoel krijg dat ik in andermans leven beland ben.

'We weten dat het veel is om te verwerken,' zegt Karen vriendelijk.

Blijkbaar toont mijn gezicht iets van wat ik ervaar.

'Je bent nog in shock van de aanval, en met dit er allemaal bij...' Ze zucht. 'Als je met iemand wil praten, dan kan ik je een goede therapeut aanbevelen. Ik ken iemand die ervaring heeft met soldaten met PTSS en zo.'

'Nee, ik...' Ik wil weigeren en zeggen dat ik niemand nodig heb, maar die leugen krijg ik niet over mijn lippen. De pijn in mijn borst dreigt me van binnenuit te verstikken en ondanks de mentale muur die ik opgeworpen heb, komen steeds meer gruwelijke herinneringen vol duisternis, hulpeloosheid en angst naar boven.

'Ik laat in elk geval dit kaartje voor je achter,' zegt Karen.

Ik zie dat ze een bezorgde blik werpt op de nu weer piepende systemen. Ik hoef niet eens te kijken om te weten dat mijn hartslag weer omhoog geschoten is en dat mijn lichaam opnieuw in vechten-of-vluchtenmodus staat. Mijn reptielenbrein weet niet dat die herinneringen me niets doen, dat het ergste achter me ligt. Tenzij... 'Zal ik moeten verdwijnen?' vraag ik met dichtgeknepen keel. 'Denken jullie dat hij...'

'Nee.' Ryson begrijpt meteen mijn angst. 'Hij zal niet opnieuw achter u aankomen. Hij heeft wat hij wilde, dus is er geen reden voor hem om terug te komen. Als u wilt, kunnen we een verhuizing overwegen, maar...'

'Zwijg, Ryson. Je ziet toch dat ze weer aan het

hyperventileren is?' snauwt Karen. Ze pakt me bij mijn arm. 'Rustig ademhalen, Sara,' zegt ze kalm. 'Kom op, lieverd. Diep inademen. En nog een keer. Zo, ja...'

Ik laat haar stem me begeleiden tot mijn hartslag weer normaal is en de ergste herinneringen weer veilig weggestopt zitten. Maar als ik blijf beven, slaat Karen een deken om me heen en trekt me op het bed tegen zich aan.

'Het komt wel goed, Sara,' prevelt ze als de pijn in mijn binnenste te intens wordt en ik in tranen uitbarst. Hete tranen branden als lava op mijn wangen. 'Het is voorbij. Het komt goed. Hij is weg en hij zal je nooit meer iets aandoen.'

eter

'As tot as, stof tot stof...'

De monotone stem van de priester bereikt me, maar ik blokkeer het geluid en laat mijn blik over de menigte rouwenden gaan. Er zijn meer dan tweehonderd mensen gekomen, allemaal in donkere kleding en met een sombere uitdrukking op hun gezicht. Onder de zee aan zwarte paraplu's zijn opgezette, roodomrande ogen zichtbaar. Sommige vrouwen huilen hardop.

George Cobakis was bij leven blijkbaar erg geliefd.

Die gedachte zou me kwaad moeten maken, maar dat gebeurt niet. Ik voel niets als ik aan hem denk, zelfs geen tevredenheid dat hij dood is. De razernij die me al jaren verteert, is tijdelijk verdwenen, waardoor ik me vreemd genoeg leeg vanbinnen voel.

Ik sta achteraan in de menigte, gekleed in een zwarte jas en met een paraplu, net als de rest. Een lichtbruine pruik en nepsnor vormen mijn vermomming, evenals een iets gekromde houding en een plat kussen dat mijn buik vergroot.

Ik heb geen idee waarom ik hier ben. Nog nooit eerder heb ik een begrafenis van mijn slachtoffers bijgewoond. Zodra een naam van mijn lijst is gestreept, gaan mijn team en ik door met de volgende. Het is een kille, methodische manier van handelen. Ik word gezocht; het is niet logisch om hier in deze buitenwijk te blijven en toch kan ik mezelf er niet toe zetten om te vertrekken. Ik moet haar nog een keer zien.

Mijn blik glijdt van de een naar de ander, op zoek naar een slanke vrouw. Dan zie ik haar. Ze staat vooraan, zoals het de vrouw van de overledenen past. Naast haar staat een oud stel. Ze houdt een paraplu boven hun hoofden en zelfs in een menigte ziet ze er nog verheven uit, alsof ze op de of een of andere manier boven de rest uitsteekt. Alsof ze in een andere wereld leeft, net als ik. Ik herken haar aan de kastanjekleurige krullen die onder haar kleine zwarte hoedje vandaan komen. Ze heeft het los en ondanks de grijze, regenachtige lucht zie ik de rode glinstering in de donkerbruine haren, die tot net over haar schouders vallen. Meer zie ik niet – er bevinden zich te veel mensen en paraplu's tussen ons – maar ik blijf haar in de gaten houden, net zoals ik de afgelopen maand heb gedaan. Mijn interesse in haar is nu echter anders, veel persoonlijker.

Bijkomende schade. Dat is hoe ik haar in eerste instantie zag. Ze was geen mens, maar gewoon een verlenging van haar man. Een slimme, knappe verlenging, maar dat deed er niet toe. Ik wilde haar niet doden, maar ik had gedaan wat nodig was om mijn doel te bereiken. Ik héb ook gedaan wat nodig was.

Ze verstijfde toen ik haar greep. Haar reactie was kenmerkend voor iemand die niet getraind is; het primitieve instinct van een prooi. Het had makkelijk moeten zijn: een paar sneetjes en klaar. Dat ze niet meteen brak onder de dreiging van het mes was zowel indrukwekkend als irritant; ik heb doorgewinterde moordenaars onder minder druk zichzelf zien bevuilen. Ik had meer kunnen doen, haar echt met het mes bewerken, maar in plaats daarvan koos ik voor een aanpak die minder schade zou aanrichten: ik legde haar onder de kraan.

Het werkte uitstekend, maar toen beging ik mijn fout. Ze trilde en huilde zo hard na die eerste sessie dat ik haar op de grond in mijn armen nam, zowel om haar te beletten weg te komen als om haar te kalmeren. Ik deed dat zodat ze in staat zou zijn om te praten, maar ik had niet verwacht dat ik zo op haar zou reageren.

Ze voelde klein en breekbaar aan, hulpeloos met haar gehuil en gehoest... en ineens herinnerde ik me mijn zoon, die ik ook zo troostte als hij huilde. Maar

Sara is geen kind en mijn lichaam reageerde vurig op haar slanke rondingen. Het verlangen was even primitief als onlogisch. Ik verlangde naar de vrouw die ik kwam ondervragen, wier man ik wilde doden.

Hoewel ik probeerde die ongemakkelijke reactie te verbergen, merkte ik dat ik haar, toen ze eenmaal op het aanrecht lag, niet nogmaals onder water kon houden. Ik was me te zeer bewust van haar: ze was een mens geworden, een levende, ademende vrouw, geen object meer.

Daarom kon ik alleen de drug nog maar gebruiken. Ik was niet van plan geweest om die te gebruiken, zowel omdat ik tijd nodig had om hem goed te laten werken als vanwege het feit dat dat het laatste beetje was dat we hadden. De scheikundige die deze drug voor me maakte, is kortgeleden omgekomen en ik weet van Anton dat het wel even kan duren voor we een nieuwe leverancier hebben. Ik had die laatste ampul bewaard voor noodgevallen, maar in dit geval had ik geen keus. Ik heb honderden mensen gemarteld en gedood, maar deze vrouw kon ik niets meer aandoen.

'Hij was een vriendelijk en genereus mens, evenals een getalenteerde journalist. Zijn dood is een onbeschrijfelijk verlies, zowel voor zijn familie als zijn werkveld...'

Ik scheur mijn blik van Sara weg om naar de spreker te kijken. Het is een vrouw van middelbare leeftijd en haar smalle gezicht is betraand. Ze is een van Cobakis' collega's bij de krant. Ik heb hen allemaal nagetrokken om te zien of zij ook betrokken waren, maar gelukkig voor hen was het alleen Cobakis. Ze gaat door over al Cobakis' geweldige kwaliteiten en ik negeer haar stem.

Opnieuw kijk ik naar de slanke figuur onder die enorme paraplu. Ik zie alleen Sara's rug, maar ik haal me met gemak haar bleke, hartvormige gezicht voor de geest. Haar trekken staan in mijn geheugen gegrift, van haar grote, bruine ogen tot haar kleine rechte neus en zachte, volle lippen. Iets aan Sara Cobakis doet me aan Audrey Hepburn denken: ze bezit een ouderwetse schoonheid, net als de actrices uit de jaren veertig en vijftig. Die draagt bij aan de indruk dat ze hier niet bij hoort, dat ze anders is dan de mensen om haar heen. Dat ze op de een of andere manier boven hen verheven is.

Ik vraag me af of ze huilt; rouwt ze om de man die ze, zoals ze zelf toegaf, niet echt had gekend? Toen Sara me vertelde dat zij en haar man uit elkaar waren, had ik haar niet geloofd. Maar sommige dingen die ze onder invloed van de drug zei, hebben me ervan overtuigd dat het wel zo was. Er was iets heel erg misgegaan in haar ogenschijnlijk perfecte huwelijk, iets dat diepe sporen in haar heeft nagelaten.

Ze heeft pijn gekend en ze heeft ermee geleefd. Ik zag het in haar ogen en de zachte, bevende vorm van haar mond. Dat kijkje in haar geest intrigeerde me. Ik wilde haar geheimen doorgronden. Toen ze haar lippen om mijn vingers sloot en erop begon te zuigen, kwam dat verlangen dat ik onderdrukt had in volle hevigheid terug. Mijn penis was keihard geworden. Ik had haar kunnen nemen en ze zou het toegestaan hebben. Ze zou me verdomme met open armen verwelkomd hebben. De drug had haar remmingen weggenomen en al haar verdedigingsmechanismen platgelegd. Ze was open en kwetsbaar geweest, behoeftig op een manier die alles in mij aangesproken had.

Laat me niet alleen. Ga alsjeblieft niet weg.

Zelfs nu nog hoor ik haar smeken, net zoals Pasha deed toen ik hem voor het laatst had gezien. Ze wist niet wat ze vroeg, wie ik was of wat ik ging doen, maar haar woorden raakten me diep en lieten me even naar iets onmogelijks verlangen. Het kostte me al mijn wilskracht om weg te lopen en haar in die stoel te laten zitten zodat de FBI haar zo zou vinden. Het kostte me al mijn wilskracht om weg te gaan en mijn missie af te ronden.

Mijn aandacht keert terug naar het heden als Cobakis' collega stopt met spreken en Sara naar het podium loopt. Haar slanke, in zwart gehulde figuur beweegt zich met een onbewuste gratie. Verwachting bouwt zich in me op als ze zich tot de menigte wendt.

Om haar hals is een zwarte sjaal geslagen: ter bescherming tegen de kille oktoberwind, maar hij verbergt ook het verband dat zich daar moet bevinden. Haar hartvormige gezicht is lijkbleek, maar haar ogen lijken me vanaf hier droog. Ik zou graag dichterbij komen, maar dat is te riskant.

Ik neem al een risico door hier überhaupt te zijn. Er

zijn minstens twee FBI-agenten aanwezig en nog een handjevol bevindt zich in onopvallende wagens verderop in de straat. Ze verwachten me niet – anders zou de beveiliging flink zijn verhoogd – maar ik moet toch waakzaam blijven. Anton en de anderen hebben me ook al voor gek verklaard. Normaal gesproken verlaten we binnen een paar uur na een succesvolle aanslag de stad.

'Jullie weten dat George en ik elkaar in onze studententijd ontmoet hebben,' zegt Sara in de microfoon.

Haar zachte, melodieuze stem lijkt langs mijn ruggengraat te dansen. Ik houd haar al lang genoeg in de gaten om te weten dat ze kan zingen. Ze zingt vaak mee met de radio in haar auto of tijdens klusjes in huis. Meestal klinkt ze beter dan de oorspronkelijke artiest.

'We ontmoetten elkaar in een scheikundelab,' gaat ze verder, 'want geloof het of niet, maar George overwoog om geneeskunde te gaan studeren.' Hier en daar wordt gegrinnikt en Sara's lippen vormen zich tot een halve glimlach als ze zegt: 'Jawel, George, die geen bloed kon zien, overwoog om arts te worden. Gelukkig ontdekte hij niet lang daarna zijn ware passie, journalistiek, en de rest is geschiedenis.' Ze gaat verder over de verschillende eigenschappen van haar man, waaronder zijn voorliefde voor kaastosti's met honing, en bespreekt zijn prestaties en het goeds dat hij deed voor de maatschappij, evenals zijn steun aan veteranen en daklozen.

Ik merk op dat ze het over hem heeft, niet over *hen*.

Buiten de vermelding waar ze elkaar van kenden had Sara's toespraak ook die van een huisgenoot of een vriend kunnen zijn – of iedereen die Cobakis kende. Haar stem klinkt kalm, zonder ook maar een glimpje van de pijn die ik die avond in haar ogen zag. Pas als ze over het ongeluk begint, zie ik echte emotie op haar gezicht.

'George had zoveel geweldige kwaliteiten,' zegt ze terwijl ze haar blik over de menigte laat gaan. 'Maar daar kwam een einde aan toen zijn auto achttien maanden geleden over die vangrail heen sloeg. Alles wat hem tot George maakte, is die dag gestorven. Wat overbleef, was George niet. Het was een omhulsel, een lichaam zonder een geest. Toen de dood hem zaterdagochtend vroeg kwam halen, nam hij niet mijn echtgenoot met zich mee. Hij nam dat omhulsel mee. George zelf was al lang verdwenen. Niets kon hem nog laten lijden.'

Ze heft haar kin bij die laatste zin en ik kijk haar strak aan. Ze weet niet dat ik hier ben – anders had de FBI me al te pakken – maar het voelt toch alsof ze het tegen mij heeft, alsof ze me verteld dat ik gefaald heb. Voelt ze mijn aanwezigheid? Weet ze dat ik naar haar kijk? Weet ze dat ik, toen ik twee avonden geleden naast haar man stond, overwoog de trekker *niet* over te halen?

Ze beëindigt haar toespraak met de traditionele woorden dat George gemist zal worden en komt dan van het podium af. De priester sluit de dienst af.

Ik kijk toe terwijl ze terugloopt naar het oudere

echtpaar. Als de menigte uiteengaat, volg ik op onopvallende wijze de andere genodigden het kerkhof af. De begrafenis is voorbij en dus moet er een einde komen aan mijn fascinatie voor Sara. Er staan nog meer mensen op mijn lijst en gelukkig voor haar, is Sara er daar niet een van.

DEEL II

6

Sara

'Lieverd, eet je wel genoeg?' vraagt mijn moeder bezorgd.

Hoewel ze aan het stofzuigen was toen ik binnenstapte, zit haar make-up zoals altijd perfect, is haar korte witte haar keurig gekapt en passen haar oorbellen bij haar smaakvolle ketting.

'Je bent zo dun geworden de laatste tijd.'

'De meeste mensen zouden daar blij mee zijn,' merk ik droog op. Maar om haar gerust te stellen, schep ik een tweede stuk huisgemaakte appeltaart voor mezelf op.

'Niet als je eruitziet alsof een chihuahua je nog mee zou slepen,' antwoordt mijn moeder, waarna ze de taart nog iets verder mijn richting op duwt. 'Je moet goed voor jezelf zorgen, anders kun je die patiënten van je niet helpen.'

'Dat weet ik, mam,' mompel ik tussen een paar happen taart door. 'Maak je geen zorgen. Het is heel druk deze winter, maar binnenkort wordt het wel rustiger.'

'Sara, lieverd...' Haar gezicht betrekt nog verder. 'Het is zes maanden geleden dat George...' Ze zwijgt en zucht even. 'Wat ik wil zeggen, is dat je jezelf niet dood kunt blijven werken. Het is gewoon te veel, je gewone werk en al dat nieuwe vrijwilligerswerk erbij. Kom je nog wel aan je slaap toe?'

'Natuurlijk, mam. Ik slaap als een blok.' Dat klopt; ik slaap zodra mijn hoofd het hoofdkussen raakt en word pas wakker als de wekker gaat. Tenminste, als ik echt uitgeput ben. Op de dagen waarop ik normale uren werk, word ik 's nachts trillend en zwetend wakker vanwege de nachtmerries, dus doe ik elke dag weer mijn best om mezelf zoveel mogelijk uit te putten.

'Hoe gaat het met de verkoop van het huis? Heeft er al iemand geboden?'

Mijn vader komt de eetkamer binnen. Hij loopt met een looprek, dus zijn artrose speelt hem weer parten. Desondanks ben ik blij om te zien dat hij wat rechterop loopt dan anders. Hij luistert ditmaal goed naar zijn fysiotherapeut en gaat elke dag zwemmen. 'Volgende week houdt de makelaar een Open Huis,' zeg ik, de neiging om mijn vader te prijzen onderdrukkend.

Hij houdt er niet van om aan zijn leeftijd herinnerd

te worden, dus alles wat te maken heeft met zijn of mijn moeders gezondheid is tijdens het avondeten een verboden onderwerp. Ik word er af en toe gek van, maar tegelijkertijd heb ik bewondering voor zijn doorzettingsvermogen. Hoewel hij al bijna zevenentachtig is, is mijn vader nog even taai als altijd.

'Mooi,' zegt mijn moeder. 'Ik hoop dat er dan wat biedingen komen. Zorg ervoor dat je die ochtend koekjes bakt, want dan ruikt je huis lekker.'

'Ik zal de makelaar vragen er een paar te kopen en dan gooi ik ze even in de magnetron voor de eerste bezoekers komen,' antwoord ik met een glimlach. 'Ik heb geen tijd om te bakken.'

'Natuurlijk niet, Lorna.' Mijn vader gaat naast mijn moeder zitten en pakt een stuk appeltaart. Hij kijkt me aan en zegt nors: 'Waarschijnlijk ben je die dag helemaal niet thuis, hè?'

Ik knik. 'Ik ga die dag meteen uit het ziekenhuis door naar de vrouwenkliniek.'

Hij fronst. 'Doe je dat nog steeds?'

'Die vrouwen hebben me nodig, pap.' Ik probeer niet geërgerd te klinken. 'Je hebt er geen idee van hoe het daar in die buurt is.'

'Lieverd, die buurt is precies de reden dat we liever niet hebben dat je gaat,' werpt mijn moeder tegen. 'Kun je niet ergens anders vrijwilligerswerk gaan doen? En dan 's avonds gaan, na zo'n lange dienst...'

'Mam, ik heb nooit contant geld of waardevolle spullen bij me en ik ben er 's avonds maar een paar uur,' zeg ik. Het kost me moeite mijn geduld te bewaren. In de afgelopen drie maanden hebben we deze discussie al zeker vijf keer gevoerd en iedere keer weer doen mijn ouders alsof het iets nieuws is. 'Ik parkeer voor het gebouw en loop meteen naar binnen. Het is zo veilig als wat.'

Mijn moeder zucht en schudt haar hoofd, maar gaat er niet opnieuw tegenin. Mijn vader blijft echter fronsen boven zijn appeltaart. Om hem af te leiden, sta ik op en vraag: 'Wil iemand koffie of thee?'

'Decafé voor je vader,' zegt mama. 'En kamillethee voor mij, graag.'

'Een decafé en een kamillethee, komt eraan.' Ik loop naar het moderne koffiezetapparaat dat ik hen vorig jaar voor Kerstmis heb gegeven. Nadat ik mijn ouders hun koffie en thee heb gegeven, loop ik terug om een echte kop koffie voor mezelf te zetten. Ik heb later vanavond dienst, dus kan ik de cafeïne wel gebruiken.

'Raad eens, lieverd?' zegt mijn moeder als ik weer ga zitten. 'Aanstaande zaterdag komen de Levinsons eten.'

Ik neem een slokje koffie. Heet en sterk, precies zoals ik hem lekker vind. 'Leuk.'

'Ze vroegen nog naar je.' Mijn vader roert suiker door zijn koffie.

'Hm-hm.' Verder laat ik niets blijken. 'Doe ze vooral de groetjes.'

'Waarom kom jij ook niet, schat?' Mijn moeder doet net alsof dat nu pas in haar opkomt. 'Ik weet dat ze het enig zouden vinden om je te zien, en ik kan je lievelings...'

'Mam, ik heb geen interesse in Joe, of wie dan ook,

op dit moment.' Maar ik verzacht de afwijzing met een glimlach. 'Het spijt me, maar daar ben ik nog niet klaar voor. Ik weet dat jullie dol zijn op Joes ouders en dat hij een goede jurist en een leuke man is, maar ik ben er gewoon nog niet aan toe.'

'Je weet pas of je ergens aan toe bent als je het probeert,' zegt mijn vader.

Mijn moeder zucht en staart in haar theekopje.

'Je kunt jezelf niet met George begraven, Sara. Jij bent sterker dan dat.'

In plaats van antwoord te geven, neem ik een grote slok koffie. Hij heeft het mis. Ik ben helemaal niet sterk. Het kost me al genoeg moeite om hier te zitten en net te doen of er niets aan de hand is, alsof ik normaal ben, normaal functioneer en geestelijk gezond ben.

Net als de rest van de wereld weten mijn ouders niet wat er die vrijdagavond gebeurd is. Zij denken dat George in zijn slaap is overleden, een gevolg van het auto-ongeluk dat hem achttien maanden eerder in coma liet belanden. Ik heb iedereen verteld dat de gesloten kist mijn keuze was, dat ik er op die manier beter mee om kon gaan, en niemand heeft daar iets van gezegd. Als mijn ouders de waarheid zouden weten, zou het hen traumatiseren. Dat wil ik ze besparen. Alleen de FBI en mijn therapeut weten van de voortvluchtige en mijn aandeel in Georges dood.

'Denk er gewoon nog eens over na,' zegt mijn moeder als ik blijf zwijgen. 'Je hoeft je nergens op vast te leggen en ook niets te doen dat je niet wilt doen. Maar overweeg gewoon om zaterdag ook te komen.'

Ik kijk op en voor het eerst merk ik de spanning onder die perfect aangebrachte make-up en stijlvolle sieraden op. Mijn moeder is negen jaar jonger dan mijn vader en zo fit en energiek dat ik soms vergeet dat ze ouder wordt en dat al die stress niet goed kan zijn voor haar gezondheid. 'Ik zal erover nadenken, mam,' beloof ik. Dan sta ik op om de tafel af te ruimen. 'Als ik zaterdag niet hoef te werken, dan kom ik misschien wel.'

7

Sara

Tijdens mijn dienst hol ik van het ene noodgeval naar het andere, van een vijf maanden zwangere vrouw met zware bloedingen tot een patiënte wier bevalling zeven weken te vroeg begint. Uiteindelijk verricht ik een keizersnede bij haar. Gelukkig kan de baby, een perfect klein jongetje, al zelfstandig ademhalen en drinken. De vrouw en haar man huilen van geluk en bedanken me uitvoerig. Tegen de tijd dat ik naar mijn kluisje loop om me om te kleden, ben ik zowel fysiek als mentaal uitgeput, maar ik ben ook heel erg tevreden.

Ieder kind dat ik op deze wereld help zetten, elke vrouw wier lichaam ik help genezen, allemaal zorgen ze ervoor dat ik me een beetje beter voel. Allemaal verlichten ze het schuldgevoel dat als een verstikkende doek op me neerhangt.

Nee, niet aan denken. Stop. Maar het is al te laat: de herinneringen overspoelen me als een duistere, giftige vloedgolf. Naar adem snakkend zak ik op het bankje naast mijn kluisje neer, Mijn handen grijpen zich vast aan het hout.

Een hand op mijn mond. Een mes tegen mijn keel. Een natte doek op mijn gezicht. Water in mijn neus, in mijn longen...

'Hé, Sara.' Zachte handen pakken me vast. 'Sara, wat is er? Gaat het wel?'

Ik krijg nauwelijks adem, maar toch slaag ik erin te knikken. Met gesloten ogen concentreer ik me op mijn ademhaling, kalmeer die zoals mijn therapeut me dat geleerd heeft. Na een paar seconden neemt het verstikkende gevoel af. Ik open mijn ogen en zie dat Marsha me bezorgd staat aan te kijken. 'Het gaat wel,' zeg ik beverig. Ik sta op om mijn kluisje te openen. Mijn huid voelt koud en klam aan en ik hoop dat mijn knieën mijn gewicht willen blijven dragen. Ik wil niet dat iemand hier in het ziekenhuis van mijn paniekaanvallen weet. 'Ik ben weer eens vergeten te eten, dus ik denk dat mijn bloedsuiker te laag is.'

Marsha spert haar blauwe ogen open. 'Je bent toch niet zwanger?'

'Wat?' Ondanks dat mijn ademhaling nog altijd onregelmatig is, schiet ik in de lach. 'Nee, natuurlijk niet.'

'O, oké.' Ze grijnst naar me. 'En ik maar denken dat je eindelijk eens een beetje leefde.'

Ik kijk haar spottend aan. 'Denk je dat ik in dat geval niet zou weten hoe ik een zwangerschap moet voorkomen?'

'Je weet maar nooit. Ongelukjes bestaan, hoor.' Ze opent haar kluisje en begint zich om te kleden. 'Even serieus: ga met mij en de meiden mee eten. We gaan zo naar Patty's.'

Ik trek mijn wenkbrauwen op. 'Naar een bar, om vijf uur 's ochtends?'

'Dus? We gaan niet zuipen. Ze hebben daar vierentwintig uur per dag ontbijt en het eten is veel beter dan hier in het restaurant. Je zou het eens moeten proeven.'

Ik wil weigeren, maar dan besef ik dat ik nauwelijks iets in de koelkast heb liggen thuis. Ik heb niet gelogen; ik heb echt geen tijd gehad om te eten. Het diner bij mijn ouders is al tien uur geleden en ik rammel van de honger. 'Oké,' zeg ik, daarmee zowel Marsha als mezelf verrassend. 'Ik ga mee.' Ik negeer het opgewonden gekwetter van mijn vriendin, trek mijn gewone kleren aan en loop naar de wasbak om mezelf op te frissen.

Het verbaast me niet dat ik bij Patty's veel bekende gezichten zie. Een groot aantal van mijn collega's bij het ziekenhuis gaat hierheen om zich na het werk te ontspannen en even bij te praten. Wat ik dan weer niet had verwacht, was dat het op dit uur van de nacht – of ochtend, dat ligt eraan hoe je het bekijkt – nog zo vol zou zitten. Maar ja, ze serveren zowel ontbijt als alcohol, dus eigenlijk is het wel logisch.

Marsha, twee verpleegsters van de SEH en ik zoeken een tafeltje in een hoek uit.

Een vermoeid uitziende serveerster neemt onze bestelling op.

Zodra ze weg is, steekt Marsha een verhaal af over haar bizarre weekend in een club in de binnenstad van Chicago. De twee verpleegsters, Andy en Tonya, lachen en plagen haar over de man die ze bijna had opgepikt. Daarna vertelt Andy ons over haar vriendje en zijn voorkeur voor paarse condooms.

Tegen de tijd dat het eten komt, zitten ze alle drie zo hard te lachen dat de serveerster ons geërgerde blikken begint toe te werpen.

Ik lach ook, want het is een grappig verhaal, maar toch voel ik niet de vreugde die je normaal gesproken ervaart als je lacht. Die heb ik al lang niet meer ervaren. Het is alsof iets in mij bevroren is, waardoor al mijn gevoelens en emoties afgevlakt zijn. Mijn therapeut zegt dat dat een manifestatie van de PTSS is, maar ik weet dat nog niet zo zeker. Ik heb al sinds lang voordat de vreemdeling mijn huis binnendrong – voor het ongeluk, zelfs – het gevoel dat iets mij van de rest van de wereld scheidt, alsof er een muur vol valse voorwendselen en leugens staat. Al jaren draag ik een masker en inmiddels voelt het alsof het met mij versmolten is, alsof er niets echts meer onder dat masker zit.

'En bij jou, Sara?' vraagt Tonya. 'Hoe was jouw weekend?'

Ik besef dat ik heb zitten dagdromen en mijn ontbijt op de automatische piloot aan het opeten ben. 'Het was prima, bedankt.' Ik leg mijn vork neer en probeer te glimlachen. 'Er is weinig boeiends gebeurd. Ik ga mijn huis verkopen, dus ben ik bezig geweest met het opruimen van de garage en dat soort saaie dingen.' Daarnaast heb ik een oproepdienst van achttien uur gedraaid en nog eens vijf uur in de kliniek gewerkt, maar dat zeg ik er niet bij. Marsha vindt me al verslaafd aan mijn werk; als ze hoort dat ik ben ingevallen voor een aantal artsen in mijn gynaecologiepraktijk en daarnaast ook nog in de kliniek bezig ben, gaat ze daarover doordrammen.

'Ga anders mee uit, volgende week vrijdag,' zegt Tonya. Intussen strekt ze een lange, slanke bruine arm naar het zoutvaatje uit. Ze is vierentwintig en een van de jongste verpleegsters die we in dienst hebben. Uit Marsha's verhalen heb ik begrepen dat ze een nog groter feestbeest is dan mijn vriendin; haar strakke lichaam en de vrolijke kuiltjes in haar wangen doen het blijkbaar goed bij alle mannen. 'We gaan hier bij Patty's wat drinken en daarna de stad in. Ik ken een van de uitsmijters van die toffe nieuwe club, dus we hoeven niets eens in de rij te staan.'

Ik knipper even bij het horen van die onverwachte uitnodiging. 'O, nou... Ik weet niet of...'

'Je bent vrijdagavond vrij,' zegt Marsha. 'Ik heb op het rooster gekeken.'

'Ja, maar je weet hoe het gaat.' Ik prik wat ei aan mijn vork. 'Baby's houden zich niet aan roosters.'

'Laat haar, Marsha,' zegt Andy terwijl ze een rode krul achter haar oren steekt. 'Je ziet toch wel dat ze moe is? Als ze mee wil, gaat ze heus wel mee. Daar hoef je niet over door te drammen.'

Ze knipoogt naar me en ik werp haar dankbaar een glimlach toe. Dit is de eerste keer dat ik buiten het ziekenhuis om met Andy omga en ik vind haar echt aardig. Net als ik is ze achter in de twintig en volgens Marsha heeft ze al vijf jaar een vriend. Die vriend – die van de paarse condooms – is blijkbaar een zelfingenomen sukkel, maar Andy houdt toch van hem. 'Je bent vanuit Michigan hierheen verhuisd, toch?'

Andy knikt en vertelt me dat Larry, haar vriend, een baan aangeboden kreeg hier en dat ze daarom verhuisd zijn.

Al luisterend besluit ik dat Marsha gelijk had over Andy's vriend. Larry klinkt inderdaad als een egoïstische slapjanus.

De rest van de maaltijd vliegt voorbij. Er wordt gezellig gekletst en tegen de tijd dat we gaan betalen, voel ik me beter dan ik me in maanden gevoeld heb. Misschien heeft mijn vader wel gelijk en is uitgaan en met mensen omgaan goed voor me. Misschien ga ik toch wel naar dat etentje met de Levinsons en ook stappen met Tonya.

Mijn goede stemming houdt aan terwijl ik de drie

vrouwen gedag zeg en de twee blokken naar de parkeergarage van het ziekenhuis loop om mijn auto te gaan halen. Uit mijn koptelefoon klinkt Lady Gaga op en de lucht vertoont de eerste tinten roze. Het voelt alsof de zonsopgang tot me spreekt en me belooft dat ergens in de niet al te verre toekomst de duisternis ook uit mijn leven zal verdwijnen. Dat sprankje hoop voelt goed. Het voelt als een stap vooruit.

Ik ben in de parkeergarage als het gebeurt. Het begint met een getintel op mijn huid, een seintje van mijn zenuwen. Dan volgt een golf adrenaline, evenals een vlaag verlammende angst. Mijn hartslag schiet omhoog en mijn lichaam verstijft alsof het zich klaar maakt voor een aanval. Naar adem snakkend draai ik me om. Ik ruk de koptelefoon van mijn hoofd en graai naar de pepperspray in mijn tas, maar er is niemand te zien. Het is alleen maar een gevoel van gevaar, het idee dat ik in de gaten word gehouden. Hijgend draai ik een rondje, de pepperspray in mijn hand geklemd, maar er is echt niemand. Er is nooit iemand als mijn brein dit geintje met me uithaalt.

Bevend ga ik in mijn auto zitten. Na een paar minuten ademhalingsoefeningen doen, voel ik me kalm genoeg om te kunnen autorijden. Ik weet dat ik ondanks mijn vermoeidheid geen oog dicht zal kunnen doen.

Daarom sla ik eenmaal buiten de parkeergarage niet rechtsaf, maar linksaf. Ik kan net zo goed naar de kliniek gaan. Ze verwachten me morgen weliswaar pas, maar ze zijn altijd dankbaar voor de hulp.

8

S*ara*

'VERTEL ME EENS OVER JE LAATSTE AANVAL, SARA,' ZEGT dokter Evans. Hij slaat zijn lange benen over elkaar. 'Waardoor dacht je dat iemand je in de gaten hield?'

'Geen idee. Het was gewoon...' Ik haal diep adem en zoek naar de juiste woorden, maar dan schud ik mijn hoofd. 'Het was niets concreets. Ik weet het echt niet.'

'Oké, laten we even teruggaan naar dat moment.' Zijn toon klinkt zowel betrokken als professioneel. Dat maakt hem een goede therapeut: hij geeft je het gevoel dat hij om je geeft en tegelijkertijd is er voldoende afstand. 'Je zei dat je was gaan ontbijten met een paar collega's. Daarna liep je terug naar je auto, klopt dat?'

'Juist.'

'Heb je toen iets gehoord? Iets gezien? Iets dat een

aanval had kunnen veroorzaken? Het dichtslaan van een autoportier, ritselende bladeren, een vogel?'

'Nee, ik herinner me niets bijzonders. Ik liep en luisterde naar de muziek. Toen voelde ik het. Ik kan het niet uitleggen. Het was net als...' Ik slik en mijn hart begint te bonzen bij de herinneringen die nu bovenkomen. 'Het was net als die keer in de keuken, toen ik vlak voor hij me beetpakte zijn aanwezigheid voelde. Dat gevoel was het.'

Het smalle, intelligente gezicht van de therapeut staat nu bezorgd. 'Hoe vaak gebeurt dit nu?'

'Dit was de derde keer deze week.' Ik voel mijn wangen gloeien als hij iets op zijn notitieblok schrijft. Ik haat het gevoel van geen controle hebben, evenals de wetenschap dat mijn brein dit soort dingen met me uithaalt. 'De eerste keer was in een supermarkt, de tweede keer toen ik de vrouwenkliniek binnenliep en dit was in de parkeergarage van het ziekenhuis. Ik weet niet waarom dit gebeurt. Ik dacht echt het beter met me ging. In de afgelopen twee weken heb ik maar één korte paniekaanval gehad en gisteren na dat ontbijt voelde ik me oprecht hoopvol. Het is gewoon niet logisch.'

'Onze geest heeft tijd nodig om te herstellen, Sara, net zoals ons lichaam dat nodig heeft. Soms is er een terugval, soms doet een ziekte iets wat je niet verwacht. Dat weet jij ook.' Hij schrijft nog iets op en kijkt me dan aan. 'Heb je overwogen nogmaals contact op te nemen met de FBI?'

'Nee, dan denken ze helemaal dat ik gek geworden

ben.' Na mijn eerste paranoia-aanval, een maand geleden, heb ik agent Ryson gebeld. Hij liet me weten dat Interpol bezig was de moordenaar van mijn echtgenoot in Zuid-Afrika te traceren. Voor alle zekerheid heeft hij me toen een tijdje laten schaduwen. Na een aantal dagen kwam men tot de conclusie dat er geen enkele dreiging was en haalde Ryson zijn mannen terug met een vaag excuus over geld en mankracht. Hij beschuldigde me niet van paranoia, maar ik weet gewoon dat dat wel was wat hij dacht.

'Omdat de man voor wie je bang bent ver weg is.'

'Ja. Hij is weg en heeft geen enkele reden om terug te komen.'

'Mooi. Rationeel gezien weet je dat. We gaan je onderbewuste daar ook van overtuigen. Maar allereerst zul je erachter moeten komen wat je paranoia triggert, zodat je die momenten kunt herkennen en daardoor je reactie erop kunt beïnvloeden. Let er de eerstvolgende keer dat het gebeurt op wat je aan het doen bent en hoe je je voelt als het begint. Ben je in een omgeving met andere mensen of alleen? Is het rumoerig of stil? Ben je binnen of buiten?'

'Goed, dat zal ik noteren terwijl ik bezig ben met hyperventileren en mijn pepperspray vastgrijpen.'

Dokter Evans glimlacht. 'Ik heb vertrouwen in je, Sara. Je hebt al geweldige stappen gezet. Je bent inmiddels weer in staat om bij de gootsteen te komen, toch?'

'Ja, maar ik kan de kraan nog niet aanraken.' Mijn

handen verkrampen. 'En dus is het nogal zinloos.' De keuken is een van de redenen dat ik het huis verkoop. Eerst durfde ik er niet eens naar binnen, maar na maanden van intensieve therapie ben ik nu weer in staat om naast de gootsteen te staan zonder een paniekaanval te krijgen. Maar ik kan het water nog niet aanzetten.

'Kleine stapjes,' zegt dokter Evans. 'Op een dag kun je ook de kraan weer aanzetten. Tenzij het huis eerst verkocht wordt, natuurlijk. Ben je dat nog steeds van plan?'

'Ja, over een paar dagen houdt de makelaar Open Huis.'

'Oké, mooi.' Hij glimlacht opnieuw en legt zijn notitieblok weg. 'We zijn klaar voor vandaag. Ik ben de komende anderhalve week op vakantie, maar ik zie je daarna weer. Houd in de tussentijd bij wat je doet en maak gedetailleerde aantekeningen als je weer een aanval van paranoia ervaart. Dan bespreken we die en je gevoelens omtrent de verkoop van je huis de volgende keer, goed?'

'Klinkt goed.' Ik sta op en schud hem de hand. 'Ik zie u dan. Fijne vakantie.' Ik loop zijn kantoor uit, naar mijn auto, mezelf dwingend mijn hand langs mijn zij te houden en niet in mijn tas, om de pepperspray geklemd.

~

DIE NACHT SLAAP IK GOED, EVENALS DE NACHT ERNA. Dat komt echter doordat ik zo veel werk dat ik letterlijk instort. Als ik zo moe ben, slaap ik overal, zelfs in mijn grote, door eiken omringde huis. De FBI is er nooit achter gekomen hoe de voortvluchtige in mijn huis heeft weten te komen zonder dat het alarm afging of zonder in te breken. Ondanks dat ik extra beveiligingsmaatregelen heb aangebracht, voel ik me in mijn eigen huis even veilig als wanneer ik op straat zou slapen.

De derde nacht weten de nachtmerries me helaas toch weer te vinden. Ik weet niet of het komt doordat ik eerder die dag weer een aanval van paranoia had – ditmaal in een drukke straat naast een koffietentje – of omdat ik maar twaalf uur heb gewerkt, maar in elk geval droom ik die nacht van *hem*.

Zoals altijd is zijn gezicht vaag: ik zie alleen grijze ogen en een litteken dat door zijn linkerwenkbrauw loopt. Die ogen houden me op mijn plek als hij een mes tegen mijn keel drukt. Zijn blik is even scherp en wreed als het lemmet dat me bedreigt. Dan is George daar ineens; zijn bruine ogen zijn leeg, maar hij komt op me af.

'Niet doen,' fluister ik, maar George loopt door. Uit zijn voorhoofd loopt een straaltje bloed. Het is een keurige kleine wond, die in niets lijkt op het gapende gat dat de echte kogel had aangericht. Een deel van mij weet dat ik droom, maar toch begin ik te beven en te snikken als de man met de grijze ogen me oppakt en naar de gootsteen draagt.

'Niet doen, alsjeblieft,' smeek ik hem. Maar hij is meedogenloos en duwt mijn hoofd de gootsteen in, terwijl George nog altijd op me af schuifelt. Zijn dode gezicht is verwrongen van haat en woede.

'Dat is voor wat je mij hebt aangedaan,' zegt mijn man. Hij draait de kraan open. 'Voor alles wat je hebt gedaan.'

Ik word schreeuwend en hijgend wakker; mijn lakens zijn nat van het zweet. Als ik een beetje gekalmeerd ben, ga ik naar beneden en zet een kopje kruidenthee voor mezelf met water uit de koelkast. Tijdens het drinken staar ik naar de tijd op de magnetron. De knipperende groene getallen laten me weten dat het nog niet eens drie uur 's nachts is. Het is veel te vroeg om op te staan; ik heb vandaag een extra lange dienst. Vanmiddag staat een operatie gepland en ik moet helder zijn, anders breng ik mijn patiënte in gevaar.

Na een korte interne discussie pak ik een slaapmiddel uit het medicijnkastje. Ik snijd één pilletje doormidden, neem het met het laatste restje thee in en ga terug naar boven. Ik haat het om mezelf te drogeren, maar ik heb vandaag geen keuze. Ik hoop alleen dat ik niet opnieuw van de voortvluchtige man droom. Niet omdat ik bang ben voor een herhaling van de waterboardnachtmerrie, want die heb ik altijd maar één keer per nacht. Nee, in sommige dromen martelt hij me niet. Soms neukt hij me en geef ik me daar gewillig aan over.

9

Ik sta naast haar bed en kijk toe hoe ze slaapt. Het is een risico, hier persoonlijk staan in plaats van haar via de camera's die mijn mannen in haar huis hebben geïnstalleerd te bekijken, maar dankzij het slaapmiddel zal ze wel doorslapen. Toch zorg ik ervoor dat ik geen geluid maak. Sara reageert op mijn aanwezigheid; op een vreemde manier lijkt ze me aan te voelen. Daarom heeft ze tegenwoordig die pepperspray bij zich en daarom ziet ze eruit als een schichtig hertje als ik in de buurt ben. Onbewust weet ze dat ik terug ben. Ze voelt dat ik achter haar aan zit.

Ik weet nog steeds niet waarom ik dit doe, maar ik ben gestopt met het analyseren van deze waanzin. Ik heb geprobeerd weg te blijven, me op mijn missie te richten. Maar terwijl ik bezig was met de laatste mannen op mijn lijst te vinden – er is er nog maar één over – bleef ik aan Sara denken. Ik zag steeds weer voor me hoe ze eruitzag op de dag van de begrafenis, herinnerde me de pijn in haar zachte bruine ogen. Ik herinnerde me hoe ze haar lippen om mijn vingers sloot en me smeekte om niet weg te gaan.

Er is niets normaals aan mijn obsessie voor haar. Ik ben realistisch genoeg om dat toe te geven. Ze is de vrouw van een man die ik vermoord heb, een vrouw die ik gemarteld heb zoals ik een potentiële terrorist zou martelen. Ik zou niets voor haar moeten voelen, net zoals ik niets voelde voor al mijn andere slachtoffers, maar toch kan ik haar niet vergeten.

Ik wil haar. Het is volkomen onlogisch en op meerdere manieren absoluut fout, maar ik wil haar toch. Ik wil die zachte lippen en gladde bleke huid voelen, mijn vingers in haar dikke, kastanjekleurige haar begraven en haar geur diep opsnuiven. Ik wil haar horen smeken om haar te neuken en haar vervolgens vasthouden en dat doen, keer op keer. Ik wil de wonden die ik haar heb toegebracht laten verdwijnen en haar naar me laten smachten zoals ik naar haar verlang.

Ze slaapt door terwijl ik zo zit te kijken. Mijn vingers jeuken om haar aan te raken, haar huid te beroeren, al is het maar heel even. Maar dan zou ze wakker kunnen worden en daar ben ik nog niet klaar voor.

Ik wil dat het anders is als Sara me weer ziet. Ik wil

dat ze me niet als haar belager ziet, maar heel iets anders...

ara

IN DE DAGEN DIE VOLGEN, NEEMT MIJN PARANOIA ALLEEN maar toe. Ik heb constant het gevoel dat ik in de gaten word gehouden. Zelfs wanneer ik alleen thuis ben, met de gordijnen dicht en de deuren op slot, heb ik nog het idee dat iemand naar me kijkt. Ik slaap tegenwoordig met de pepperspray onder mijn kussen en ik neem het busje zelfs mee naar het toilet, maar het helpt niets. Ik voel me nergens meer veilig.

Op dinsdag wordt het me te veel: ik bel agent Ryson.

'Dokter Cobakis.' Hij klinkt zowel achterdochtig als verrast. 'Wat kan ik voor u doen?'

'Ik wil u graag spreken,' zeg ik. 'Persoonlijk, als dat kan.'

'O? Waar gaat het over?'

'Dat bespreek ik liever niet per telefoon.'

'Juist.' Het blijft even stil. 'Goed. We kunnen vanmiddag elkaar wel even spreken. Komt dat uit?'

Ik werp een blik op mijn rooster. 'Ja. Kunt u rond drie uur naar het Snacktime Café bij het ziekenhuis komen?'

'Ik zal er zijn.'

~

NATUURLIJK LOOPT EEN AFSPRAAK UIT, EN HET IS AL TIEN over drie als ik me het café in haast.

'Ik wilde net weggaan,' zegt Ryson. Hij staat naast een tafeltje in de hoek.

'Het spijt me heel erg.' Hijgend ga ik tegenover hem zitten. 'Ik beloof u dat het niet lang duurt.'

Ryson gaat weer zitten.

Een ober loopt naar ons toe en we geven onze bestelling op: een espresso voor hem en een kop cafeïnevrije koffie voor mij. Mijn zenuwen hebben geen behoefte aan cafeïne.

'Goed,' zegt hij als de ober weg is. 'Vertel.'

'Ik wil meer weten over die voortvluchtige,' zeg ik zonder omwegen. 'Wie is hij? Waarom zat hij achter George aan?'

Ryson fronst zijn borstelige wenkbrauwen. 'U weet dat dat geheime informatie is.'

'Jawel, maar ik weet ook dat deze man mij

gewaterboard en gedrogeerd heeft, om vervolgens mijn man te vermoorden,' zeg ik kalm. 'Jullie wisten ervan en hebben mij nooit voor hem gewaarschuwd. Dat is wat ik weet. Het enige wat ik weet, eigenlijk. Als ik meer van hem zou weten, bijvoorbeeld zijn naam en beweegredenen, zou ik het misschien beter begrijpen en dan kan ik het hopelijk eindelijk achter me laten. Anders blijft het een bloedende wond, een blaar die niet wordt doorgeprikt. Het woekert en het houdt me constant bezig. Op een dag kan ik het misschien niet langer voor me houden en dan barst de blaar vanzelf open. Begrijpt u mijn dilemma?'

Rysons kaak verstrakt. 'Waag het niet ons te bedreigen, Sara. De consequenties zullen je niet bevallen.'

'Voor u is het dokter Cobakis, agent Ryson.' Ik kijk hem even onbeweeglijk aan als hij mij. 'En de consequenties bevallen me nu ook niet. Georges collega's bij de krant zouden daar waarschijnlijk hetzelfde over denken, als ze ervan zouden horen. Daarom hebt u me toch over die voortvluchtige verteld? Zodat ik mijn mond zou houden en me aan het 'hij is in zijn slaap overleden'-verhaal zou houden? U wist dat Georges collega's boven op een mogelijke maffiamoord zouden duiken en dat kon u niet gebruiken. En dat is nog steeds zo, toch?' Hij kijkt me boos aan en ik zie zijn interne dilemma. Geheime informatie delen en mogelijk in de problemen komen, of die informatie niet delen en zeker in de problemen komen?

Blijkbaar wint zijn gevoel voor zelfbehoud het, want hij zegt grimmig: 'Goed. Wat wilt u weten?'

'Begin maar met zijn naam en nationaliteit.'

Ryson werpt een blik in de rondte en leunt dan iets naar me toe. 'Hij gebruikt veel schuilnamen, maar we denken dat zijn echte naam Peter Sokolov is.' Hij gaat zachter praten, al zijn de tafeltjes om ons heen niet bezet. 'Volgens onze gegevens komt hij oorspronkelijk uit een klein dorp in de buurt van Moskou, Rusland.'

Dat verklaart het accent. 'Wat is zijn achtergrond? Waarom is hij voortvluchtig?'

Ryson leunt achterover. 'Die laatste vraag kan ik niet beantwoorden. Ik heb geen toegang tot die informatie.' Hij zwijgt als de ober onze drankjes komt brengen. Nadat de man weer weg is, gaat Ryson verder: 'Wat ik wel weet, is dat hij voordat hij voortvluchtig werd lid was van de Spetsnaz, de Russische commando's. Zijn taak was het opsporen en ondervragen van iedereen die een bedreiging voor de Russische veiligheid vormde: terroristen, rebellen uit de voormalige Sovjet-Unie, spionnen, dat soort mensen. Het schijnt dat hij erg goed was. Vijf jaar geleden stapte hij ineens over en nam werk aan voor het uitschot van de onderwereld: dictators die van oorlogsmisdrijven beschuldigd werden, Mexicaanse drugskartels, illegale wapenhandelaren... Ergens rond die tijd kreeg hij een lijst met namen in handen van mensen die hem volgens hem onrecht hebben aangedaan en sindsdien is hij methodisch bezig geweest hen te elimineren.'

Mijn hand trilt als ik mijn kop koffie pak. 'En George stond ook op die lijst?'

Ryson knikt en slaat zijn espresso in één slok achterover. Hij zet het kopje neer en zegt: 'Het spijt me, dokter Cobakis. Meer kan ik u niet vertellen, want meer weet ik niet. Ik heb geen idee waarom uw man of de anderen op die lijst stonden. Ik begrijp dat u behoefte heeft aan meer antwoorden. Wij ook, maar veel van Sokolovs gegevens zijn afgeschermd.' Hij zwijgt als de ober langsloopt en gaat dan zachtjes verder: 'U moet die man vergeten, dokter Cobakis, zowel voor uw veiligheid als de onze. U wilt zijn aandacht niet nog een keer trekken, geloof me.'

Ik knik, een knagend gevoel vanbinnen. Ik weet niet waarom ik dacht dat het beter zou zijn om het een en ander te weten over de man die me in mijn dromen belaagt. Nu voel ik me nog nerveuzer. Mijn handen en voeten lijken wel van ijs.

'U weet zeker dat hij weg is?' vraag ik als de agent opstaat. 'U bent er echt zeker van dat hij niet in de buurt kan zijn?'

'Niemand weet wat er in die psychopaat omgaat, maar mocht het uitmaken, zo'n zes weken geleden doodde hij nog iemand van zijn lijst en dat was in Zuid-Afrika,' zegt Ryson somber. 'Daarvoor heeft hij twee mensen in Canada uitgeschakeld, ondanks al onze beveiligingsmaatregelen. Dus ja, voor zover wij weten, bevindt hij zich niet op Amerikaans grondgebied.'

Vol afschuw staar ik hem zwijgend aan. Drie

slachtoffers in zes maanden. Nog drie levens verloren, terwijl ik met mijn nachtmerries en paranoia worstel.

'Succes, dokter Cobakis,' zegt Ryson vriendelijk. Hij legt wat geld op de tafel. 'Tijd geneest alle wonden. Op een dag zult u eroverheen zijn. Daar ben ik zeker van.'

'Bedankt,' zeg ik gesmoord, maar hij is al weg. Ik zie zijn stevige postuur nog net door de glazen deuren van het café heen verdwijnen.

DIE NACHT DROOM IK OPNIEUW VAN PETER SOKOLOVS AANVAL, en dan gaat de nachtmerrie over in het stuk dat ik het ergst vind. In plaats van dat hij me onder de kraan duwt, lig ik onder hem in bed, zijn harde vingers om mijn polsen. Ik voel hem in me bewegen. Zijn penis is groot en hard in me en hitte brandt onder mijn huid. Mijn tepels zijn stijf en pijnlijk tegen zijn gespierde borst.

'Alsjeblieft,' smeek ik. Ik sla mijn benen om zijn heupen en ontmoet zijn metalen blik. 'Harder, alsjeblieft. Ik heb je nodig.'

Ik ben nat van een duister verlangen en het voelt of ik in brand sta. Hij weet precies wat hij met me doet. Hij kan het voelen. Ik zie het in de kilte van zijn zilveren ogen, in de wrede trek om zijn sensuele mond. Zijn vingers boren zich in mijn polsen, snijden als tie-wraps in mijn huid. Dan verandert zijn penis in een mes en snijdt hij me open tot ik bloed.

'Harder,' smeek ik. Mijn heupen komen omhoog om

zijn sneden te ontvangen. 'Laat me niet alleen. Neem me harder.'

Dat doet hij en elke stoot rijt me verder open. Ik schreeuw het uit van pijn en genot, van opluchting en zoete marteling.

Ik schreeuw het uit terwijl ik in zijn armen sterf, maar het is de mooiste dood die ik me kan voorstellen.

IK SCHIET WAKKER, MISSELIJK EN TEGELIJKERTIJD opgewonden. Van alle spelletjes die mijn brein met me speelt, zijn deze perverse dromen nog wel de ergste. De paniekaanvallen en de paranoia begrijp ik: die zijn een logisch gevolg van wat ik heb meegemaakt. Maar er is niets natuurlijks aan deze sensuele nachtmerries. Als ik er alleen al aan denk, voel ik me fysiek beroerd van schaamte.

Ik sta op, trek een ochtendjas aan en loop naar de keuken. Mijn hart bonst en ik heb moeite met rustig ademhalen, maar ditmaal is het niet van angst. Ik voel me verhit en opgewonden. Mijn lichaam brandt van onbeantwoord verlangen. Ik kwam bijna klaar tijdens die droom. Een paar seconden langer en ik was klaargekomen, net zoals ik al twee keer eerder ben klaargekomen tijdens dit soort dromen.

Walging ligt als een steen op mijn maag terwijl ik een kop thee voor mezelf zet. Hoe gek moet je zijn om seksuele dromen te hebben over de moordenaar van je man? Hoe gestoord moet je wezen om te genieten van sterven in de armen van die moordenaar? Ik heb overwogen deze dromen met dokter Evans te bespreken, maar het lukt me niet. Ik krijg de woorden gewoon niet over mijn lippen. Als ik de dromen benoem, verleen ik ze gewicht. Dan gaan ze van een mistig product van mijn slapende onderbewuste naar iets waar ik over nadenk en praat als ik wakker ben, en dat mag niet gebeuren.

Daarbij weet ik al wat de therapeut zou zeggen. Hij zou zeggen dat ik een gezonde jonge vrouw ben die al lange tijd geen seks heeft gehad en dat het normaal is om daar behoefte aan te hebben. Hij zou ook zeggen dat mijn schuldgevoel en zelfverachting de oorzaak zijn dat mijn seksuele fantasieën zulke duistere, verwrongen vormen aannemen en dat het niet betekent dat ik me daadwerkelijk aangetrokken voel tot de man die mij heeft gemarteld en George heeft vermoord. Dokter Evans zou mijn schaamte en schuldgevoel willen verzachten, maar dat verdien ik niet.

Als de thee klaar is, ga ik met een mok aan de keukentafel zitten. Ik wil net een slokje nemen, als me opnieuw het gevoel bekruipt dat ik bekeken word. Rationeel gezien weet ik dat ik alleen ben, maar mijn hart begint te bonzen en mijn handpalmen voelen zweterig aan.

Het busje pepperspray is boven. Daarom sta ik zo kalm mogelijk op en loop naar het messenblok. Ik pak het grootste, scherpste mes dat ik heb en neem het mee naar de keukentafel. Ik weet dat het niets zou uithalen tegen iemand als Peter Sokolov, maar het is beter dan niets.

Na een paar keer diep ademhalen, voel ik me kalm genoeg om mijn thee te kunnen drinken, maar het gevoel dat onzichtbare ogen me volgen, houdt aan.

Als het huis niet snel verkocht wordt, verhuis ik alsnog, beslis ik als ik terugloop naar mijn slaapkamer. Ik kan me een tweede huis prima veroorloven. En daarbij, zelfs een slecht onderhouden studio is nog beter dan dit.

11

'Hoe is het gegaan met het Open Huis?' roept Marsha boven de muziek uit als we op onze vierde ronde drankjes staan te wachten.

'De makelaar zei dat het heel goed ging,' roep ik terug. Het kost me moeite om de woorden te vormen. Ik ben al heel lang niet uit geweest en de alcohol komt hard aan. 'We zien wel of iemand een bod uitbrengt.'

'Niet te geloven dat je een huis hebt en het wilt verkopen,' roept Tonya als het volgende nummer begint en de muziek afneemt van oorverdovend tot gewoon hard. 'Ik zou dolgraag een huis kopen, maar ik ga nooit genoeg bij elkaar gespaard hebben.'

'Als je de helft van je maandsalaris aan kleding en schoenen uitgeeft niet, nee,' grijnst Andy. Haar rode krullen dansen met haar ronde heupen mee. 'Trouwens, Sara is arts. Zij is degene die het grote geld verdient, ook al is ze dan niet zo omhooggevallen als de rest.'

Als Tonya giechelt, rinkelen haar lange oorbellen. 'Ja, dat is waar ook. Je ziet er zo jong uit, Sara. Ik vergeet steeds dat jij een echte arts bent.'

'Ze is ook jong,' zegt Marsha voor ik kan reageren. 'Onze eigen briljante Aletta Jacobs.'

'Hou toch op.' Ik geef Marsha een por. Mijn wangen gloeien als ik de met tatoeages bezaaide barman naar me zie lachen. In een paar vaardige handelingen heeft hij onze Lemon Drops gemaakt en zijn bruine ogen werpen me een duidelijk geïnteresseerde blik toe.

'Kijk eens aan, dames,' zegt hij als hij ons onze drankjes aanreikt.

Andy knipoogt naar me als ze me een glas geeft. 'Proost,' zegt ze.

We slaan de shotjes achterover en gaan dan terug de dansvloer op, waar het volgende nummer alweer uit de speakers schalt.

Ik was na deze afschuwelijke week niet van plan geweest mee uit te gaan, maar op het laatste moment besloot ik dat dronken worden en dansen de voorkeur had boven vroeg naar bed gaan en weer zo'n seksdroom beleven. Gelukkig had ik bij toeval nog een paar leuke zilverkleurige ballerina's in mijn kluisje in het ziekenhuis liggen. Tonya heeft me een zwart jurkje geleend, dat wonderbaarlijk goed past.

'H&M, schat,' zei ze toen ik haar vroeg waar ze het

vandaan had. De eerstvolgende keer dat ik langs een winkel van de hippe keten kom, stap ik binnen en haal ik zoiets voor mezelf, gewoon, voor het geval ik nog eens zoiets geks ga doen.

We zijn de avond begonnen met een paar drankjes bij Patty's en zijn vervolgens in de auto gestapt en naar de club gereden waar Tonya het over had. Zoals beloofd liet haar kennis ons zonder problemen binnen en de afgelopen twee uur hebben we aan één stuk door gedanst. Ik zweet, mijn voeten doen pijn en ik heb morgen ongetwijfeld een vreselijke kater, maar ik heb in jaren niet zo'n plezier gehad. In zeker vijf jaar niet, in elk geval.

Het publiek in de club bestaat uit allerlei soorten mensen, van tieners tot sexy veertigers zoals Marsha, maar het merendeel is net als ik achterin de twintig. De DJ is heel goed: hij wisselt de nieuwe hits af met hip-hopklassiekers en ik zing tijdens het dansen uit volle borst mee met mijn favoriete nummers.

Ik heb altijd al van muziek en dansen gehouden: tijdens mijn basisschool- en middelbareschooltijd heb ik ballet gedaan en tijdens mijn studie heb ik salsalessen gehad. Nu, met die alcohol die door mijn aderen raast, voel ik me sexy en onbezorgd, een gewone jonge vrouw in een club. Vanavond ben ik geen serieuze student, geen overwerkte arts, geen trouwe dochter of perfecte echtgenote. Ik ben zelfs geen paranoïde weduwe met verknipte dromen. Vanavond ben ik gewoon mezelf.

Met zijn vieren staan we een tijdje te dansen; dan

komen er wat jongens Tonya en Marsha opeisen. Andy sleept me mee naar het toilet en als we terugkomen, zien we dat de andere twee helemaal in hun flirts opgaan.

'Zullen we nog wat te drinken halen?' roept Andy boven de muziek uit.

Ik knik en volg haar naar de bar. De zaal draait een beetje, dus ditmaal is het alleen water voor mij.

Het is het afgelopen uur drukker geworden in de club en ook rond de bar bij de zitjes wordt nu gedanst. Als een groep lachende vrouwen zich voor me langs wurmt, verlies ik Andy uit het oog. Ik maak me geen zorgen; bij de bar kom ik haar wel weer tegen. Ik slinger om de groep heen om het drukste deel van de vloer te vermijden. Bijna ben ik bij de bar als ik een paar sterke vingers zich om mijn bovenarm voel sluiten.

Een zware mannenstem prevelt in mijn oor: 'Dans met me, Sara.'

Ik verstijf. Mijn bloed lijkt bevroren. Die stem, dat Russische accent, ken ik. Langzaam draai ik me om en ontmoet de metaalachtige ogen die me in mijn dromen achtervolgen. Peter Sokolov staat voor me, een halve glimlach om zijn mooie mond.

eter

MET EEN KRIJTWIT GEZICHT WANKELT ZE ACHTERUIT. Ik pak haar andere arm om te voorkomen dat ze in elkaar zakt. Het is duidelijk dat ze me heeft herkend. 'Ga nou niet gillen,' zeg ik. 'Ik ben hier niet om je pijn te doen.'

Haar bruine ogen hebben een wilde blik in zich en het is duidelijk dat mijn woorden niet aankomen. Het enige wat zij ziet, is een bedreiging voor haar leven, en daar reageert ze op. Over een paar seconden valt ze flauw of zet ze het op een schreeuwen. Geen van die dingen is een goed idee. 'Sara.' Mijn stem klinkt scherp. 'Ik ben hier niet om iemand iets aan te doen, maar als het moet, dan doe ik het. Begrepen? Als je de aandacht trekt, dan zullen er mensen sterven.'

De hersenloze paniek in haar blik zwakt iets af en

wordt vervangen door een rationelere angst, al is die even intens. Ik begin tot haar door te dringen. Dat ik niet bluf, draagt daar waarschijnlijk ook aan bij.

'Wat wil je?' Onder de lipgloss zijn haar bevende lippen bleek. 'Waarom ben je hier?'

'Ik wilde je zien,' zeg ik. Ik trek haar met me mee de menigte door, weg bij de camera's die rond de bar hangen. Sara's blote arm spant zich. Haar huid voelt koud aan, maar zoals ik al verwacht had, zet ze het niet op een schreeuwen. Inmiddels ken ik haar goed genoeg om te weten dat ze liever zou sterven dan een stel vreemden in gevaar te brengen.

'Dans met me,' herhaal ik als ik haar heb waar ik haar hebben wil: naast een muur in een donker hoekje, waar de menigte ons tegen andere blikken beschermt. Om het haar makkelijker te maken, laat ik haar armen los en leg mijn handen om haar middel, zacht en vriendelijk.

Haar lichaam is zo stijf als een stuk ijs, maar de mensen om ons heen zien gewoon een stel dat samen op de muziek danst. Als ze haar handen tegen mijn borst legt, versterkt dat die illusie alleen maar. Ze probeert me weg te duwen, maar is ze te geschokt om echt kracht te kunnen zetten. Niet dat het enig verschil zou maken als ze dat wel deed. Ik kan de meeste mannen met weinig moeite de baas, dus laat staan een tengere vrouw als zij. 'Wees niet bang,' prevel ik als ze mijn blik vangt.

Zelfs op een volle dansvloer kan ik haar delicate, bloemige geur ruiken. Mijn lichaam reageert op haar nabijheid en mijn penis wordt stijf nu ik haar slanke middel tussen mijn handen houd. Ik wil haar tegen me aan trekken en haar hele lichaam tegen het mijne voelen, maar ik dwing mezelf iets van ruimte tussen ons te laten. Ik wil niet dat de intensiteit van mijn verlangen haar bang maakt. Sara ziet er al uit als een klein diertje in een val, een en al blinde angst en wanhoop. Het liefst zou ik haar dicht tegen me aan houden en knuffelen, maar dat zou haar nog banger maken. Alles wat ik doe, maakt haar bang; al zou ik haar uitnodigen voor een potje karaoke, dan zou ze nog een paniekaanval krijgen.

'Wat wil je van me?' Haar ademhaling is snel en oppervlakkig. 'Ik weet niets...'

'Dat weet ik.' Ik houd mijn stem vriendelijk. 'Maak je geen zorgen, Sara. Dat is voorbij.'

Verwarring verdrijft iets van de doodsangst uit haar blik. 'Maar waarom...'

'Waarom ik hier ben?'

Ze knikt voorzichtig.

'Dat weet ik niet precies,' zeg ik. Dat is de waarheid. De afgelopen vijfenhalf jaar heeft mijn leven in het teken van wraak gestaan. Alles wat ik deed, was voor dat ene doel. Maar nu mijn lijst bijna leeg is, ziet de toekomst er bleek en leeg uit. Het pad dat voor me ligt, is in een schimmige mist gehuld. Zodra ik de laatste persoon die verantwoordelijk was voor de dood van mijn gezin omgebracht heb, heb ik geen doel meer. Mijn reden van bestaan is er niet meer.

Tenminste, dat dacht ik... tot ik haar ontmoette en

de pijn in haar reebruine ogen zag. Nu beheerst zij mijn dromen en kwelt me als ik wakker ben. Als ik aan Sara denk, zie ik eindelijk niet het kapotte lichaam van mijn zoontje of Tamila's bebloede gezicht voor me. Ik zie alleen haar.

'Ga je me doden?'

Ze probeert haar stem kalm te houden, maar dat lukt niet. Toch bewonder ik haar poging om beheerst over te komen. Ik heb haar in een openbare locatie benaderd om haar zich veiliger te laten voelen, maar ze is te intelligent om daarin te trappen. Als ze haar iets over mijn achtergrond verteld hebben, dan weet ze dat ik haar nek sneller kan breken dan dat zij om hulp kan schreeuwen. 'Nee,' antwoord ik. Ik leun naar haar toe als de muziek weer aanzwelt. 'Ik ga je niet doden.'

'Wat wil je dan van me?'

Ze beeft en dat intrigeert me, hoewel ik het tegelijkertijd niet fijn vind. Ik wil niet dat ze me vreest, maar tegelijkertijd vind ik het fijn als ze aan me overgeleverd is. Haar angst bevalt het roofdier in mij wel en wakkert een duister verlangen in me aan. Ze is een gevangen prooi: zacht, zoet en de mijne om te verscheuren. Ik verberg mijn neus in haar lekker ruikende haren en fluister in haar oor: 'Kom morgen om 12.00 uur naar de Starbucks die het dichtst bij jouw huis zit, dan praten we daar. Ik zal je vertellen wat je maar wilt weten.'

Ik kijk weer op en haar ogen staan groot in haar hartvormige gezicht als ze me aanstaart. Ik weet wat ze denkt, dus buig ik me nogmaals naar haar toe. 'Als je contact opneemt met de FBI, zullen ze proberen je voor me te verbergen, net zoals ze geprobeerd hebben je man en de anderen op mijn lijst voor me te verbergen. Ze zullen je dwingen te verhuizen, weg van je ouders en je werk... en het zal allemaal voor niets zijn. Waar je ook bent, ik zal je vinden, Sara.... wat ze ook doen om jou voor mij te verbergen.' Als mijn lippen het randje van haar oorschelp raken, stokt haar adem. 'Ze zouden je ook als lokaas kunnen gebruiken. Als dat zo is, als ze een val zetten, dan zal ik het weten. En dan praten we niet onder het genot van een kopje koffie.' Ze rilt en ik haal diep adem om haar delicate geur nog even op te snuiven voor ik haar loslaat.

Dan stap ik achteruit en verdwijn in de menigte. Intussen laat ik Anton weten dat hij het team in positie moet brengen. Ik wil dat ze veilig thuiskomt; niemand zal haar iets aandoen, alleen ik.

13

IK HEB GEEN IDEE HOE IK THUISKOM, MAAR UITEINDELIJK eindig ik naakt en bevend onder de douche in mijn eigen huis. Ik herinner me vaag dat ik mijn excuses heb aangeboden aan Andy en toen de club uit ben gewankeld om een taxi aan te houden; de rest van de weg naar huis is in een waas van shock en alcohol aan me voorbijgegaan.

Peter Sokolov heeft met me gepraat. Hij heeft me *vastgehouden*. De moordenaar van mijn echtgenoot, de man die mij heeft gemarteld en mijn leven heeft geruïneerd, heeft met me gedanst.

Mijn knieën begeven het en ik zak hijgend op de grond. Een golf duizeligheid laat de douche om me heen draaien en ik heb het gevoel dat alle drankjes die ik op heb zo weer naar buiten komen.

Peter Sokolov was in dezelfde club als ik. Het was geen verzinsel, hij was er echt.

Ik slik krampachtig als de misselijkheid toeneemt. Het water klatert op mijn rug en is haast pijnlijk heet, maar ik kan niet ophouden met beven. Het monster uit mijn nachtmerries bestaat. Hij zit achter me aan.

De duizeligheid verergert en ik krul me tot een balletje op de vloer. Mijn haar valt nat en zwaar over mijn gezicht en mijn keel knijpt dicht als de herinneringen aan die avond weer in me opwellen. De eerste dagen na de aanval vermeed ik het om mijn haar te wassen omdat ik het gevoel van water op mijn hoofd niet kon verdragen, maar uiteindelijk won de behoefte om schoon te zijn het van de angst.

Rustig inademen. Rustig uitademen. Langzaam en gelijkmatig.

Het verstikkende gevoel neemt af; de misère niet. Ik voel me dronken en ziek. Het kost me al mijn kracht om overeind te komen en de douche uit te zetten.

Wat doet hij hier? Waarom is hij teruggekomen? Wat wil hij van me?

Die vragen dansen door mijn hoofd terwijl ik me afdroog, maar ik heb nu net zomin een antwoord erop als dat ik dat in de club had. Mijn brein voelt mistig aan. Al mijn gedachten gaan traag.

Ik sla de handdoek om mijn natte haren, strompel naar de slaapkamer en laat me op het grote bed neerploffen. Het plafond beweegt alsof ik op een schip lig. Morgenochtend zal ik met een enorme kater wakker worden. Ik ben sinds mijn studietijd niet meer zo dronken geweest en mijn lichaam weet niet wat het ermee moet.

Ik rol op mijn zij en trek de dekens tegen me aan, kort en oppervlakkig ademhalend. De alcohol dreigt me in slaap te sussen, maar ik verzet me er voor een keer tegen. Ik moet nadenken, begrijpen wat er gebeurd is en beslissen wat ik moet doen.

De moordenaar die me gewaterboard heeft, wil morgen koffie met me gaan drinken.

Het zou grappig zijn als het niet zo'n angstaanjagend idee was. Ik begrijp gewoon niet wat hij wil. Waarom benaderde hij me in die club? Waarom vroeg hij me om hem in het openbaar te ontmoeten? Hij wordt door vrijwel elke politiedienst ter wereld gezocht en dat weet hij. Dat moet wel. Waarom zou hij zo'n risico nemen?

Tenzij... Stel dat hij denkt dat het geen risico is? Misschien is hij arrogant genoeg om te denken dat hij de autoriteiten voorgoed kan ontlopen.

Woede vlamt in me op en verjaagt iets van de mist in mijn brein. Ik ga zitten, vechtend tegen de duizeligheid, en reik naar de vaste telefoon die op mijn nachtkastje staat. Het is een hopeloos ouderwets ding en totaal overbodig in deze tijd van mobiele telefoons, maar George stond erop een vaste lijn aan te laten leggen.

'Je weet maar nooit,' zei hij als reactie op mijn protesten. 'Mobiele telefoons zijn niet altijd betrouwbaar. Wat moeten we doen als tijdens een storm in de winter de elektriciteit uitvalt?'

Mijn ogen beginnen te branden als me dat herinner en met bevende hand pak ik de hoorn. Ik ben goed met cijfers, dus toets ik agent Rysons nummer zonder aarzelen in.

Maar dan ineens bedenk ik iets. Stel dat Peter mijn telefoon afluistert? Is dat wat hij bedoelde toen hij zei dat hij het zou weten als ik hem in de val zou proberen te lokken? En dan schiet me nog iets te binnen.

Bekijkt hij me nu, op dit moment?

Mijn ademhaling versnelt en adrenaline danst onder mijn huid. Voor het voorval in de club zou ik het idee weggewuifd hebben als paranoia, maar als het waar is, is het geen paranoia. Het is geen waanzin als het echt gebeurt.

Peter heeft veel mogelijkheden ter beschikking, zei Ryson. Zou hij hypermoderne spyware hebben? *Heb ik camera's en afluisterapparatuur in mijn huis?*

Met bonzend hart laat ik de hoorn vallen en grijp de deken vast, die ik over mijn blote borsten heen trek. Ik draag zelden een ochtendjas als ik in mijn slaapkamer ben. Ook 's winters slaap ik naakt, warm genoeg door het dekbed. Ik heb nooit problemen gehad met mijn lichaam en George vond het geweldig als ik naakt door het huis liep, maar de gedachte dat deze moordenaar me naakt heeft gezien, zorgt ervoor dat ik me geschonden en tentoongesteld voel.

En ik moet weer aan mijn verwrongen dromen denken. Nee, nee. Ik sla hijgend het dekbed om me heen en strompel naar de kast om een T-shirt en een slipje aan te trekken. Ik mag niet aan die dromen denken. Dat weiger ik. Ik ben dronken, dat is de enige reden dat ik aan zulke dingen met dat monster denk.

Maar hij ziet er niet uit als een monster. Ondanks het litteken in zijn linkerwenkbrauw is hij een verbluffend knappe man, het soort man waar vrouwen zich om verdringen. Als ik niet had geweten wie hij was, had ik zeker met hem gedanst. Dan had ik zijn sterke armen om me heen willen voelen, evenals zijn sterke lichaam tegen het mijne.

Mijn handen trillen als ik mijn ondergoed aantrek. Ik voel dat ik nat ben als de stof mijn schaamlippen raakt.

Nee. Dit kan niet. Ik ben niet opgewonden.

Ik trek het eerste T-shirt aan dat ik kan vinden, wankel terug naar het bed en zak erop neer. Dan trek ik de dekens over mezelf heen. De kamer draait om me heen en mijn maag draait mee. Ik adem oppervlakkig door de misselijkheid heen en merk pas dat mijn oogleden dichtvallen als mijn gedachten beginnen te dwalen. Met opeengeklemde kaken dwing ik mijn ogen zich te openen. Ik mag pas in slaap vallen als ik weet wat ik morgen ga doen.

Terwijl ik naar het draaiende plafond staar, overweeg ik mijn opties. Het slimste zou zijn om het Ryson te vertellen en te hopen dat de FBI me kan beschermen. Maar als mijn vermoedens kloppen en Peter Sokolov me inderdaad afluistert of bespioneert, dan weet hij het als ik de FBI bel en misschien ben ik dan wel dood voor de FBI hier is.

Maar goed, als hij me wil doden, maakt de aan- of afwezigheid van de FBI misschien niet eens uit. Het heeft de mensen op zijn lijst in elk geval niet geholpen. En hij zei dat hij dan achter me aan zou komen. Hij heeft beloofd me te vinden, waar ik ook heen zou gaan.

Waarschijnlijk is het het risico wel waard, want het alternatief is meespelen met wat voor wreed spel het ook is dat Peter speelt. Ik weet niet wat hij van me wil, maar het kan niet goed zijn. Misschien had hij zo'n hekel aan George dat hij zijn weduwe wil kwellen. Of misschien denkt hij toch dat ik iets weet, net als de zus van die man die hij gedood heeft, ondanks dat hij zei van niet. Hij zou op dit moment een nieuwe, exotische manier van martelen voor me aan het bedenken kunnen zijn, iets bijzonder gruwelijks dat te maken heeft met koffie.

Mijn ogen vallen weer dicht en ik wrijf over mijn gezicht in een poging om wakker te blijven. Ik weet dat ik niet helder na kan denken nu, maar ik kan ook niet gaan slapen zonder iets te beslissen.

Bel ik de FBI of niet? En zo niet, ga ik dan naar die Starbucks? Een rilling trekt door me heen als ik me voorstel dat ik koffie ga drinken met de moordenaar van mijn echtgenoot. Ik geloof niet dat ik dat kan. Alleen het idee al maakt me hondsberoerd. Maar wat moet ik anders doen? Me in bed verstoppen en dan zoals beloofd naar het etentje van mijn ouders gaan?

Net doen alsof het monster dat mijn leven heeft verwoest niet achter me aanzit?

Uiteindelijk is het de gedachte aan mijn ouders die de doorslag geeft. Als het alleen om mij ging, zou ik het risico op bescherming door de FBI nog wel nemen, maar ik kan mijn ouders niet in gevaar brengen. Ik kan hen niet dwingen hun huis en iedereen die ze kennen achter te laten, zeker niet omdat Ryson en zijn collega's de anderen ook niet konden beschermen. En mijn ouders achterlaten is geen optie. Zelfs als het hun leeftijd niet was, zou ik de gedachte dat Peter hen zou ondervragen zoals hij mij over George heeft ondervraagd, niet verdragen.

Er zit maar één ding op: ik ga morgen met mijn martelaar praten en ik hoop maar dat wat hij mij aan wil doen zich niet uitstrekt tot de rest van mijn familie.

Als mijn ogen dan eindelijk dichtvallen en slaap me overmant, droom ik opnieuw van hem. Maar ditmaal martelt hij me niet en neukt hij me ook niet. Hij zit op mijn bed en kijkt naar me, met een blik die zowel warm als vreemd bezitterig is.

ara

WANNEER IK 'S MIDDAGS BIJ DE STARBUCKS AANKOM, IS de stekende pijn in mijn schedel verminderd tot een doffe dreun en ben ik niet meer om de haverklap misselijk. Mijn handpalmen zijn echter klam van angst en mijn handen trillen zo erg dat ik bijna mijn sleutels laat vallen als ik uit de auto stap.

Bij het oversteken van de parkeerplaats voel ik me alsof ik mijn executie tegemoet loop. Bij elke snelle hartslag raast de angst door mijn lichaam. Hij kan me ieder moment vermoorden, me met een sluipschuttersgeweer uitschakelen. Misschien lokt hij me daarom hiernaartoe: om me op een openbare plek te vermoorden en mijn lichaam als schrikbeeld achter te laten.

Maar er komen geen kogels op me af suizen en wanneer ik de koffiezaak binnenstap, zie ik hem meteen. Hij zit aan een van de lege tafels in de hoek. In zijn grote hand heeft hij een papieren beker.

Ik ontmoet zijn blik en alles in mij trekt even heftig samen, alsof ik door een defibrillator geschokt word. Dit is de eerste keer dat ik hem bij daglicht zie, zonder alcohol of drugs in mijn systeem.

Dit is de eerste keer dat echt tot me doordringt hoe gevaarlijk hij is.

Hij zit achterover geleund in zijn stoel; zijn lange, in jeans gestoken benen zijn onder een kleine, ronde tafel uitgestrekt, met zijn enkels gekruist. Het is een nonchalante pose, maar er is niets nonchalants aan de duistere kracht die van hem afstraalt. Hij is niet alleen gevaarlijk; hij is dodelijk. Ik zie het in zijn koude, staalharde blik en de paraatheid van zijn grote lichaam, in de arrogante hoek van zijn kaak en de wrede trek rond zijn lippen.

Dit is een man die leeft met geweld, een roofdier aan de top van de voedselketen voor wie de regels van de samenleving niet gelden.

Een monster dat talloze mensen heeft gemarteld en gedood.

De golf van woede en haat snijdt bij die gedachte door mijn angst heen. Ik zet een stap naar voren, dan nog één en nog één, totdat ik met bijna gestage pas naar hem toe loop. Als hij me had willen vermoorden, had hij het al op een miljoen verschillende manieren kunnen doen, dus vandaag moet hij iets anders willen.

Iets nog kwaadaardigers.

Hij staat op als ik dichterbij kom en zegt: 'Hallo, Sara. Leuk je weer te zien.'

Zijn diepe stem omhult me en zijn zachte Russische accent streelt mijn oren. Die stem uit mijn nachtmerries zou vreselijk moeten klinken, maar net als de rest van hem is hij bedrieglijk aantrekkelijk.

'Wat wil je?' Ik ben onbeleefd, maar dat kan me niet schelen. Beleefdheid en goede manieren liggen ver achter ons. Het heeft geen zin om te doen alsof dit een normale afspraak is.

De enige reden dat ik hier ben, is omdat het mijn ouders in gevaar zou kunnen brengen als ik niet kwam.

'Ga zitten.' Hij gebaart naar de stoel tegenover zich en gaat zitten. 'Ik heb alvast koffie voor je besteld. Zwart, zonder suiker... en cafeïnevrij, want je werkt vandaag niet.'

Ik werp een blik op de tweede beker – die precies bevat wat ik zelf besteld zou hebben – en kijk hem dan weer aan. Mijn hart bonst in mijn keel, maar mijn stem klinkt kalm als ik zeg: 'Je houdt me dus inderdaad in de gaten.'

'Ja, natuurlijk. Maar dat had je gisteravond toch al door?'

Onwillekeurig huiver ik. Als hij me heeft zien proberen te bellen, dan heeft hij me ook dronken de badkamer in zien strompelen en naakt naar buiten zien komen.

Als hij me al een tijdje in de gaten houdt, heeft hij me op allerlei privémomenten gezien.

'Ga zitten, Sara.' Hij gebaart weer naar de stoel en deze keer gehoorzaam ik, al is het maar om mezelf de kans te geven te kalmeren. Woede en angst krioelen door mijn borst en ik voel me alsof ik op het punt sta te ontploffen.

Ik ben nooit een gewelddadig mens geweest, maar als ik een pistool had, zou ik hem neerschieten. Ik zou zijn hersens de trendy Starbucks-muur laten overschilderen.

'Je haat me.' Hij stelt het kalm, meer als een feit dan als een vraag, en ik staar hem betrapt aan.

Leest hij mijn gedachten, of ben ik zó makkelijk te doorgronden?

'Dat is prima,' zegt hij, en ik zie een vleugje vermaak in zijn ogen. 'Je mag het toegeven. Ik beloof je vandaag geen pijn te doen.'

Vandaag? Maar morgen dan, en overmorgen? Mijn handen ballen zich tot vuisten onder de tafel; mijn nagels prikken in mijn huid. 'Natuurlijk haat ik je,' zeg ik zo kalm als ik maar kan. 'Is dat een verrassing?'

'Nee, natuurlijk niet.'

Als hij lacht, stokt mijn adem. Het is geen perfecte lach: zijn tanden zijn wit, maar onderin staat er één scheef en in zijn onderlip zit een klein litteken dat tot nu toe niet zichtbaar was. En toch is hij aantrekkelijk.

Het is een lach met slechts één doel: onoplettende vrouwen lokken en hen het monster achter de lach laten vergeten.

Mijn nagels graven dieper in mijn handpalmen. De

pijn helpt me focussen als hij zegt: 'Je hebt het volste recht om me te haten om wat ik deed.'

Verbijsterd staar ik hem aan. 'Probeer je je te *verontschuldigen*? Denk je serieus dat...'

'Je begrijpt het niet.' De glimlach verdwijnt en woede vlamt plotseling op in zijn zilveren ogen. 'Je man verdiende het. Als hij niet al hersendood was geweest, had ik hem veel meer laten lijden.'

Ik deins instinctief achteruit en duw mijn stoel naar achter, maar voordat ik overeind kan springen, grijpt hij mijn pols vast en klemt hij hem vast op de tafel.

'Ik heb niet gezegd dat je mocht gaan, Sara.' Zijn stem is ijzig en duister. 'We zijn nog niet klaar.'

Zijn vingers voelen als een gloeiende ijzeren boei rond mijn pols, heet en onbreekbaar. Ik blijf zitten en kijk instinctief rond. De dichtstbijzijnde gasten bevinden zich op een paar meter afstand en niemand let op ons. Paniek welt op in mijn borst, maar ik herinner mezelf eraan dat het gebrek aan aandacht een goede zaak is. Ik ben niet vergeten dat hij de anderen in de club bedreigde. Daarom zet ik mijn angst van me af en concentreer me op het kalmeren van mijn ademhaling. 'Wat wil je van me?'

'Dat probeer ik te beslissen,' zegt hij, terwijl zijn gezicht verzacht. Hij laat mijn pols los en neemt een slok van zijn koffie. 'Kijk, Sara, ik haat *jou* niet.'

Ik knipper en raak weer in de war. 'Niet?'

'Nee.' Hij zet de beker neer en kijkt me met koele grijze ogen aan. 'Het lijkt waarschijnlijk zo, gezien wat ik je heb aangedaan, maar ik koester geen wrok tegen je. Integendeel.'

Mijn hart slaat over, waarna het een nieuw, hectisch ritme aanneemt. 'Hoe bedoel je?'

Zijn mondhoeken krullen omhoog. 'Wat denk je dat dat betekent, Sara? Je intrigeert me. Je fascineert me, eigenlijk.' Hij buigt zich naar voren en kijkt me strak aan. 'Je herinnert je niet meer wat je tegen me hebt gezegd toen je gedrogeerd was, hè?'

Een blos kruipt omhoog in mijn nek en spreidt zich uit over mijn gezicht. Ik herinner me niet alles van die nacht, maar ik herinner me genoeg. Stukjes en beetjes van mijn gedrogeerde biecht komen op willekeurige momenten omhoog in mijn gedachten wanneer ik wakker ben. 's Nachts komen ze in mijn dromen voor.

In mijn *meest verknipte* dromen, die waar ik niet aan probeer te denken.

'Ik zie dat je het je herinnert.' Zijn stem wordt laag en hees en hij knijpt zijn ogen tot spleetjes. Nog altijd rust zijn grote, warme palm op mijn bevende hand. 'Ik heb me afgevraagd wat er zou zijn gebeurd als ik die avond was gebleven… als ik je aanbod aangenomen zou hebben.'

Zijn aanraking verbrandt me bijna voordat ik mijn hand wegruk en onder de tafel tot een vuist bal. 'Er was geen aanbod.' Mijn hart bonst in mijn oren en mijn stem klinkt hees van schaamte. 'Ik was high. Ik wist niet wat ik zei.'

'Dat weet ik. Drugs die de remmingen verlagen

hebben meestal dat effect.' Hij leunt achterover en bevrijdt me van het krachtige effect van zijn nabijheid.

Voor het eerst in twee minuten kan ik weer diep inademen.

'Je wist niet wie ik was of wat ik deed. Je zou hetzelfde gereageerd hebben op iedere andere redelijk aantrekkelijke man in die situatie.'

'Dat is... Dat klopt.' Mijn gezicht gloeit nog steeds, maar de rationele uitleg kalmeert me een beetje. 'Je had iedereen kunnen zijn. Het was geen reactie op *jou*.'

'Ja. Maar zie je, Sara' – hij leunt weer naar voren, zijn blik vol duistere intensiteit- 'míjn reactie was *wel* op jou gericht. *Ik* was niet gedrogeerd en toen je me probeerde te verleiden, wilde ik jóú. Ik wil je *nog steeds*.'

Afschuw stroomt als ijs door mijn aderen, hoewel mijn vagina zich als reactie samentrekt. Hij zegt toch niet wat ik denk dat hij zegt? 'Je bent... je bent gek.' Ik heb het gevoel dat ik zonder parachute uit een vliegtuig ben gevallen. 'Ik ben niet... Dit is gewoon ziek.' Ik wil opspringen en vluchten, maar ondanks de paniek zet ik door. Ik moet het hem duidelijk maken, deze waanzin voor eens en voor altijd een halt toeroepen. 'Het kan me niet schelen wat je wilt, of wat je reactie was. Ik ga niet met je naar bed nadat je mijn man hebt vermoord en God weet hoeveel anderen. Nadat je me gemarteld hebt en...'

'Ik weet het, Sara.' Zijn hand vindt onder de tafel mijn knie. 'Ik zou willen dat ik het opnieuw kon doen, want dan had ik een andere manier bedacht.'

Geschrokken duw ik mijn stoel opzij, buiten zijn bereik. 'Je zou George gespaard hebben?'

'Ik zou je niet hebben gemarteld,' verduidelijkt hij en legt zijn hand weer op tafel. 'Ik had die *sookin syn* op een andere manier kunnen vinden. Het zou langer hebben geduurd, maar het was de moeite waard geweest als ik jou geen pijn had hoeven doen.'

Mijn vrije val vanuit het vliegtuig hervat zich; de ijle lucht suist langs mijn oren. Van welke planeet komt deze man? 'Je denkt dat mij martelen een probleem was, maar het *vermoorden van mijn man* was oké?'

'De echtgenoot die je voorloog? Die echtgenoot van wie je zei dat je hem niet echt kende?' Opnieuw ontvlamt razernij in zijn ogen. 'Je kunt jezelf voorliegen, Sara, maar ik heb een goede daad voor je gedaan. Ik heb een goede daad voor de hele verdomde wereld gedaan door hem weg te werken.'

'Een goede daad?' Een rechtvaardige woede ontsteekt in mij en verjaagt alle behoedzaamheid. 'Hij was een goede man, *psychopaat*! Ik weet niet wat je denkt dat hij heeft gedaan, maar...'

'Hij heeft mijn vrouw en zoon afgeslacht.'

De schok verlamt mijn stembanden. '*Wat?*' Ik snak naar adem als ik eindelijk kan spreken.

Een spiertje trekt in Peters kaak. 'Weet je wat je man voor werk deed, Sara? Wat hij *echt* deed?'

Een misselijk gevoel welt in me op. 'Hij was een ... buitenlandse correspondent.'

'Dat was zijn dekmantel, ja.' Er vormt zich een spottend lachje om de lippen van de Rus terwijl hij rechtop gaat zitten. 'Ik dacht al dat je het niet wist. De echtgenoten weten het zelden, zelfs als ze de leugens aanvoelen.'

Mijn wereld staat op zijn kop. 'Wat bedoel je met dekmantel? Hij *was* journalist. Hij schreef artikelen voor...'

'Ja, dat klopt. En terwijl hij achter die verhalen aanging, verzamelde hij informatie voor de CIA en voerde geheime missies voor hen uit.'

'Wat? Nee.' Ik schud verwoed met mijn hoofd. 'Je hebt het mis. Je hebt een fout gemaakt. Je had de verkeerde man voor je. Ik *wist* dat je je vergist had. George was geen spion. Dat is onmogelijk. Hij wist niet eens hoe hij een band moest verwisselen. Hij...'

'Hij werd op de universiteit gerekruteerd,' zegt Peter simpelweg. 'De universiteit van Chicago, waar jullie allebei op zaten. Dat doen ze vaak, op universiteitscampussen de beste en slimste studenten uitzoeken. Ze zoeken bepaalde eigenschappen: weinig familiebanden, patriottistische neigingen, slim en ambitieus, maar zonder doel... Klinkt dat een beetje als je echtgenoot?'

Benauwd staar ik hem aan. George's moeder overleed bij een auto-ongeluk tijdens zijn laatste jaar van de middelbare school en zijn vader, een marinier, is toen George nog maar een baby was gedood in Afghanistan. Zijn oudere oom hielp hem met de universiteitskosten, maar ook hij is enkele jaren geleden overleden. Er waren alleen nog maar wat verre neven en nichten over om zes maanden geleden George's begrafenis bij te wonen.

Nee. Het kan niet waar zijn. Ik zou het geweten hebben.

'Alleen als hij het je had verteld,' zegt Peter, en ik besef dat ik mijn laatste gedachte hardop heb uitgesproken. 'Ze leren ze hoe ze hun echte baan voor iedereen, zelfs voor hun eigen gezin, kunnen verbergen. Vond je het niet merkwaardig dat Cobakis zijn passie voor journalistiek zo plotseling ontdekte? Hij zou biologie als hoofdvak kiezen, maar toen liep hij opeens stage bij buitenlandse tijdschriften.'

'Nee, ik…' Ik heb het zo benauwd dat ik nauwelijks adem kan halen. 'Zo gaat het nu eenmaal op de universiteit. Je hoort jezelf te ontdekken, je passie te vinden.'

'En dat deed hij: werken voor jullie regering.' Er is geen genade in de zilverkleurige blik van de Rus. 'Ze trainden hem en boden hem het doel dat hij miste. Ze leerden hem te liegen, tegen jou en tegen iedereen. Toen hij afstudeerde, kreeg hij een baan bij de krant en had hij een excuus om naar elke hotspot ter wereld te gaan.'

Ik spring overeind. Dit kan ik niet langer aanhoren! 'Je hebt het mis. Je weet niet waar je het over hebt.'

Hij staat ook op; zijn grote gestalte torent boven me uit. 'Niet? Denk na, Sara. Denk terug aan de man met wie je getrouwd was, aan het leven dat je *echt* samen had. Niet het perfecte plaatje dat je buitenwereld toonde, maar het leven dat je achter gesloten deuren leidde. Wie was hij, die echtgenoot van je? Hoe goed kende je hem echt?'

Met een loodzwaar gevoel in mijn maag stap ik achteruit, nee-schuddend. 'Je hebt het mis,' herhaal ik met verstikte stem. Dan vlucht ik blindelings de koffiezaak uit, naar mijn auto.

Pas als ik voor een rood licht vlak bij mijn huis stop, realiseer ik me dat Peter Sokolov niets deed om me tegen te houden.

Hij heeft me alleen maar nagekeken.

Peter

IK ZIE DOOR DE VERREKIJKER HOE SARA HET HUIS VAN HAAR OUDERS BINNENGAAT; daarna open ik mijn laptop en bekijk de camerabeelden van de gang.

Sara's ouders wonen in een klein, net huis dat een opknapbeurt zou kunnen gebruiken, maar verder is het er knus en gezellig. Zelfs ik merk meteen dat het een thuis is, niet alleen een plek om te wonen. Om een bizarre reden doet het me denken aan het huis van Tamila in Daryevo, hoewel deze Amerikaanse buitenwijk helemaal niets lijkt op de hut in het bergdorpje.

Sara kust haar beide ouders in de gang en volgt ze dan naar de eetkamer. Ik schakel over naar de camera daar en zoom in op haar gezicht terwijl ze de andere gasten begroet, een ouder stel en een lange, magere man van in de dertig.

Het zijn de Levinsons en hun zoon Joe, de advocaat van wie haar ouders willen dat ze met hem uitgaat.

Een naar gevoel steekt de kop in me op als Sara met een beleefde glimlach de hand van de advocaat schudt. Ik wil haar niet bij hem zien; alleen het idee zorgt er al voor dat ik een mes tussen zijn ribben wil duwen. Gisteren, toen de barman naar haar glimlachte, wilde ik mijn vuist in zijn grijnzende kop stoten en vandaag is die gewelddadige aandrang nog sterker.

Ik heb haar misschien nog niet opgeëist, maar ze zal de mijne worden.

Sara helpt met het serveren van de hapjes en gaat dan naast de advocaat zitten.

Ik zet het geluid harder en luister hoe ze een praatje maken. Hoewel ze net het dubbelleven van haar man heeft ontdekt, is de tengere dokter opvallend kalm, haar glimlach een stevig masker. Als je haar zo zag, zou je niet zeggen dat ze zich hiervoor urenlang in haar kast heeft verstopt en pas veertig minuten geleden met rode en gezwollen ogen tevoorschijn is gekomen.

Niemand zou vermoeden dat ze doodsbang is omdat ik haar wil.

Het heeft me veel moeite gekost om haar in die kast met rust te laten en eenzaam te laten huilen. Ze probeerde er aan mijn camera's te ontsnappen en ik heb haar de tijd gegeven om tot zichzelf te komen. Als ik naar binnen was gegaan om haar te omarmen en te troosten zoals ik zou willen, zou ze nog meer van streek zijn geraakt.

Ik moet haar meer tijd geven om te wennen aan het idee van ons samen … en om erop te vertrouwen dat ik haar geen pijn zal doen.

Het etentje duurt een paar uur. Dan helpt Sara haar moeder om de tafel af te ruimen, waarna ze met een excuus vertrekt. De advocaat vraagt om haar telefoonnummer en ze geeft het, maar ik kan zien dat het vooral uit beleefdheid is. Haar wangen zijn in en in bleek – er is niet eens een hint van de gloed die haar gezicht in mijn aanwezigheid overspoelt – en haar lichaamstaal duidt op onverschilligheid. Ze vindt Joe Levinson niet interessant, en dat is mooi.

Het betekent dat hij levend naar huis mag.

Ik volg Sara op een afstand als ze naar de kliniek rijdt; dan wacht ik in mijn auto tot ze naar buiten komt en vermaak mezelf tijdens het wachten door haar via de camera's in de kliniek te bekijken. Ik weet dat dit onder stalken valt, maar ik kan mezelf niet tegenhouden.

Ik moet weten waar ze is en wat ze doet.

Ik moet ervoor zorgen dat ze veilig is.

Ik zou de fysieke surveillance aan Anton en mijn andere jongens kunnen toevertrouwen – ze letten al op haar wanneer ik dat niet kan – maar ik wíl hier persoonlijk zijn. Ik wil haar met mijn eigen ogen zien. Elke dag die verstrijkt, neemt mijn behoefte aan haar toe. En nu ik een echt gesprek met haar heb gevoerd, begint mijn fascinatie in obsessie te veranderen.

Ik moet haar gewoon hebben. Binnenkort.

Drie uur later komt ze de kliniek uit en ik volg haar als ze naar een hotel rijdt. Ze denkt waarschijnlijk dat ze daar veiliger zal zijn dan thuis met alle camera's, maar ze heeft het mis.

Ik wacht tot ze in het hotel ingecheckt is en naar haar kamer gaat, dan stap ik uit de auto en loop naar binnen.

S ara

DE DIENST IN DE KLINIEK WAS VANDAAG BIJZONDER ZWAAR. Ik had een veertienjarige patiënt die om morning-afterpillen vroeg omdat haar broer haar verkracht had en een ander patiëntje, ook nog een tiener, dat langskwam vanwege haar derde miskraam. Ik deed wat ik kon, maar ik weet dat het niet genoeg was. Niets wat ik voor die meisjes doe zal ooit genoeg zijn.

Ik ben emotioneel zo uitgeput dat ik al mijn energie nodig heb om te douchen en mijn tanden te poetsen met de kleine tandenborstel die de receptie me gaf. Het was een impulsieve beslissing om vannacht hier te slapen, dus ik heb niet eens schoon ondergoed bij me. Ik zal morgenochtend langs huis moeten voordat ik naar mijn werk ga, maar dat is beter dan thuiszitten terwijl ik weet dat mijn dodelijke stalker me in de gaten houdt. Dat hij naar me kijkt en me wil. Zich misschien zelfs aftrekt als hij mijn naakte lichaam ziet.

Het is ziek, maar bij die gedachte voel ik het warm worden tussen mijn benen.

Ik stap de douche uit, wikkel een handdoek om mijn borst en staar mezelf aan in de spiegel. Oogdruppels hebben ervoor gezorgd dat mijn ogen niet meer rood zijn, maar mijn oogleden zijn nog steeds gezwollen door mijn huilbui eerder vandaag en mijn gezicht is rood van de warme douche. Ik heb ook spanningshoofdpijn, waardoor ik liever niet te veel wil nadenken. Maar dat is maar goed ook.

Ik heb eerder al veel te veel nagedacht. George een spion? George met een dubbelleven? Het lijkt onmogelijk, maar het zou heel veel verklaren: de plotselinge bescherming van de FBI-agenten, zijn lange afwezigheden als hij zogenaamd een verhaal achterna zat, maar vaak zonder artikel thuiskwam, die buien die zes jaar geleden, vlak na ons huwelijk, begonnen. Was er iets misgegaan bij een van zijn geheime opdrachten? Zou zijn echte baan de reden kunnen zijn dat hij zoveel veranderde in de jaren voor het ongeval?

Mijn hoofdpijn wordt erger en ik realiseer me dat ik het weer doe. Ik ben aan George aan het denken en focus me op het verleden dat ik niet kan veranderen, in plaats van me te concentreren op de toekomst die ik nog wel in de hand heb. Ik zou moeten proberen te bedenken wat ik moet doen aan de moordenaar die me stalkt, maar mijn geest lijkt te weigeren daarnaartoe te gaan. Ik zal later aan hem denken, als ik geslapen heb en mijn hoofd niet meer zo duf is.

Ik wikkel een tweede handdoek om mijn druipende haar, open de deur van de badkamer, stap de hotelkamer in... En spring met een geschrokken schreeuw achteruit.

Peter Sokolov zit op het bed, zijn omfloerste blik op mijn gezicht gericht.

Sara

'NIET SCHREEUWEN, SARA.' HIJ STAAT IN EEN VLOEIENDE beweging op. 'Het is niet nodig om de andere gasten hierbij te betrekken.'

Ik snak naar adem. Adrenaline prikt in mijn huid als hij naar me toe komt, zijn grote lichaam zo soepel bewegend als dat van een roofdier. 'Je... je bent me gevolgd.' Mijn knieën botsen tegen elkaar als ik instinctief achteruit deins en de dunne handdoek om mijn lichaam vastgrijp.

'Ja.' Op een paar stappen afstand blijft hij staan. Zijn grijze ogen glanzen. 'Je had hier niet moeten komen. Je alarmsysteem thuis is tenminste nog een kleine uitdaging, hier kan ik zo naar binnen lopen.'

'Waarom ben je hier?' Mijn hart klopt in mijn keel.

'Wat wil je?'

Zijn lippen vormen zich tot een duistere glimlach. 'Je bent een arts die zich bezighoudt met de resultaten van deze activiteit. Je kunt waarschijnlijk wel raden wat ik wil.'

O, God. Mijn huid voelt heet en ijskoud tegelijk en mijn hart raast nog sneller. 'Ga weg. Ik... ik ga schreeuwen, echt waar.'

Hij houdt vragend zijn hoofd scheef. 'O, ja? Waarom heb je het dan nog niet gedaan?'

Ik zet nog een stap achteruit en mijn blik schiet een fractie van een seconde naar de kamerdeur. *Zou ik het halen voordat hij me vangt?*

'Probeer het niet, Sara. Als je vlucht, *zal* ik je achtervolgen.'

Ik blijf achteruit lopen. 'Ik heb je al verteld dat ik niet met je naar bed ga.'

'Niet? Dat zullen we nog wel eens zien.'

Hij nadert me en ik stap weer achteruit, mijn maag in een knoop. Ik weet wat seksueel geweld met vrouwen doet. De nasleep, de fysieke en emotionele ruïne die overblijf... Ik heb het allemaal gezien. En ik weet niet of ik dat kan overleven, naast al het andere. Ik weet niet of ik het van *hem* kan overleven.

Mijn trillende hand raakt de deur, maar voordat ik de knop kan omdraaien, duwt hij zijn handpalmen aan weerszijden van mij tegen de deur en zet me tussen zijn krachtige armen gevangen. 'Je kunt me niet ontsnappen, *ptichka,*' zegt hij zacht, op me neerkijkend.

'Nu niet en ook in de toekomst niet. Daar kun je maar beter aan wennen.'

Hij raakt me niet aan, maar hij is zo dichtbij dat ik de hitte van zijn grote lichaam af voel stralen en nog wat meer kleine littekens op zijn symmetrische gezicht kan zien. De imperfecties voegen een dodelijk kantje toe aan zijn magnetisme, waardoor de impact op mijn zintuigen wordt versterkt. Mijn hartslag raast in mijn oren, maar mijn lichaam verstrakt op een manier die niets met angst te maken heeft. Ik zou nu keihard moeten schreeuwen of op zijn minst moeten proberen me te verzetten, maar ik kan me niet bewegen. Ik kan alleen maar staren naar de dodelijk knappe moordenaar die me gevangen houdt.

'Kom, Sara.' Zijn hand glijdt naar beneden en omvat mijn pols in een vertrouwde, staalharde greep. 'Ik zal je geen pijn doen.'

Ik adem beverig in. 'Zul je me geen pijn doen?' Misschien zal hij voorzichtig zijn. *Toe, laat hem tenminste voorzichtig doen.* Ik heb geweld door hem ervaren en dat beangstigt me meer dan het vooruitzicht van een verkrachting.

'Nee. Kom nu.' Hij stapt weg van de deur, maar in plaats van me naar het bed te leiden, leidt hij me naar de stoel voor de kaptafel. 'Ga zitten.' Hij duwt op mijn schouders en ik zak in de stoel. Intussen probeer ik mijn gestreste ademhaling te kalmeren. Wat gaat hij doen? Waarom valt hij me niet aan? Mijn spiegelbeeld is dodelijk bleek, mijn ogen wijd opengesperd als hij achter me komt staan en iets uit de binnenzak van zijn jas haalt.

Het is een kleine haarborstel, in plastic verpakt: zo'n goedkope die ze soms in hotels en bij luxe luchtvaartmaatschappijen cadeau geven.

'Ze hadden geen andere in het winkeltje beneden,' zegt hij, terwijl hij de verpakking verwijdert. Hij kijkt me via de spiegel aan. 'Maar het leek me beter dan niets.'

Beter dan niets waarvoor? Een of ander vreemd kinky spel? Mijn keel knijpt zich dicht, maar voordat de paniek me overvalt, trekt hij de handdoek op mijn hoofd los en laat hem op de grond vallen. Zijn sterke, zongebruinde handen zien er enorm groot uit in vergelijking tot mijn hoofd als hij mijn haren in een natte staart verzamelt en de klitten met een borstel begint te bewerken.

De schok verdrijft alle lucht uit mijn longen. De moordenaar van mijn man – de man die me stalkt – *borstelt mijn haar.*

Zijn aanraking is zacht maar zeker, zonder een spoor van aarzeling, alsof hij dit al heel vaak gedaan heeft. Hij borstelt eerst de uiteinden tot ze glad en zonder klitten zijn; dan werkt hij systematisch omhoog totdat het kleine borsteltje door de hele lengte van mijn haar glijdt zonder te blijven steken.

Het hele proces doet geen pijn – eigenlijk het tegenovergestelde. De plastic borstelharen masseren mijn schedel bij elke slag en rillingen van genot rollen langs mijn ruggengraat wanneer zijn warme vingers over de gevoelige huid van mijn nek strijken.

Angst of niet, het is de meest sensuele ervaring van mijn leven.

Een gevoel van onwerkelijkheid overvalt me terwijl ik in de spiegel toekijk hoe hij mijn haar borstelt. Tijdens onze eerdere ontmoetingen was ik meer bezig met het gevaar dat hij vormde en schonk ik geen aandacht aan minder belangrijke dingen, zoals zijn kleding. Daarom merk ik nu pas voor het eerst dat hij een vaalgrijs leren jack draagt met eronder een zwart thermoshirt, donkere jeans en zwarte boots. De kleding is casual, iets dat elke man in het vroege voorjaar in Illinois zou kunnen dragen, maar mijn stalker zou nooit aangezien worden voor een gewone man.

Peter Sokolov is meer een natuurkracht, meedogenloos en niet te stoppen.

Enkele lange minuten borstelt hij mijn haar, zonder dat ik een spier durf te vertrekken uit vrees dat ik iets doe waardoor hij stopt. Elke slag van de borstel voelt als een streling, elke aanraking van zijn ruwe handen voelt kalmerend en opwindend tegelijkertijd. Maar belangrijker nog: terwijl hij mijn haar borstelt, doet hij me geen andere dingen aan. Dingen die ik vrees.

Maar al te snel legt hij de borstel neer op de kaptafel. Zijn blik vangt de mijne in de spiegel. 'Sta op,' beveelt hij, zijn handen om mijn blote schouders om me overeind te helpen.

Ik slik moeizaam en draai me om om hem aan te

kijken als hij me loslaat, maar hij is al weggelopen en trekt zijn jas uit.

Mijn hart knijpt samen als ik hem zijn jas over de stoel zie hangen. Dan grijpt hij de onderkant van zijn thermo-longsleeve. In een soepele beweging trekt hij het shirt over zijn hoofd; mijn adem stokt in mijn keel als hij het over de jas hangt.

Zijn schouders zijn breed en over zijn armen lopen scherp afgetekende spierkabels. Meer spieren bedekken zijn slanke, V-vormige torso en zijn platte, geribbelde buik vertoont geen greintje vet. Net als zijn handen blijken zowel zijn borst als zijn schouders gebruind alsof hij vaak buiten is. Zijn linkerarm is van zijn schouder tot zijn pols bedekt met tatoeages. Tussen de donkere haren op zijn borst zie ik wat vervaagde littekens. Uiteindelijk betrap ik mezelf erop dat ik naar het suggestieve spoor van haar sta te staren dat vanaf zijn navel naar beneden loopt en in de band van zijn jeans verdwijnt.

Vervolgens ritst hij zijn spijkerbroek open en ik dwing mezelf weg te kijken. Ondanks zijn primitieve mannelijke aantrekkingskracht is mijn lichaam bedekt met een laag koud zweet en mijn hartslag is misselijkmakend snel. Hij is misschien een prachtig wild dier, maar dat is alles wat hij is: een wild dier, een koelbloedig monster. Het maakt niet uit dat ik me onder andere omstandigheden tot hem aangetrokken zou voelen. Dat wat er gaat gebeuren, wil ik niet. Het zou me verwoesten.

Uit mijn ooghoek zie ik hem uit zijn laarzen

stappen en zijn spijkerbroek naar beneden duwen. Hij draagt een marineblauwe, strakke boxer die zich strak over een lange, dikke zwelling spant. Daaronder zie ik krachtige benen met donker haar. Hij bukt zich om de spijkerbroek volledig uit te doen en mijn angst bereikt een nieuw hoogtepunt.

Ik vergeet zijn waarschuwingen en ren naar de deur.

Deze keer kom ik niet eens in de buurt van mijn doel. Een halve meter voor de deur sluit een sterke arm zich rond mijn ribbenkast en tilt me omhoog, terwijl zijn andere hand over mijn mond sluit en mijn instinctieve schreeuw dempt.

Ik klauw in zijn onderarmen en schop tegen zijn schenen terwijl hij me naar het bed draagt, maar het is nutteloos. Het enige dat ik bereik, is dat mijn handdoek aan de achterkant losraakt. Zijn arm om mijn ribbenkast voorkomt dat het ding op de grond valt, maar mijn rug, billen en de rechterkant van mijn lichaam zijn volledig naakt. Ik voel zijn blote borst tegen mijn rug wrijven, ruik de schone mannelijke geur van zijn huid en de ongewenste intimiteit versterkt mijn paniek, waardoor ik nog harder worstel.

'Verdomme,' gromt hij als mijn hiel zijn knie raakt. Even voel ik een kleine vlaag van triomf, maar dat duurt niet lang. Een seconde later laat hij zich achterover op het bed vallen, en voordat ik kan reageren, rolt hij over me heen en klemt me onder zich vast. Ik beland voorover op de deken; mijn handen krabben nutteloos aan het zachte oppervlak en mijn benen worden vastgeklemd door zijn zwaar gespierde kuiten. Met zijn hand over mijn mond kan ik alleen maar gedempte geluiden maken.

Tranen van paniek branden in mijn ogen terwijl ik de harde bult van zijn erectie tegen mijn billen voel. Alleen zijn onderbroek scheidt ons nog en ondanks de nutteloosheid verdubbel ik pogingen om los te komen.

Maar al na een paar minuten ben ik moegestreden… en besef ik dat hij niet beweegt.

Hij houdt me tegen, maar hij doet geen pogingen om me te nemen. 'Ben je klaar?' mompelt hij als ik verslap. Mijn spieren trillen van inspanning en mijn longen schreeuwen om lucht. 'Of wil je nog verder worstelen? Ik kan dit de hele nacht volhouden.'

Ik geloof hem. Hij is zo veel groter dan ik dat hij alleen maar boven op me hoeft te liggen om ervoor te zorgen dat ik hem geen pijn kan doen of weg kan komen. Het kost hem totaal geen moeite, terwijl ik al mijn kracht gebruik en geen enkel resultaat boek.

'Zul je je gedragen als ik mijn hand weghaal?' Zijn lippen zweven vlak boven mijn oor en zijn adem verwarmt mijn huid.

Ik trek mijn schouders op om mijn nek te beschermen tegen die indringende lippen en hij slaakt een hoorbare zucht. 'Oké, dan zal ik een prop in je mond moeten doen en mijn handboeien halen.'

Ik maak een gedempt geluid achter zijn hand en hij grinnikt. 'Niet? Gedraag je je dan?'

Ik knik kort. De nederlaag voelt als bijtend zuur in

mijn keel, maar ik wil niet gekneveld en geboeid worden.

'Brave meid.' Hij schuift van me af en haalt zijn hand van mijn mond, waardoor ik lucht in mijn zuurstofarme longen kan zuigen. 'Nu we dat gehad hebben, zullen we dan maar gaan slapen? Ik weet dat je morgen een lange dag hebt, en ik ook.'

'Wat?' Ik ben zo verbaasd dat ik op mijn rug rol, mijn naaktheid vergeten.

Een lome, duivelse glimlach speelt om zijn mond als zijn blik over mijn lichaam glijdt, voordat zijn blik naar mijn gezicht terugkeert. 'Slaap, *ptichka*. We hebben het allebei nodig.'

Ik ga rechtop zitten, pak een kussen en houd het tegen mijn borst gedrukt terwijl ik naar het hoofdeinde schuif, zo ver mogelijk weg van hem. Wat hij zegt, slaat nergens op. Het is overduidelijk dat hij me wil; zijn enorme erectie scheurt bijna uit zijn onderbroek. 'Je... je wilt samen *slapen*? *Alleen* slapen?'

De glimlach verlaat zijn gezicht en zijn ogen glinsteren met een duistere hitte. 'Natuurlijk wil ik meer, maar vannacht zal ik genoegen nemen met alleen slapen. Ik heb het je gezegd, Sara: ik zal je geen pijn meer doen. Ik zal wachten tot je er klaar voor bent... totdat jij mij net zo graag wilt als ik jou wil.'

Tot ik hem wil? Ik wil schreeuwen dat hij waanzinnig is, dat ik nooit vrijwillig seks met hem zal hebben, maar ik slik het weerwoord in. Ik ben nu te kwetsbaar en hij is te onvoorspelbaar. Bovendien krijg ik als hij slaapt kans om te vluchten. Misschien zal het me zelfs lukken om hem buiten westen te slaan en de politie te bellen. 'Oké.' Ik probeer er nog hulpelozer uit te zien dan ik werkelijk ben. 'Als je belooft me geen pijn te doen...'

Zijn lippen krullen omhoog. 'Ik beloof het.' Hij stapt van het bed, trekt met een sterke ruk de deken onder me vandaan en slaat hem open. Daarna schudt hij de overige kussens op. Hij klopt op de open plek op de lakens: 'Kom hier.'

Ik schuif een paar centimeter naar hem toe, mijn kussen tegen mijn borst gedrukt.

'Dichterbij.'

Ik herhaal de beweging, mijn hart bonzend van angst. Ik vertrouw hem voor geen meter. Hij zou een spelletje kunnen spelen en om een of andere bizarre reden liegen over zijn bedoelingen.

'Kom onder de dekens,' zegt hij, en ik gehoorzaam, blij dat ik me met meer kan bedekken dan alleen een kussen. Helaas is mijn opluchting van korte duur. Zodra ik ga liggen, doet hij de plafondlamp uit en kruipt naast me onder de deken. Zijn lange, gespierde lichaam strekt zich naast me uit alsof hij daar thuishoort.

'Ga op je rechterzij liggen,' zegt hij. Nadat hij onze laatste lichtbron, het nachtlampje, heeft uitgedaan, doet hij dat ook.

Mijn borstkas verstrakt als ik begrijp wat hij van plan is; de moordenaar van mijn man wil lepeltje-lepeltje met me liggen.

Ik negeer de desoriënterende duisternis en het

verstikkende gevoel in mijn keel, draai me op mijn zij en probeer gelijkmatig te ademen. Ondertussen strekt één gespierde arm zich uit onder mijn kussen en wikkelt de andere zich bezitterig om mijn ribbenkast om me in de kromming van zijn grote lichaam te trekken.

Kalm ademen is echter onmogelijk. De harde lengte van zijn penis heeft zich tegen mijn achterste genesteld, zijn warme, frisse adem kriebelt door het fijne haar van mijn slaap en zijn benen passen aan de achterkant tegen de mijne. Ik ben omringd, volledig overmand door zijn grootte en kracht. En zijn warmte. God, zijn lichaam genereert zoveel warmte. Waar zijn blote vlees het mijne raakt, voel ik me alsof ik in brand sta, alsof hij een hogere lichaamstemperatuur heeft dan een normaal mens. Maar het ligt niet aan hem, het ligt aan mij. Ik ben zo verkleumd dat ik bibber, ook al verdampt het koude zweet op mijn huid.

Ik weet niet hoelang we daar zo liggen, maar uiteindelijk dringt zijn warmte in mij door en verandert het in een ander soort warmte, het verraderlijke soort dat binnendringt in mijn dromen en me laat branden van schaamte. Nu ik niet zo bang meer ben, word ik me bewust van zijn krachtige lichaam als meer dan een bedreiging... van zijn harde penis als iets anders dan een schendingsmiddel. Zijn warme mannelijke geur omringt me en mijn borsten voelen zwaar en gevoelig aan boven de dikke band van zijn arm. Mijn tepels staan strak en tussen mijn benen voel ik de pijn van een gladde, kloppende leegte.

Hoelang is het geleden dat ik zo werd vastgehouden? Twee jaar? Drie? Ik kan me de laatste keer dat George en ik seks hadden niet herinneren, en zeker niet wanneer we voor het laatst als geliefden bij elkaar lagen. En hoewel deze situatie totaal verkeerd is, geniet het dierlijke deel van mij ervan om zo vastgehouden te worden, van de warmte van een mannenlichaam en van het pulserende gezoem van opwinding in mijn binnenste.

Het is maar goed dat ik niet van plan ben om te slapen, want ik zou dat op geen enkele manier kunnen, niet terwijl mijn hart raast als een bezetene en mijn geest het met een orkaan van gedachten nog probeert te overstemmen. Angst en woede, opwinding en schaamte: alles vermengt zich, verhoogt mijn hartslag en verzuurt mijn maag. Wat wil Peter echt? Wat is het doel van dit bizarre geknuffel? Die gigantische erectie moet ongemakkelijk zijn, zo niet ronduit pijnlijk, maar hij lijkt tevreden met daar te liggen en niet meer te doen dan me vasthouden. Waarom? Wat is zijn plan? Waarom heeft hij zich op mij gefixeerd?

En zou het waar kunnen zijn wat hij over George zei? Zou mijn man op de een of andere manier zijn familie hebben geschaad?

Het is het ergste idee ter wereld, maar ik kan mezelf niet tegenhouden. Mijn mond lijkt onafhankelijk van mijn hersenen te werken als ik fluister: 'Zeg, Peter, kun je me iets over jezelf vertellen?'

Ik voel zijn verrassing door de minuscule spanning in zijn spieren en de verandering in zijn ademhaling. Ik heb hem nog nooit eerder bij zijn naam genoemd, maar het zou vreemd zijn om hem anders te noemen nu ik naakt in zijn armen lig. Ook kan wat intimiteit hem meer geneigd maken om mijn vragen te beantwoorden... en de kans verminderen dat hij me pijn zal doen omdat ik ze stel.

'Wat wil je weten?' mompelt hij na een ogenblik, terwijl hij licht verschuift zodat ik comfortabeler tegen hem lig.

Waarom denk je dat mijn man je familie heeft afgeslacht? Dat is wat ik het liefst zou willen vragen, maar ik ben niet zo dom om daar direct mee te beginnen. Ik herinner me zijn woede de laatste keer dat we dit onderwerp naderden. In plaats daarvan zeg ik zachtjes: 'Ze vertelden me dat je in Rusland geboren bent. Is dat waar?'

'Ja.' Zijn diepe stem klinkt geamuseerd. 'Dat heb je toch wel gehoord aan mijn accent?'

'Het is heel mild, dus nee. Je zou uit vrijwel overal in Europa of het Midden-Oosten kunnen komen. Over het algemeen is je Engels uitstekend.' Uit nervositeit praat ik te snel, dus ik dwing mezelf in te ademen en te vertragen. 'Heb je het op school geleerd?'

'Nee, door mijn werk.'

Het werk waar hij vermeende bedreigingen voor Rusland opspoorde en ondervroeg? Ik onderdruk een huivering en probeer niet aan die ondervragingsmethoden te denken. *Houd het luchtig,* zeg ik tegen mezelf. *Langzaam richting de zwaardere onderwerpen.* Op een opgewekte toon zeg ik: 'Als volwassene? Dat is indrukwekkend. Meestal moet je als kind een taal leren om het zo goed te kunnen spreken als jij.'

Kijk, zo moet het. Een beetje vleierij, een beetje echte bewondering. Dat is wat je hoort te doen als je je in een kwetsbare positie bevindt: zorg dat je een verstandhouding met je aanvaller opbouwt, zodat hij je ziet als iemand waarmee hij zich kan inleven. Natuurlijk hangt die strategie af van het vermogen van de aanvaller om zich in te leven – iets waarvan ik vermoed dat het de psychopaat die om mij heen gewikkeld zit aan ontbreekt.

'Nou, ik heb als kind al een paar Engelse woorden en zinnen geleerd,' zegt hij. 'Ik denk dat dat hielp.'

'O? Waar heb je dat geleerd? Op school of bij je ouders?'

Als hij grinnikt voel ik zijn gespierde borst tegen mijn rug. 'Geen van beide. Alleen uit Amerikaanse films. Ze zijn jullie belangrijkste exportproduct, weet je... Dat en hamburgers.'

'Juist.' Ik adem in en probeer de zware arm om mijn ribbenkast en het harde bewijs van zijn opwinding tegen mijn billen te negeren. Het stoort me op een manier waar ik liever niet te veel aan denk. 'Dus waarom besloot je dit... eh, werk te gaan doen?'

Hij begraaft zijn neus in mijn haar en snuift diep, alsof hij me inademt. 'Wat heeft Ryson je precies verteld?'

Ik verstrak vanwege de manier waarop hij de achternaam van de agent achteloos gebruikt en dwing mezelf dan om te ontspannen. Natuurlijk weet hij wie Ryson is; hij zag ons waarschijnlijk in het café praten. 'Hij zei dat je bij de Russische commando's zat. Is dat juist?'

'Ja.' Zijn stem klinkt hees terwijl hij zich weer verschuift, zijn pik als een stalen paal tegen me aan gedrukt. 'Ik leidde een kleine onofficiële eenheid die gespecialiseerd was in terrorismebestrijding en contraverzet.'

'Dat is... bijzonder.' Met hem praten – en hem dus wakker houden in deze opgewonden toestand – is waarschijnlijk niet zo'n geweldig idee, maar ik kan mijn mond niet houden. 'Hoe kom je daar terecht? Ben je in het leger gegaan en daar gerekruteerd?'

'Nee.' Hij blijft met zijn gezicht mijn haar besnuffelen. 'Ze vonden me in wat jij de jeugdgevangenis zou noemen.'

'Een gevangenis voor jeugdige delinquenten?'

'Het was meer een werkkamp, maar ja.'

'Wat...' Ik slik in een poging me op zijn woorden te concentreren, in plaats van op het effect dat zijn duidelijke verlangen naar mij op mijn lichaam heeft. 'Wat had je gedaan dat je daar belandde?'

Dit heeft niets met George te maken, maar ik kan mijn nieuwsgierigheid niet onderdrukken. Ik vermoed dat wat hij me ook zal vertellen me alleen maar meer zal afschrikken, maar ik wil weten hoe mijn vijand in elkaar zit. Ik wil zijn zwakke plekken leren, zodat ik ze tegen hem kan gebruiken.

'Ik had de directeur van het weeshuis waar ik

opgroeide vermoord.' Er klinkt geen spoor van spijt of verontschuldiging in Peters woorden door, geen enkele emotie behalve lust, die zijn stem hees laat klinken. Het klinkt even nonchalant alsof hij vertelt wat hij voor avondeten had. 'Ik denk dat je wel kan zeggen dat ik vroeg aan mijn loopbaan begon.'

'Juist.' Een rilling trekt over mijn huid, maar ik doe mijn best om kalm te klinken. 'Hoe oud was je?'

'Elf, bijna twaalf.'

'Wat had hij je aangedaan?'

Hij zucht en trekt zich iets terug. 'Maakt dat echt wat uit, *ptichka*? Je hebt al een mening over mij en geen zielig verhaal uit mijn verleden zal dat waarschijnlijk veranderen. Op dit moment haat je me te veel om ook maar iets anders dan vreugde te voelen over wat voor narigheid ik heb meegemaakt.'

Tot zover de goede verstandhouding. 'Tja, wat had je dan verwacht?' vraag ik bitter, en laat alle schijn van sympathie varen. 'Dat je mij martelt en mijn man vermoordt, maar dat we vervolgens dikke vriendjes worden?'

'Nee, *ptichka*. Wat je ook mag denken, ik maak me geen illusies. Je negatieve gevoelens jegens mij zijn rationeel en te verwachten. Ik hoop alleen dat ik ze mettertijd kan veranderen.'

Hij maakt zich *wel* illusies als hij denkt dat ik nooit iets anders voor hem zal voelen dan haat, maar ik geef geen weerwoord. 'Wat betekent dat wat je me steeds noemt? Ptee-nog iets?'

'*Ptichka*.' Hij gaat weer verder met het besnuffelen

van mijn haar, of het ruiken, of wat hij ook doet. 'Het betekent "vogeltje" in het Russisch.'

Mijn handen ballen zich tot vuisten in de deken voor me. 'Een vogel?'

'Hm-mm. Een klein zangvogeltje, mooi en sierlijk, zoals jij.' Hij wacht even en voegt er zachtjes aan toe: 'En ook opgesloten, net als jij.'

De klootzak. Ik klem mijn tanden op elkaar en probeer zover mogelijk van hem weg te schuiven als maar gaat met die beklemmende arm rond mijn middel. 'Dat is maar tijdelijk.'

'O, ik bedoel niet door mij.' Ik hoor de glimlach in zijn stem terwijl hij zijn greep op mij verstevigt, waardoor ik niet weg kan schuiven. 'Ik houd je dan misschien op dit moment gevangen, maar je zat al lang opgesloten voordat ik je leven binnenkwam.'

Verrast verstar ik. 'Wat?'

'Zeker. Doe niet alsof je niet weet waar ik het over heb, Sara. Ik weet dat je het gevoeld hebt: alle verwachtingen van de maatschappij, van je ouders, je man en je vrienden... De druk om succesvol te zijn omdat je mooi en slim geboren bent, de wens om perfect te zijn, de noodzaak om altijd alles voor iedereen te zijn...' Zijn stem is zacht en duister en wikkelt me in een zijdeachtig, verleidelijk web. 'Ik zag het gisteren in de club: je verlangen naar vrijheid, je verlangen om te leven zonder de beperkingen die op je rusten. Op die dansvloer liet je even je boeien wegvallen en zag ik het mooie vogeltje haar gouden kooi verlaten en de vrijheid in vliegen. Ik zag *jou*, Sara, en het was prachtig.'

Enkele secondenlang kan ik alleen maar onbeweeglijk in de duisternis blijven liggen, met een knagend gevoel in mijn borst en brandende ogen. Ik wil lachen en zijn woorden ontkennen, maar ik ben bang dat mijn stem het als ik probeer te spreken begeeft en ik het op een huilen zet. Hoe kan deze man, deze gewelddadige vreemdeling, zoiets persoonlijks weten ... iets wat ik pas net over mezelf begin te begrijpen?

Hoe kan hij weten dat mijn mooie, comfortabele leven me niet meer gelukkig maakt... Dat het dat misschien nooit heeft gedaan? Ik slik groeiende brok in mijn keel weg, snuif spottend en zeg: 'Dus wat ga je eraan doen? Mij bevrijden van mijn beperkende leven? Me vrijlaten en kijken hoe ik vlieg?'

'Nee, *ptichka*.' Zijn stem is vervuld van een milde spot. 'Niets edelmoedigs.'

'Wat dan?'

'Ik ga je in mijn eigen kooi zetten en je laten zingen.'

ZE HUIVERT IN MIJN ARMEN EN IK VOEL DE ANGST DOOR HAAR HEEN GOLVEN. Een deel van mij betreurt mijn brute eerlijkheid, maar ik kan mezelf er niet toe brengen tegen haar te liegen. Mijn verlangen naar haar is heel anders dan de zachte genegenheid die ik voor Tamila voelde of de simpele lust die ik voor andere vrouwen heb ervaren.

Mijn behoefte aan Sara is donkerder, besmet door wat er tussen ons is gebeurd en de wetenschap dat ze vroeger aan mijn vijand toebehoorde. Ik wil haar geen pijn doen, maar ik kan niet ontkennen dat haar lijden mij op een perverse manier bevalt. Haar tergen koelt mijn brandende woede, bevredigt mijn behoefte om te straffen en me te wreken, zelfs als ik tegen mezelf zeg dat ik haar wil genezen vanwege de pijn die ik haar heb toegebracht.

Als het op Sara aankomt ben ik een en al tegenstrijdigheden; het enige wat ik zeker weet, is dat een simpele neukpartij niet genoeg zal zijn.

Ik wil meer.

Ik wil haar de mijne maken.

Het is verleidelijk om mijn belofte te breken en haar nu te nemen, om haar op te eisen en de honger te stillen die me verteert. Ze is volledig naakt in mijn armen en bij iedere ademhaling wrijft haar blote huid langs de mijne. Ik ruik de bloemige shampoo in haar vochtige haar, voel de zachtheid van haar borsten op mijn arm rusten en mijn pik bonst pijnlijk tegen haar ronde billen. De behoefte om in haar te stoten lijkt me vanbinnen te verteren. Ze zou zich aanvankelijk verzetten, maar ik kan ervoor zorgen dat ze het fijn zou gaan vinden. Ze is niet immuun voor mij. Ik weet het. Ik voel het.

Voordat de donkere impuls het kan overnemen, haal ik diep adem en laat ik de lucht langzaam ontsnappen. Hoe lekker het ook zou zijn om Sara te neuken, ik heb evenveel behoefte aan haar vertrouwen als haar lichaam.

Ik wil dat ze uit zichzelf voor me zingt.

'Ga slapen, *ptichka*,' mompel ik als ze zwijgt. Blijkbaar zijn haar vragen nu verstomd. 'Vannacht ben je veilig.' En terwijl ik de honger die door mijn lichaam raast negeer, sluit ik mijn ogen en zink ik in een lichte maar rustgevende slaap.

Ik word die nacht drie keer wakker, twee keer doordat Sara zichzelf probeert te bevrijden uit mijn omhelzing – ongetwijfeld om te ontsnappen en me iets pijnlijks aan te doen – en één keer als ze geplaagd wordt door een nare droom. Iedere keer houd ik haar steeds steviger vast en uiteindelijk valt ze weer in slaap. Na een tijdje doe ik dat ook, hoewel de lust die aan me knaagt gedurende de nacht alleen maar intenser wordt. Tegen de ochtend sta ik op ontploffen en het kost me maar twintig seconden om me af te trekken wanneer ik naar de wc ga.

Ze slaapt nog als ik de badkamer uitkom en ik overweeg om opnieuw bij haar onder de dekens te kruipen. Het is echter bijna zeven uur en ik wil Anton spreken voordat hij gaat slapen. Ik ben ook niet helemaal zeker van mijn zelfbeheersing; de snelle ontlading sloeg nauwelijks een deuk in mijn gewelddadige hunkering naar haar. Als ik weer bij Sara in bed klim, loop ik het risico mijn belofte te verbreken.

Ik besluit het lot niet te tarten, kleed me rustig aan en glip de kamer uit.

Ik zie Sara binnenkort weer. Ondertussen is er werk aan de winkel.

DIE OCHTEND HEB IK EEN GEPLANDE KEIZERSNEDE EN 'S MIDDAGS EEN ONGEPLANDE. Tussendoor help ik een vrouw die last heeft van pijnlijke menstruatiekrampen maar hormonale anticonceptie, de gebruikelijke remedie, niet kan verdragen – wat ik me goed kan voorstellen – en spreek ik een vrouw die al twee jaar probeert zwanger te worden. Voor de eerste plan ik een echo om te zien of ze wellicht aan endometriose lijdt en de tweede verwijs ik door naar een vruchtbaarheidsspecialist. Zodra ik daarmee klaar ben, word ik naar de spoedeisende hulp geroepen om een zes maanden zwangere vrouw te onderzoeken die een ernstig auto-ongeluk heeft gehad. Gelukkig kan ik haar vertellen dat de baby volledig gezond is, het beste resultaat bij een frontale botsing.

Het verbaast me dat ik me op mijn werk kan concentreren na gisteravond, maar voor het eerst sinds maanden word ik niet steeds overvallen door donkere herinneringen en heb ik geen last van de paranoia van de afgelopen maand. Eigenaardig genoeg is het minder beangstigend nu ik *weet* dat ik in de gaten word gehouden dan toen ik alleen maar een zenuwslopend gevoel had.

Ik voel me ook uitgerust en alert, hoewel ik maar weinig cafeïne op heb. Vermoedelijk komt dat doordat ik negen uur goed geslapen heb, ondanks het harde lichaam dat de hele nacht om me heen gewikkeld was.

Of misschien *juist daardoor*. Hoezeer ik gisteravond ook probeerde wakker te blijven, de dierlijke warmte die van Peter afstraalde en zijn gelijkmatige ademhaling verlokten me tot slapen. Ik ben wel een paar keer wakker geworden en heb geprobeerd me los te worstelen, maar dat was onmogelijk. Hij hield me vast met de intensiteit van een kind dat zijn lievelingsteddybeer vastklemt en uiteindelijk gaf ik eraan toe en sliep ik gewoon. Mijn onderbewustzijn was heerlijk onbewust dat de bron van mijn nachtmerries vlak naast me lag.

Hoe dan ook, ik ben kalm en geconcentreerd tijdens mijn dienst. Het helpt ook dat ik erin geslaagd ben om alle gedachten aan Peter en zijn plannen met mij te onderdrukken en ze weet weg te duwen terwijl ik me op mijn patiënten concentreer. Als ik te veel zou nadenken over zijn verklaring, zou ik schreeuwend het ziekenhuis uitrennen en wat zou mijn stalker dan wel niet doen? Toen ik vanochtend levend en ongedeerd wakker werd, besloot ik dat het het beste is om het per dag aan te zien en te proberen hem zo min mogelijk uit te dagen. Misschien blijft hij nog een tijdje aardig en heb ik tijd om te bedenken wat ik moet doen.

Als mijn dienst voorbij is, kom ik op weg naar de kleedkamer Andy in de gang tegen. Ze lijkt net aan haar dienst te beginnen, want haar uniform ziet er perfect gestreken uit en haar krullende haren zitten strak in een nette knot, zonder een haartje van zijn plek. Aan het einde van een lange dienst zien de meeste verpleegkundigen en artsen – waaronder ikzelf – er veel slordiger uit.

'Hé,' zegt ze, en blijft bij me staan. 'Is alles goed?'

Ik knipper. 'Eh, ja.' Ze weet toch niets over Peter? 'Hoezo?'

'Je zei dat je je niet goed voelde die avond,' zegt Andy met kleine frons. 'Toen je zo snel vertrok uit de club.'

'O, ja, sorry daarvoor.' Ik probeer een beschaamde glimlach op te zetten. 'Ik had te veel gedronken en het raakte me nogal. Ik heb thuis alles uitgekotst, maar ik weet er niet zo veel meer van.'

'Aha, ik begrijp het.' Haar bezorgde gezicht verandert in een opgeluchte grijns. 'Ik dacht dat er iets was dat je van streek gemaakt had. Je keek alsof iemand je favoriete huisdier vermoord had.'

Ik lach en schud van nee, hoewel ze dicht bij de

waarheid zit. 'Ik ben bang dat het enige slachtoffer mijn lever was.'

Andy lacht en vraagt vervolgens: 'Wat doe je komende zaterdag? Tonya en Marsha zijn weer een meidenavond van plan, maar ik dacht erover om met Larry te eten en naar de film te gaan – niet al te laat, want ik heb aanstaande zondag een vroege dienst. Zin om mee te gaan?'

'Met jou en je vriend?' Ik kijk haar verbaasd aan. 'Zou ik niet het derde wiel zijn?'

'Nou...' Een ondeugende grijns verschijnt op haar sproeterige gezicht. 'Larry heeft toevalligerwijs een erg knappe – en zeer succesvolle – vriend die graag een leuk meisje wil ontmoeten. Hij zit in onroerend goed en hij heeft heel wat noten op zijn zang, maar...' – ze steekt een vinger op als ik haar wil onderbreken – '...jij voldoet toevallig aan allemaal. Als het je wat lijkt, nodigt Larry hem uit en kunnen we een gezellige dubbeldate doen.'

Ik rimpel mijn neus. 'O, ik weet niet of...'

'Hij is knap. Kijk maar.' Ze pakt haar telefoon, veegt wat over het scherm en toont me een foto van een man die eruitziet als een blonde Tom Cruise. 'Zie je? Je zou het slechter kunnen treffen.'

Ik grinnik. 'Zeker, maar...'

'Geen gemaar.' Ze steekt haar hand op als ik wat wil tegenwerpen. 'Kom maar gewoon, het wordt leuk. Geen verwachtingen of zo. Als je Larry's vriend leuk vindt, mooi. Zo niet, dan zoeken we de meiden op en kan Larry een jongensavond houden – daar snakt hij al tijden naar.'

Ik aarzel even en schud dan spijtig mijn hoofd. 'Bedankt, maar ik kan niet.' Ik weet niet of Peter een bedreiging vormt voor Andy of haar vriendje, maar ik wil het niet riskeren. Zolang de Russische moordenaar iedere beweging in de gaten houdt, kan elke persoon in mijn omgeving een doelwit worden. Tot mijn stalkersituatie is opgelost, is het het beste als ik me afzijdig houd van mijn vriendinnen en familie.

Andy's gezicht betrekt. 'O, oké. Nou, stuur me maar een berichtje als je van gedachten verandert. Marsha heeft mijn nummer.'

'Dat zal ik doen, bedankt,' zeg ik, maar Andy haast zich al weg, zo snel als haar witte gympen toelaten.

OP WEG NAAR HUIS LUISTER IK NAAR KELLY CLARKSONS *Stronger* en vecht ik tegen de drang om door te rijden tot ik in een andere staat ben. Of misschien zelfs in een ander land. Canada en Mexico klinken allebei aantrekkelijk, net als Antarctica en Timboektoe. In plaats van naar mijn huis gaan dat vol camera's zit, zou ik rechtstreeks naar het vliegveld kunnen rijden en op een vliegtuig springen naar waar dan ook. Ik zou naar de Noordpool gaan als er een garantie was dat Peter me daar niet zou volgen.

Helaas heb ik geen garantie. Integendeel. Als ik vlucht, komt hij achter me aan. Dat weet ik zeker. Hij is een jager, een speurder, iemand die niet zal rusten totdat hij mij vindt, net zoals hij alle mensen op zijn lijst vond. Ik zou naar een ander hotel of een ander continent kunnen gaan en dat zou niets uitmaken. Hij zal me niet met rust laten totdat hij krijgt wat hij wil – wat dat ook is.

Het stuur voelt glibberig aan in mijn handen en ik realiseer me dat ik snel ademhaal. Mijn kalmte verdwijnt als herinneringen van gisteravond mijn geest binnensluipen. Ik weet nog steeds niet zeker wat hij wil, maar het lijkt meer te zijn dan alleen seks.

Iets duisterders en perversers.

Ik realiseer me dat ik bijna weer een paniekaanval krijg. Meteen schakel ik van Kelly Clarkson over op klassieke muziek en begin ademhalingsoefeningen te doen. Misschien maak ik een fout door niet naar de FBI te gaan. Er is in ieder geval een kans dat ze me kunnen beschermen, terwijl ik in mijn eentje helemaal geen kans maak. Het beste waar ik op kan hopen, is dat ik hem snel zal vervelen en dat hij op zijn volgende slachtoffer overstapt, waardoor ik met het grootste deel van mijn geestelijke gezondheid intact in leven zal blijven.

Ik reik al naar mijn telefoon als ik me herinner waarom ik Ryson niet meteen belde: mijn ouders. Ik kan niet zomaar verdwijnen en ze achterlaten en het zou egoïstisch zijn om ze te ontwortelen vanwege de kleine kans dat de FBI ons zal kunnen beschermen. Vanwege de noodzaak van de verhuizing zou ik mijn ouders alles moeten vertellen en ik weet niet of het hart van mijn vader dat soort stress aan zou kunnen. Hij heeft enkele jaren geleden een drievoudige bypass gehad en de artsen adviseerden hem om stressvolle activiteiten tot een minimum te beperken. Als ze erachter komen dat een moordlustige stalker me heeft gemarteld en George heeft vermoord, zou dat letterlijk mijn vaders dood kunnen worden en misschien zelfs gevaarlijk voor mijn moeder kunnen zijn.

Nee. Dat kan ik hen niet aandoen. Om mijn ademhaling onder controle te krijgen, zet ik Kelly Clarkson weer aan. Mijn ouders hebben een gelukkig, normaal leven en ik zal alles doen om dat zo te houden. Als dat betekent dat ik Peter alleen moet afhandelen, dan zij dat zo.

Hopelijk ben ik sterk genoeg om wat hij dan ook gepland heeft te doorstaan.

WAT HIJ GEPLAND HEEFT, IS EEN MAALTIJD. EEN HEERLIJK ruikende, overvloedige maaltijd. Verbaasd kijk ik naar de uitstalling op mijn eettafel: een hele geroosterde kip, een kom aardappelpuree en een grote groene salade, allemaal mooi gerangschikt tussen brandende kaarsen en een fles witte wijn. Ik dacht dat ik misschien in een hinderlaag zou lopen, maar dit had ik niet verwacht.

'Heb je honger?' vraagt een diepe stem met een licht accent achter me, en ik draai me snel om. Mijn hart slaat een slag over als Peter Sokolov de gang uit stapt. De voorkant van zijn haar is nat, alsof hij net zijn gezicht heeft gewassen, en hoewel hij gekleed is in een blauw overhemd en donkere jeans draagt hij geen schoenen, alleen sokken. Hij ziet er waanzinnig knap uit – en gevaarlijker dan ooit.

'Wat...' Mijn stem is te hoog, dus ik haal diep adem en probeer het opnieuw. 'Wat is dit?'

'Het avondeten,' zegt hij geamuseerd. 'Wat zou het anders zijn?'

'Ik...' De lucht in de kamer voelt ijl als hij vlak bij me blijft staan. De intieme blik in zijn ogen herinnert me eraan dat ik naakt in zijn armen heb geslapen. 'Ik heb geen honger.'

'Niet?' Hij fronst zijn donkere wenkbrauwen. 'Goed. Laten we naar bed gaan.'

Hij maakt een beweging alsof hij me wil pakken en ik spring achteruit. 'Nee, wacht! Ik lust toch wel wat.'

Een glimlach vormt zich om zijn lippen. 'Dat dacht ik wel. Ga je gang.'

Hij maakt een hoffelijk handgebaar en ik loop naar de tafel. Ik probeer de brok in mijn keel door te slikken als hij het plafondlicht uitdoet en alleen kaarslicht als verlichting overlaat. Dan volgt hij me naar de tafel.

Hij trekt een stoel voor me naar achter en ik ga zitten. Dan loopt hij naar de stoel tegenover mij en gaat zelf zitten. Ik merk dat de tafel gedekt is met twee borden en mijn chique zilveren bestek, het tafelgerei dat ik van George alleen voor speciale gelegenheden mocht gebruiken.

Zwijgend kijk ik hoe George's moordenaar vakkundig de kip snijdt en een van de drumsticks – mijn favoriete deel van de kip – op mijn bord legt, samen met een paar lepels aardappelpuree en een royale portie salade.

'Waar heb je al dit eten vandaan?' vraag ik terwijl hij zijn eigen bord opschept.

'Ik heb het gemaakt.' Hij kijkt op van zijn bord. 'Je houdt toch van kip?'

Dat klopt, maar dat ga ik hem niet vertellen. 'Kun jij koken?'

'Ik doe mijn best.' Hij pakt zijn mes en vork. 'Ga je gang, proef maar.'

Ik duw mijn stoel naar achteren en sta op. 'Ik moet mijn handen wassen.' Ik kom net uit de garage en de door hygiëne geobsedeerde arts in mij laat me geen voedsel aanraken zonder eerst de ziektekiemen van het ziekenhuis af te wassen.

'Oké,' zegt hij terwijl hij zijn bestek neerlegt. Ik realiseer me dat hij van plan is op me te wachten. Mijn stalker heeft uitstekende tafelmanieren.

Ik loop naar de nabijgelegen badkamer en was mijn handen, schrobbend tussen elke vinger en rond mijn polsen, zoals ik altijd doe.

Tegen de tijd dat ik terugkom aan tafel, heeft hij ons wijn ingeschonken. De frisse geur van pinot grigio vermengt zich met de heerlijke aroma's van de maaltijd, wat de situatie nog bizarder maakt. Als ik niet beter wist, zou ik denken dat we een date hadden. 'Hoe wist je dat ik hier naartoe zou gaan in plaats van naar een hotel?' vraag ik als ik weer zit.

Hij haalt zijn schouders op. 'Het was een weloverwogen gok. Je bent slim, dus is het onwaarschijnlijk dat je twee keer dezelfde fout maakt.'

'Hm-hm.' Ik pak mijn vork en proef een hapje aardappelpuree. De rijke, boterachtige smaak is zalig, waardoor mijn eetlust op gang komt... ondanks de angst die mijn maag doet kolken. 'Dat is een flinke klus op basis van een weloverwogen gok.'

'Ja, nou, zonder risico geen winst, toch? Trouwens, ik heb gezien hoe je denkt en redeneert, Sara. Jij doet geen domme, zinloze dingen. Naar een ander hotel gaan zou dat zijn geweest.'

Mijn hand verstrakt om mijn vork. 'Is dat zo? Denk je dat je me kent omdat je me een paar weken hebt gestalkt?'

'Nee.' Zijn ogen glanzen in het kaarslicht. 'Ik ken je niet, *ptichka*... althans, nog niet zo goed als ik zou willen.'

Ik negeer die provocerende uitspraak en concentreer me op mijn bord. Nu ik een hap heb geproefd, krijg ik trek in meer. Wat ik eerder ook tegen Peter zei, ik heb flinke honger en gretig schep ik meer lekkers op mijn bord. De kip is perfect gekruid, de aardappelpuree is rijk met boter aangemaakt en de groene salade is verfrissend pittig met een ongewone, citroenachtige dressing.

Ik ga zo op in het eten dat mijn bord al halfleeg is wanneer een beangstigende gedachte bij me opkomt. Ik leg mijn vork neer en kijk op naar mijn kwelgeest. 'Je hebt hier toch geen drugs ingedaan?'

'Als ik dat had gedaan, zou het nu te laat voor je

zijn,' merkt hij geamuseerd op. 'Maar nee. Je kunt je ontspannen. Als ik je drugs zou willen toedienen of willen vergiftigen dan zou ik een injectie gebruiken. Het is niet nodig om lekker eten te verpesten.'

Ik probeer niet te reageren, maar mijn hand trilt als ik naar mijn glas wijn reik. 'Prachtig. Blij dat te horen.'

Hij lacht me toe en ik voel een warm, smeltend gevoel tussen mijn benen. Om mijn ongemak te verbergen, neem ik een paar slokken wijn. Dan zet ik het glas neer en concentreer me opnieuw op mijn bord.

Ik voel me *niet* tot hem aangetrokken. Dat weiger ik.

We eten in stilte totdat onze borden leeg zijn; dan legt Peter zijn vork neer en pakt zijn wijnglas op. 'Vertel eens, Sara,' zegt hij. 'Je bent nu achtentwintig en je bent al tweeënhalf jaar volwaardig arts. Hoe heb je dat voor elkaar gekregen? Was je zo'n kindergenie met een superhoog IQ?'

Ik duw mijn lege bord opzij. 'Ben je daar met al je gestalk nog niet achtergekomen?'

'Ik ben niet diep in je achtergrond gedoken.' Hij neemt een slok wijn en zet zijn glas neer. 'Als je dat liever hebt, kan ik dat doen… of je kunt gewoon met me praten zodat we elkaar op een traditionelere manier leren kennen.'

Ik aarzel en besluit dan dat het geen kwaad kan om met hem te praten. Hoe langer we aan tafel zitten, hoe langer ik bedtijd en alles wat daarbij hoort, kan uitstellen. 'Ik ben geen genie,' zeg ik en neem een klein slokje wijn. 'Ik bedoel, ik ben niet dom, maar mijn IQ ligt binnen het normale bereik.'

'Hoe ben je dan op zesentwintigste arts geworden, terwijl dat normaal gesproken minstens acht jaar universiteit kost?'

'Ik was een ongelukje,' zeg ik. Als hij naar me blijft kijken, leg ik uit: 'Ik ben drie jaar voordat mijn moeder in de overgang kwam geboren. Ze was bijna vijftig toen ze zwanger werd en mijn vader was achtenvijftig. Ze waren allebei professoren. Ze ontmoetten elkaar omdat hij haar promotie-adviseur was, hoewel ze pas later begonnen met daten. Geen van beiden wilde kinderen. Ze hadden hun carrière, ze hadden een grote vriendenkring en ze hadden elkaar. Hun idee was om dat jaar met pensioen te gaan, maar in plaats daarvan kwam ik.'

'Hoe?'

Ik haal mijn schouders op. 'Een paar drankjes in combinatie met de overtuiging dat ze te oud waren om zich zorgen te maken over een gescheurd condoom.'

'Dus ze wilden je niet?' Zijn grijze ogen worden donker. Het staalblauw verandert in antraciet en zijn mond verstrakt.

Als ik niet beter wist, zou ik denken dat hij om mijnentwille boos is.

Ik zet die belachelijke gedachte van me af en zeg: 'Nee, dat wilden ze wel. Tenminste, zodra ze over de schok van de zwangerschap heen waren. Het was niet wat ze wensten of verwachtten, maar toen ik er eenmaal was, tegen alle verwachtingen in helemaal gezond, gaven ze me alles. Ik werd het middelpunt van hun wereld, hun persoonlijke kleine wonder. Ze hadden een vaste aanstelling, ze hadden spaargeld en ze omarmden hun nieuwe rol als ouders met dezelfde toewijding die ze aan hun carrière besteed hadden. Ik werd overladen met aandacht, leerde lezen en tot honderd tellen voordat ik kon lopen. Tegen de tijd dat ik met de kleuterschool begon, kon ik lezen als een tienjarige en kende ik de grondbeginselen van algebra.'

De harde trek om zijn mond verzacht zich. 'Ik begrijp het. Dus je had een enorme voorsprong op de anderen.'

'Ja. Ik heb twee klassen overgeslagen op de lagere school en had er meer kunnen overslaan, maar mijn ouders dachten niet dat het goed zou zijn voor mijn sociale ontwikkeling om zoveel jonger te zijn dan mijn klasgenoten. Ik vond het toch al moeilijk genoeg om vrienden te maken op school, maar daar gaat het niet om.' Ik pauzeer om een slokje wijn te nemen. 'Ik heb de middelbare school in drie jaar gedaan omdat het curriculum te makkelijk voor me was en ik wilde gaan studeren. Toen heb ik in drie jaar de universiteit afgemaakt omdat ik veel studiepunten had verdiend door het volgen van een extra programma op de middelbare school.'

'Dus dat is de vier jaar.'

Ik knik. 'Ja, dat zijn de vier jaar.'

Hij bestudeert me en ik schuif heen en weer op mijn stoel. Een ongemakkelijk gevoel welt in me op door de warmte in zijn ogen. Mijn wijnglas is nu grotendeels leeg en ik begin de effecten te voelen, een lichte roes van de alcohol die het ergste van mijn angst verjaagt en me irrelevante dingen laat opmerken, zoals dat zijn donkere haar er dik en zijdeachtig uitziet, dat zijn mond tegelijkertijd zacht en hard is. Hij kijkt me aan met bewondering in zijn blik... en iets anders, iets waardoor mijn huid warm en strak aanvoelt, alsof ik koorts heb.

Alsof hij het voelt, leunt Peter naar voren. 'Sara...' Zijn stem is laag en diep, gevaarlijk verleidelijk. Ik voel mijn ademhaling versnellen als hij mijn hand in zijn grote handpalm omvat en mompelt: '*Ptichka*, je bent...'

'Waarom denk je dat George je gezin heeft geschaad?' Ik ruk mijn hand weg in een wanhopige poging mijn groeiende opwinding te bedwingen. 'Wat is er met hen gebeurd?'

Mijn vraag is als een bom die explodeert in de seksueel geladen sfeer. Zijn blik wordt koud en hard, alle warmte weggevaagd door een flits van ijzige woede. 'Mijn gezin?' Zijn hand balt in een vuist op tafel. 'Wil je weten wat er met hen is gebeurd?'

Ik knik voorzichtig en vecht tegen het instinct om op te springen en terug te deinzen. Ik heb het angstaanjagende gevoel dat ik een gewond roofdier heb getart, dat me uit elkaar zou kunnen scheuren zonder er zelfs maar moeite voor te hoeven doen.

'Oké.' Zijn stoel schraapt over de vloer als hij opstaat. 'Kom hier, ik zal het je laten zien.'

Ze blijft zitten, bevroren op haar plaats. Als een ree dat in de loop van een jagersgeweer staart. Ik weet dat ik haar bang maak, maar dat deert me niet – niet nu ik vanbinnen door pijn en woede verscheurd word. Zelfs na vijfeneenhalf jaar kan de gedachte aan de dood van Pasha en Tamila me nog vernietigen. 'Kom hier,' herhaal ik, en ik loop om de tafel heen. Ik grijp Sara's arm, trek haar overeind en negeer haar stijve houding. 'Wil je het weten? Wil je zien wat je man en zijn maten hebben gedaan?'

Haar slanke arm is gespannen in mijn greep als ik met mijn vrije hand mijn oude smartphone uit mijn zak haal. Ik heb hem altijd bij me, hoewel hij niet met een netwerk verbonden is en je er niet mee kan bellen.

Met mijn duim navigeer ik op het scherm naar de laatste reeks foto's. 'Hier.' Ik duw de telefoon in haar vrije hand. 'Kijk maar eens goed.'

Sara's hand trilt als ze de telefoon voor haar gezicht houdt en ik zie het exacte moment waarop ze de eerste foto ziet. Haar gezicht wordt wit en ze slikt krampachtig voordat ze over het scherm veegt om de rest van de foto's te bekijken.

Ik kijk zelf niet naar de telefoon – dat hoeft niet. De afbeeldingen staan op mijn netvlies gebrand, als een gruwelijke tatoeage in mijn brein geëtst.

Ik nam deze foto's de dag nadat ik ontsnapte van de soldaten die me wegtrokken van het tafereel. Ze hadden de overgebleven dorpelingen al verplaatst, maar het onderzoek begon net en ze hadden de lichamen nog niet opgeruimd. Toen ik terugkwam, lagen de lijken daar nog steeds, bedekt met vliegen en kruipende insecten. Ik fotografeerde alles: de uitgebrande gebouwen, de donkere bloedvlekken op het gras, de ontbindende lichamen en gescheurde ledematen, Pasha's kleine hand om de speelgoedauto geklemd ... Er waren dingen die ik niet kon vangen, zoals de stank van rottend vlees die dik in de lucht hing en de trieste leegte van een verlaten dorp, maar wat ik heb vastgelegd is genoeg.

Sara laat de telefoon zakken en ik pak hem uit haar kille hand en steek hem terug in mijn zak. 'Dat was Daryevo.' Ik laat haar arm los, elk woord voelt als schuurpapier in mijn keel. 'Een klein dorp in Dagestan waar mijn vrouw en zoon woonden.'

Sara doet een stap achteruit. 'Wat...' Ze slikt hoorbaar. 'Wat is daar gebeurd? Waarom zijn ze vermoord?'

Ik haal diep adem om de gewelddadige woede in mij te beheersen. 'Vanwege de arrogantie en blinde ambitie van sommige mensen.'

Sara kijkt me onbegrijpend aan.

'Het was een precisie-operatie die was opgezet om een kleine maar zeer effectieve terroristische cel in de Kaukasus te grijpen,' zeg ik grof. 'Een groep NAVO-soldaten handelde op basis van informatie van een coalitie van westerse inlichtingendiensten. Alles werd heimelijk gedaan zodat ze de glorie niet met de lokale contraterrorismegroepen hoefden te delen, zoals degene die ik voor Rusland leidde.'

Sara bedekt haar trillende mond en ik zie dat ze het begint te begrijpen.

'Dat klopt, *ptichka*.' Ik stap naar haar toe, pak haar slanke pols en trek haar hand weg van haar gezicht. 'Je kunt wel raden wie de soldaten die valse informatie verschafte.'

Haar ogen staan vol afgrijzen. 'Er was geen terroristische cel?'

'Nee.' Mijn greep op haar pols is pijnlijk strak, maar ik kan mijn hand niet ontspannen. Met de herinneringen fris in mijn gedachten kan ik het niet helpen dat ik haar zie als de vrouw van mijn dode vijand. 'Er was alleen een vredig burgerdorp en als je man en de andere agenten in zijn team hun informatie hadden geverifieerd bij *mijn* team, zouden ze dat hebben geweten.' Mijn stem wordt ruwer, mijn woorden verbeten. 'Als ze niet zo verdomd arrogant en eerzuchtig waren geweest, zouden ze hulp gezocht hebben in plaats van te denken dat ze alwetend waren. Dan zouden ze erachter gekomen zijn dat hun bron voor de terroristen werkte en zouden mijn vrouw en zoon nog in leven zijn.'

Ik voel Sara's snelle hartslag en ik zie dat ze me niet gelooft – niet helemaal, tenminste. Ze denkt dat ik gek ben, of in het beste geval verkeerd ben geïnformeerd. Haar twijfel voedt mijn woede en ik dwing mezelf om haar pols los te laten voordat ik haar fragiele botten verbrijzel.

Ze deinst meteen achteruit en ik weet dat ze het geweld voelt dat onderhuids in mij woedt. Toen ik voor het eerst hoorde wat er echt gebeurd was, kon ik de NAVO-soldaten of de betrokken agenten niet straffen – de doofpot was opmerkelijk snel en grondig – dus leefde ik mijn woede uit op de terroristische cel die hen de valse informatie gaf en daarna op iedereen die dom genoeg was om mij in de weg te staan. De dood van mijn zoon heeft het monster in mij ontketend en het loopt nog steeds vrij rond.

Als er een meter afstand tussen ons is, stopt Sara met terugdeinzen en kijkt me behoedzaam aan. 'Werd je daarom...' Ze bijt op haar lip. 'Werd je daarom voortvluchtig? Vanwege dat wat er gebeurde?'

Mijn handen ballen zich tot vuisten en ik loop terug naar de tafel. Ik kan dit geen seconde langer bespreken. Elke zin is als zoutzuur dat op mijn hart wordt gegoten. Ik ben op het punt gekomen dat ik enkele uren red zonder aan de gewelddadige dood van mijn gezin te denken, maar praten over wat er is gebeurd, brengt me terug naar de verschrikkingen van die dag en de woede die me verteert. Als we bij dit onderwerp blijven, verlies ik de controle en kan ik Sara pijn doen.

Eén beweging tegelijk. Eén taak tegelijk. Ik maak mijn geest leeg zoals ik dat ook doe wanneer ik werk en focus me op wat er moet gebeuren. In dit geval is dat de tafel afruimen, de restjes in de koelkast zetten en de afwas in de vaatwasser plaatsen. Ik concentreer me op die alledaagse activiteiten en geleidelijk neemt mijn kokende woede af, evenals mijn agressie.

Wanneer ik de vaatwasser start en me terugdraai naar Sara, zie ik haar behoedzaam naar me kijken. Ze ziet eruit alsof ze elk moment kan vluchten en het feit dat ze dat nog niet heeft gedaan betekent dat ze haar situatie begrijpt.

Als ze nu vlucht, zal ik niet zachtaardig zijn als ik haar grijp. 'Laten we naar boven gaan,' zeg ik en loop naar haar toe. 'Het is tijd om naar bed te gaan.'

Haar hand is ijskoud in mijn greep als ik haar de trap op leid, haar mooie gezicht bleek. Als ik me niet zo rauw voelde vanbinnen, zou ik haar geruststellen, haar vertellen dat ik haar ook vanavond geen pijn zal doen, maar ik wil geen beloftes doen die ik misschien niet kan nakomen. Het monster sluimert vlak onder de oppervlakte, te onbeheerst.

'Kleed je uit,' beveel ik als we bij haar slaapkamer komen en ik haar hand heb losgelaten. Ze draagt skinny jeans en een wijde crèmekleurige trui en hoewel ze er geweldig uitziet in de eenvoudige outfit, wil ik dat die kleren verdwijnen. Ik wil dat er geen barrières tussen ons zijn.

In plaats van te gehoorzamen, gaat Sara achteruit. 'Alsjeblieft...' Ze stopt halverwege tussen mij en het bed. 'Doe dit alsjeblieft niet. Het spijt me wat er met je gezin is gebeurd en als George op enigerlei wijze verantwoordelijk was...'

'Dat was hij.' Mijn toon is bijtend. 'Het heeft jaren geduurd, maar ik heb de naam van elke soldaat en elke inlichtingenofficier die bij het bloedbad betrokken was, weten te achterhalen. Er is geen vergissing, Sara; mijn lijst kwam rechtstreeks van jouw eigen CIA.'

Ze lijkt verbijsterd. 'Heb je hem van de CIA? Maar hoe dan? Ik dacht dat je zei dat ze erbij betrokken waren, dat George een van hen was.'

'Er zijn veel divisies en facties binnen de organisatie. De ene hand weet niet altijd wat de andere doet. Ik ken een wapenhandelaar die daar een contactpersoon heeft en hij – of liever zijn vrouw – bezorgde me de lijst. Maar daar gaat het niet om.' Ik sla mijn armen voor mijn borst over elkaar. 'Kleed je uit.'

Haar ogen schieten van het bed naar de deur achter me.

'Niet doen. Je wilt me vanavond niet op de proef

stellen, geloof me.' Haar blik keert terug naar mijn gezicht en ik voel haar wanhoop.

'Alsjeblieft, Peter. Doe dit alsjeblieft niet. Wat er met je gezin is gebeurd, is verschrikkelijk, maar dit zal hen niet terugbrengen. Het spijt me echt, echt waar, maar ik had er niets mee te maken...'

'Daar gaat het niet om.' Ik ontspan mijn armen. 'Wat ik van je wil, heeft niets te maken met wat er is gebeurd.' Maar ik weet dat het een leugen is. Mijn acties zijn niet die van een man die een vrouw probeert te verleiden, maar meer die van een roofdier dat zijn prooi besluipt. Als ze niet was wie ze is – als ze een willekeurige vrouw was – zou ik haar leven niet zo binnendringen. Mijn verlangen naar haar zou zachtaardig en ingetogen zijn geweest in plaats van gevaarlijk obsessief.

Sara kijkt me ongelovig aan en ik besef dat zij dat ook begrijpt. Ik houd niemand voor de gek. Wat er tussen ons gebeurt, heeft alles te maken met het duistere verleden dat we delen.

Het zij zo.

Ik doe een stap in haar richting. 'Doe je kleren uit, Sara. Ik zal het niet nog een keer vragen.'

Ze deinst weer achteruit en stopt dan, waarschijnlijk omdat ze beseft dat ze dichter bij het bed komt. Zelfs door de dikke trui die haar vormen verbergt heen kan ik zien dat haar borst op en neer gaat. Haar handen verkrampen langs haar zij. 'Goed. Als het zo moet...' Ik begin naar haar toe te lopen, maar ze heft haar handen op, de palmen naar me toe.

'Wacht!' Haar handen trillen terwijl ze naar haar trui reikt. 'Ik doe het.'

Ik stop en kijk toe hoe ze de trui over haar hoofd trekt. Eronder draagt ze een strakke blauwe tanktop die haar slanke schouders bloot laat en de zachte rondingen van haar borsten benadrukt. Ze zijn niet de grootste die ik heb gezien, maar ze passen bij haar ballerina-achtige figuur en mijn penis roert zich als ik me herinner hoe die mooie borsten gisteravond aanvoelden toen ze op mijn arm rustten. Binnenkort zal ik weten hoe ze in mijn handen voelen... en hoe ze smaken. 'Ga je gang,' zeg ik als Sara weer aarzelt, haar blik op de deur langs me. 'Je topje, daarna je jeans.'

Haar handen trillen als ze gehoorzaamt en het topje over haar hoofd trekt. Daarna reikt ze naar de ritssluiting van haar jeans. Onder de tanktop draagt ze een praktische witte beha en ik moet mezelf dwingen om stil te blijven staan terwijl ze haar spijkerbroek naar beneden duwt en een lichtblauw slipje onthult. Hoewel ik gisteravond haar blote huid tegen de mijne voelde en ik verschillende keren op de camera's heb gezien hoe ze zich uitkleedde, is dit de eerste keer dat ik haar van dichtbij naakt zie. Mijn hartslag versnelt als ik hongerig elke sierlijke lijn en ronding van haar lichaam in me opneem.

Ze is maar van gemiddelde lengte, maar haar benen zijn lang, met de slanke, welgevormde spieren van een danser. Haar buik is plat en strak, haar slanke taille loopt over in zachte vrouwelijke heupen en haar huid is overal glad en licht, zonder lijnen door de zon. Ze is mooi, mijn nieuwe obsessie. Mooi en bang.

'Nu de rest,' zeg ik ruw als ze de spijkerbroek uittrekt en daar trillend blijft staan, alleen nog in haar beha en slipje gehuld. Ik weet dat ik wreed ben, maar de rauwe, pijnlijke wond die ze blootlegde, zuigt al het fatsoen en medeleven op dat ik bezit. Alleen lust is overgebleven, samen met een irrationele behoefte om te straffen. Ik wil haar geen pijn doen, maar op dit moment wil ik haar wel zien lijden.

Ze reikt naar de sluiting van haar beha op haar rug en maakt hem met schokkerige bewegingen los.

Ik haal diep adem, de pijn in mijn borst verdreven door een golf van nog intenser verlangen. Ik heb haar borsten gisteravond gezien, dus ik weet dat ze prachtig zijn, maar de aanblik van haar strakke, roze tepels en zachte, blanke huid raakt me als een vuistslag. Mijn hart bonkt in een snel, ruw ritme, en ik moet me beheersen om op mijn plaats te blijven staan en haar niet te grijpen terwijl ze haar slipje uittrekt. Har kutje is glad en haarloos – ze harst regelmatig of heeft haar schaamhaar ooit laten laseren – en ik watertand als ik me voorstel dat ik mijn tong tussen die delicate plooien laat glijden. Ik kan niet wachten om haar te proeven en haar klaar te laten komen.

Terwijl ik me dat voorstel, gaat Sara rechtop staan en steekt uitdagend haar kin vooruit. 'Ben je nu tevreden?' Hoewel haar wangen felrood zijn, doet ze geen poging haar lichaam te bedekken, haar handen tot kleine vuisten langs haar zij gebald.

Eigenaardig genoeg verzacht haar kleine blijk van moed de donkere lust die me in zijn greep heeft en mijn mond vormt zich geamuseerd tot een scheve glimlach. 'Nog niet, maar binnenkort wel,' zeg ik, terwijl ik mijn eigen kleren uitdoe. Mijn bewegingen zijn snel en efficiënt om de taak zo snel mogelijk te volbrengen, maar haar gezicht brandt nog steeds vurig, haar borst rijzend en dalend terwijl ze naar me staart.

'Kom,' zeg ik als ik volledig naakt ben en naar haar toe loop. 'Ik weet dat je graag doucht voor het slapen gaan.'

Ze knippert met haar ogen en blikt omhoog naar mijn gezicht.

Ik realiseer me dat ze naar mijn pik staarde, die zo hard is dat hij naar mijn navel kromt. 'Je mag hem onder de douche aanraken als je wilt,' zeg ik met een grote glimlach bij haar overduidelijke gêne. 'Kom, *ptichka*. Dit zal je best bevallen.' Ik grijp haar pols en leidt haar naar de badkamer.

22

IK PROBEER MIJN KALMTE TE BEWAREN — OF TENMINSTE iets wat er op lijkt — terwijl Peter me naar de badkamer sleept, zijn lange vingers stevig om mijn pols gewikkeld. Dit is absoluut niet hoe ik me deze nacht voorstelde toen ik de trap op liep. Ondanks de aanhoudende duisternis in zijn ogen lijkt mijn kweller nu in een vrolijke, bijna speelse bui te zijn. Het is een schril contrast met de angstaanjagende woede die ik eerder op zijn gezicht zag.

Het is alsof mijn geforceerde kleine striptease de demonen die de gruwelijke foto's ontketenden, heeft gekalmeerd.

Misselijkheid overspoelt me opnieuw als ik me de beelden herinner, de dood en de verwoesting tot in het gruwelijkste detail vastgelegd. Ik heb ze maar een paar seconden bekeken, maar ik weet dat ik ze nooit zal kunnen vergeten. Ik kan me niet voorstellen hoe het zou zijn om daar persoonlijk die foto's te maken, laat staan te weten dat het mijn familie is die daar ligt... dat de ontbindende lijken vroeger mensen waren van wie ik hield. Alleen de gedachte al vervult me met zoveel leed dat ik voor een hartverscheurend moment begrijp wat mijn aanvaller drijft. Ik keur het niet goed, maar ik begrijp het. Angst en medelijden strijden om voorrang in mijn hart.

Als Peter gelooft dat mijn man verantwoordelijk was voor die doden, had hij geen andere keuze dan achter hem aan te gaan. Zoveel is me wel duidelijk. Ook voordat hij het recht in eigen hand nam, had de Rus een beroep dat hem blootstelde aan de duisterste kanten van de mens, dat hem leerde om geweld als een oplossing te zien, nog afgezien van het feit dat hij op zijn twaalfde al een moordenaar was. Zo'n soort man zou niet de andere wang toekeren; oog om oog zou meer zijn stijl zijn. Het zou hem niets kunnen schelen als hij onschuldigen trof op zijn queeste naar wraak en hij zou zeker geen scrupules hebben over het martelen van de vrouw van een vijand om hem te vinden. Als George ook maar *enigszins* betrokken was bij wat er gebeurd is, heb ik geluk dat ik nog leef.

Mijn cipier stopt voor de glazen douchecabine, laat mijn pols los, stapt naar binnen en zet het water aan. Terwijl hij met de kraan bezig is om de juiste temperatuur te vinden, werp ik een snelle blik op de badkamerdeur. Hij is nat en afgeleid, dus ik ben er bijna zeker van dat ik naar beneden zou kunnen rennen en mijn auto bereiken voordat hij me vangt. Maar wat dan? Rijd ik naakt naar een willekeurig hotel en hoop dat hij me vanavond niet vindt? Direct naar de FBI vluchten en smeken om me te verbergen?

Voordat ik dat interne debat weer aanga, stapt Peter uit de douche, zijn indrukwekkende borstkas bespetterd met waterdruppels. 'Kom erin,' zegt hij terwijl hij mijn arm grijpt. Ik struikel bijna als hij me de douche in trekt.

'Voorzichtig,' mompelt hij als hij me overeind houdt.

Ik zie hem naar me kijken met een mix van honger en duister plezier.

'Het is hier glad.'

Door die toespeling beginnen mijn wangen weer te gloeien. Ik haat het dat hij zich bewust is van mijn lichamelijke reactie op hem en vooral dat hij me nu net betrapte hoe ik gluurde naar zijn erectie als een bakvis die voor het eerst porno ontdekt. Toegegeven, hij zou een pornoster kunnen zijn met zo'n penis, maar daar gaat het niet om. Het zou niets voor mij moeten uitmaken dat hij een prachtig mannelijk dier is; zijn krachtige lichaam is iets wat ik moet vrezen, niet naar verlangen. Hij is een gevaarlijke, mogelijk gestoorde moordenaar en ik zou hem als zodanig moeten beschouwen.

En dat doe ik ook – rationeel gezien tenminste. Terwijl hij de douche op me richt en het warme water over mijn rug laat stromen, realiseer ik me dat ik lang niet meer zo bang ben als gisteravond, hoewel ik dat na het zien van die foto's wel zou moeten zijn. Als Peter gelooft wat hij me heeft verteld, dan heeft hij iedere reden om me te haten. De aantrekkingskracht die hij voor mij voelt, is waarschijnlijk van het verderfelijke soort. Ik weet niet waarom hij me gisteravond niet heeft verkracht, maar ik weet bijna zeker dat hij het vanavond zal doen. De gedachte zou me moeten vervullen met angst – en dat doet hij ook – maar de diepgewortelde paniek die ik in die hotelkamer voelde, ontbreekt. Het is alsof de nacht in zijn armen mij ongevoelig heeft gemaakt voor hoe verkeerd het is wat hij me aandoet, wat voor inbreuk zijn aanwezigheid in mijn huis en mijn douche is. Voor de tweede keer in evenzoveel dagen zijn we samen naakt en ik vind het lang niet zo verontrustend als ik zou moeten.

'Doe je ogen dicht.'

Peter pakt mijn shampoofles en ik sluit gehoorzaam mijn ogen terwijl hij de zeep op mijn haren giet. Ondanks zijn eerdere opvliegendheid voelen zijn sterke vingers zacht aan op mijn schedel als hij de shampoo inmasseert.

Ik realiseer me dat hij me weer in de watten legt, waardoor hij me verder ontwapent met zijn bizarre zorgzaamheid. Ik heb een ongerijmd verlangen om mijn hoofd achterover te buigen en tegen zijn handen te wrijven als een kat die geaaid wil worden, maar ik blijf stil staan, want ik wil niet dat hij merkt dat ik ook maar een beetje geniet van wat hij me aandoet. Wat voor spel mijn kweller ook probeert te spelen, ik weiger mee te doen.

Ik blijf vastberaden totdat hij mijn nek begint te masseren en vakkundig de harde plekken onderaan mijn schedel wegwerkt. Ik besefte niet eens hoeveel spanning ik daar had tot hij wegsmelt. De hitte van het water werkt samen met zijn aanraking en verwarmt en ontspant op een manier die ik al heel lang niet heb ervaren.

Ik probeer me te herinneren of George mijn haar ooit zo heeft gewassen, maar kan me dat niet herinneren. Ik kan me niet eens herinneren dat we wel eens samen douchten, behalve toen we pas net samen waren en we nog relatief avontuurlijk in bed waren. Tegen de tijd dat we een jaar samen waren, was ons seksleven routine geworden. George raakte me zelden nog aan op een manier die niet direct bedoeld was om me klaar te laten komen en uiteindelijk raakte hij me sowieso zelden aan. De afgelopen dagen ben ik intiemer geweest met de moordenaar van mijn man dan met mijn man zelf tijdens het grootste gedeelte van ons huwelijk.

Wanneer mijn haar schoon is, brengt Peter mijn hoofd weer onder de straal, spoelt de shampoo uit en brengt vervolgens conditioner aan op de uiteinden. Terwijl hij dit doet, komt hij dichterbij. Zijn borst raakt vluchtig de mijne en mijn tepels verstrakken onder de warme straal; mijn binnenste wordt zacht en glad als ik de gladde kop van zijn harde penis tegen mijn buik voel.

Even later stapt hij naar achter, maar het is al te laat. Het warme, ontspannen gevoel verandert zo snel in opwinding dat ik geen kans heb me ertegen te wapenen. Hoewel hij me nauwelijks heeft aangeraakt, ben ik buiten adem en beef ik van verlangen naar hem. Ik weet dat het een puur fysieke reactie is, maar toch vervult hij me met schaamte. Ik zou hem en deze geforceerde intimiteit niet moeten willen; niets hiervan zou verleidelijk moeten zijn. Ik bijt op de binnenkant van mijn wang om mezelf met de pijn af te leiden. Als ik mijn ogen weer open, zie ik dat hij douchegel in zijn hand giet. 'Laat mij dat zelf doen,' zeg ik gespannen terwijl ik naar de douchegel reik, maar hij schudt zijn hoofd met een sensuele glimlach en houdt de fles buiten mijn bereik.

'Nog niet, *ptichka*. Je moet op je beurt wachten.'

Hij komt achter me staan en begint mijn rug te wassen. Ondanks de warmte van het water zorgt zijn aanraking voor hete sporen op mijn huid; elke beweging van zijn ruwe handen versterkt de vlammen van opwinding in mijn kern. Ik probeer me op iets anders te concentreren, op wat dan ook, maar mijn hart blijft bonken en mijn lichaam brandt van schaamte, maar evenveel van verlangen.

En angst. Hoewel het op dit moment onderdrukt is, blijft het aanwezig in mijn achterhoofd. Ik ben niet vergeten wat deze man die me zo beroert, heeft gedaan of waartoe hij in staat is. Misschien zou een andere vrouw in mijn situatie vechten in plaats van dit toe te laten, maar ik wil niet dat hij me echt pijn doet.

Gisteren overmeesterde hij me zonder enige moeite en ik weet dat het vandaag niet anders zou zijn.

Alleen stopt hij ditmaal misschien niet als hij me onder zich bedwongen heeft. Misschien geeft hij toe aan de duisternis die ik in zijn ogen heb gezien en dan zou het spel, of hoe je het ook wil noemen, op een vreselijke manier eindigen.

Zodoende sta ik stil en staar recht voor me uit, kijkend naar de waterdruppels die langs de beslagen glazen wand naar beneden rollen terwijl zijn gladde, schuimige handen over mijn rug, mijn schouders, mijn armen en mijn taille glijden.

Dit is een heel ander soort marteling. En als zijn handen verder gaan en het schuim over mijn trillende buik verdelen om daarna omhoog te glijden naar mijn ribbenkast, kan ik het niet meer aan. 'Stop,' fluister ik ademloos. Mijn nagels boren sporen in mijn dijen als zijn vingers de onderkant van mijn borsten beroeren. 'Alsjeblieft, Peter, stop.'

Tot mijn verbazing luistert hij en laat zijn handen op mijn heupen rusten. 'Waarom?' mompelt hij, en trekt me tegen zich aan. Zijn borst welft zich tegen mijn rug terwijl zijn erectie tegen mijn billen duwt. 'Omdat je het haat?' Hij buigt zijn hoofd; zijn stoppels schuren langs mijn slaap als hij met zijn tong de buitenrand van mijn oor verkent. 'Of omdat je ervan geniet?'

Welke dan ook. Allebei. Ik kan niet helder genoeg denken om er wijs uit te worden. Mijn ogen zakken dicht en kippenvel verspreidt zich over mijn huid terwijl zijn tong de holte achter mijn oor verkent en mijn binnenste doet smelten. Ik wil hem wegduwen, maar ik durf me niet te bewegen voor het geval ik iets doms zou doen, zoals mijn hoofd achterover laten leunen naar de verleidelijke hitte van die gevaarlijke mond.

'Waar ben je bang voor, *ptichka?*' vervolgt hij met een zachte, donkere stem. 'Pijn?' Hij bijt zachtjes in mijn oorlel. 'Of genot?' Zijn rechterhand kruipt met een verraderlijke traagheid langs mijn buik in de richting van de kloppende driehoek tussen mijn benen. Hij geeft me alle kans om hem te stoppen, maar ik kan het niet, zelfs niet als ik me realiseer wat zijn bestemming is. Ik kan alleen maar snel, oppervlakkig ademen terwijl zijn eeltige vingers de bovenkant van mijn plooien bereiken en die op hun gemak openen, waardoor het gevoelige vlees vanbinnen ontbloot wordt.

'Geen antwoord?' Zijn adem is warm op mijn huid. 'Het lijkt erop dat ik het zelf moet ontdekken.'

Zijn vingertop draait rondjes om mijn klit en mijn adem stokt, mijn hersenen ontdaan van iedere gedachte. Het is alsof iedere zenuw in mijn lichaam tegelijk tot leven komt. Ik ben me hyperbewust van zijn grote, harde lichaam dat tegen mijn rug drukt, zijn stoppels die langs mijn oor schuren, zijn grote hand die laag op mijn buik rust en het warme water dat over ons heen stroomt. En die vinger, die ruwe maar ook voorzichtige vinger. Hij raakt me nauwelijks aan, maar desondanks voelt mijn lichaam als een veer die gespannen staat, iedere spier strak van verwachting.

Vaag registreer ik een vreemd geluid en realiseer ik me dat het van mij afkomstig is. Het is gekreun, vermengd met een soort ademloos zuchten. Het vervult me met schaamte, maar de schaamte versterkt mijn opwinding alleen maar, al mijn zintuigen zijn geconcentreerd op het pulserende verlangen in de zenuwuiteinden die hij zo tergend plaagt. Ik voel de gladheid tussen mijn dijen en als zijn vinger harder op mijn buitengewoon gevoelige huid drukt, verandert het verlangen in een ondraaglijke spanning, die elke seconde groeit en die intenser wordt. Het is zowel een genot als een kwelling, zo acuut dat ik ervan tril. Ik heb het gevoel letterlijk in vuur en vlam te staan. Ik probeer het tegen te gaan, te verhinderen dat de spanning verder rijst, maar het is even onmogelijk om tegen te houden als het getij.

Snakkend naar adem bereik ik mijn hoogtepunt; mijn hele lichaam trekt zich samen in een ontlading die zo intens is dat het wit wordt voor mijn dichtgeknepen ogen. Het gaat maar door, het genot straalt uit mijn kern in pulserende golven die me versuft en trillend achterlaten, nauwelijks in staat om rechtop te staan. Ik probeer mijn kwelgeest weg te duwen, een einde te maken aan dat angstaanjagende genot, maar hij verstevigt zijn greep op mij en ik heb geen andere keus dan me eraan over te geven en elke schaamtevolle golf die hij aan mijn lichaam ontlokt te voelen.

'Dat is het, *ptichka*,' ademt hij zwaar wanneer ik

eindelijk tegen hem aanhang, hijgend en uitgeput. 'Dat was prachtig.' Hij trekt zijn hand van me af en ik open mijn ogen.

De post-orgastische lethargie verdwijnt als een afschuwelijke realisatie tot me doordringt. Ik ben klaargekomen. Ik heb een orgasme bereikt door de handen van de man die mijn mans leven beëindigde.

Hij draait me naar hem toe en ik vind eindelijk de kracht om me te verzetten. Met een gepijnigde kreun draai ik me uit zijn greep los en strompel achteruit, bijna tegen de glazen wand achter me botsend. 'Niet doen!' Mijn stem is hoog en dun, bijna hysterisch. 'Raak me niet aan!' Tot mijn verbazing blijft Peter staan, hoewel ik zie dat hij nog steeds keihard is en nog steeds naar me verlangt.

Hij houdt zijn hoofd schuin, kijkt me een paar ogenblikken stil aan, en reikt dan langs me heen om de douche uit te zetten. 'Kom eruit,' zegt hij vriendelijk en duwt de deur van de cabine open. 'Ik denk dat we schoon genoeg zijn.'

23

IK DROOG MEZELF AF MET EEN ZACHTE WITTE HANDDOEK; dan pak ik er nog een die ik om Sara heen wikkel als ze de douche uitstapt. Ze ziet eruit alsof ze op het punt staat in te storten, haar bruine ogen glinsteren opvallend, pijnlijk helder, en hoewel ik verteerd word door lust, voel ik bijna medelijden met haar. Ze haat zichzelf nu vast bijna net zoveel als ze mij haat.

Ik wrijf de handdoek over haar lichaam, droog haar af en wikkel hem dan om haar natte haar. Ik weet dat ik haar als een kind behandel in plaats van als de volwassen vrouw die ze is, maar voor haar zorgen kalmeert me en helpt me de donkere impulsen onder controle te houden. Helpt me eraan herinneren dat ik haar niet echt pijn wil doen. Ik buig me voorover, neem haar in mijn armen en ze snakt geschrokken ze naar adem.

'Wat doe je?' Ze duwt tegen mijn borst. 'Zet me neer!'

'Zometeen.' Ik negeer haar pogingen om zich los te wurmen en draag haar de badkamer uit. Ze is licht, gemakkelijk te dragen. Het is alsof haar botten hol zijn, zoals die van een echte vogel. Ze is kwetsbaar, mijn Sara, maar tegelijkertijd veerkrachtig. Als ik voorzichtig doe, zal ze voor me buigen in plaats van te breken.

Bij het bed aangekomen, leg ik haar neer. Ze grijpt de deken en trekt hem over haar heen om haar naaktheid te bedekken. Haar blik is vol wanhoop als ze achteruit op het bed kruipt, weg van mij.

'Waarom doe je me dit aan? Waarom kun je geen andere vrouw vinden om te martelen?'

'Je weet waarom, *ptichka*.' Ik klim op het bed en ruk de deken uit haar handen. 'Ik heb geen interesse in iemand anders.'

Ze springt uit bed, duidelijk vergeten dat het zinloos is om te proberen van me weg te vluchten. Ik spring achter haar aan en grijp haar voordat ze de deur bereikt. Mijn bloed pompt heet door mijn lichaam, het monster steekt zijn kop op terwijl ze in mijn armen worstelt en het kost me al mijn zelfbeheersing om haar niet tegen een muur te persen en haar bruut te neuken. Het is dat ik niet wil dat onze eerste keer zo zou zijn, anders zou ik al in haar zijn. 'Stop met vechten,' pers ik eruit als ze in mijn armen blijft kronkelen in haar poging weg te komen. Ik voel hoe ik langzaam mijn zelfbeheersing verlies; mijn penis reageert op haar draaiende bewegingen alsof ze een lapdance doet. 'Ik waarschuw je, Sara...'

Ze bevriest. Blijkbaar begrijpt ze het gevaar waarin ze zich bevindt.

Ik adem langzaam in, laat haar dan los en stap achteruit om de verleiding te minimaliseren. 'Ga naar bed,' zeg ik hard terwijl ze daar hijgend staat. 'We gaan slapen, begrepen?'

Haar ogen worden groot. 'Je gaat niet...'

'Nee,' zeg ik grimmig. Ik stap naar voren en pak haar arm om haar naar het bed te leiden. 'Niet vannacht.' Hoe moeilijk het ook zal zijn, ik geef Sara meer tijd om aan me te wennen. Dat is het minste dat ik kan doen om ons gewelddadige begin goed te maken. Ze zal binnenkort van mij zijn, maar nu nog niet. Pas als ik zeker weet dat ik haar niet zal vernietigen.

~

'Ben je wakker, papa? Kom met me spelen.' Een kleine hand trekt aan mijn pols. 'Alsjeblieft, papa, kom spelen.'

'Laat papa slapen,' berispt Tamila hem, steunend op een elleboog aan de andere kant van het bed. 'Hij is gisteravond laat thuisgekomen.'

Ik rol op mijn rug en ga geeuwend rechtop zitten. 'Het is goed, Tamilochka. Ik ben wakker.' Ik buig opzij, pak mijn zoontje op en ga staan, terwijl ik hem tegelijkertijd omhoogtil. Pasha gilt van opwinding, zijn kleine benen schoppen in de lucht terwijl ik hem boven mijn hoofd houd.

'Je verwent hem,' mompelt Tamila; dan staat zij ook op en trekt een ochtendjas aan over haar pyjama. 'Ik zal ontbijt maken.'

Ze verdwijnt de badkamer in en ik grijns naar Pasha. 'Wil je spelen, pupsik?' Ik gooi hem in de lucht en vang hem, waardoor hij in opgewonden gelach uitbarst. 'Zo?' Ik gooi hem opnieuw.

'Ja!' Hij lacht nu zo hard nu hij bijna buiten adem raakt. 'Nog een keer! Hoger!'

Ik lach en gooi hem dan nog een paar keer in de lucht, de pijn in mijn gekneusde ribben negerend. De afgelopen week ben ik op jacht geweest naar een groep opstandelingen en we hebben ze gisteren eindelijk gevonden. In het vuurgevecht dat daarop volgde, kreeg ik een paar kogels in mijn vest. Niets ernstigs, maar een paar rustige dagen zouden prettig zijn. Maar ik zou het spelen met hem voor geen goud willen missen. Mijn zoontje wordt al zo snel groot.

Ik word wakker met een bitterzoete pijn in mijn borst. Ik hoef mijn ogen niet te openen om te weten waar ik ben of om te beseffen dat ik droomde. De pijn van het verlies van Pasha is te scherp, te diep ingebed voor mij om de droom met iets anders te verwarren, hoewel het de *eerste* keer is dat ik een aangename droom zo levendig heb ervaren.

Meestal zijn mijn dromen over mijn familie vaag en wazig, totdat ze in gruwelijke nachtmerries veranderen.

Ik blijf een paar ogenblikken stil liggen, luisterend naar Sara's ademhaling en het gevoel van haar slanke lichaam in mijn armen absorberend. Ze slaapt eindelijk; haar overactieve geest is tot rust gekomen. Ze heeft vanavond niet met me gepraat, maar bleef bijna een uur lang stijf liggen. Ik wist dat ze zichzelf verwijten maakte over wat er in de douche gebeurd was. Ik overwoog om met haar te praten om haar af te leiden van haar gedachten, maar met de herinneringen fris in mijn geheugen en mijn lichaam hard en vol verlangen, wilde ik niet het risico lopen dat het gesprek weer de verkeerde kant op zou gaan. Als ze haar man zou hebben verdedigd, had ik misschien de controle verloren en haar genomen, waarbij ik haar pijn zou hebben gedaan.

Ik haal diep adem, geniet van de zoete geur van haar haren en laat de vertrouwde golf van lust de resterende spanning in mijn borst verjagen. Het slaat nergens op, maar ik weet zeker dat Sara de reden is waarom ik voor het eerst in vijfeneenhalf jaar van mijn zoon heb gedroomd zonder ook over zijn dood te dromen. Hoewel het vasthouden van haar naakte lichaam zonder haar te neuken een vorm van zelfkastijding is, heeft Sara's aanwezigheid in mijn bed hetzelfde effect op mijn dromen als haar nabijheid op mijn wakkere momenten. Als ik bij haar ben, is de pijn van mijn rouw minder acuut, bijna draaglijk.

Ik sluit mijn ogen, maak mijn hoofd leeg en val weer in slaap. Als ik geluk heb, zal ik Pasha weer in mijn dromen treffen.

*S*ara

NET ALS GISTEREN IS PETER WEG ALS IK WAKKER WORD. Ik ben blij, omdat ik niet weet hoe ik hem vanmorgen aan had kunnen kijken. Iedere keer dat ik terugdenk aan wat er onder de douche is gebeurd, krimp ik vanbinnen ineen.

Ik heb George verraden, zijn herinnering op de ergst mogelijke manier geschonden. Ik ontmoette mijn echtgenoot toen ik nauwelijks achttien was. Hij was mijn eerste serieuze vriendje, mijn eerste alles. En zelfs toen het slechter tussen ons ging, bleef ik hem en ons huwelijk trouw. Tot gisteravond was George de enige man met wie ik seks had gehad, de enige die me ooit een orgasme bezorgd had.

De pijn slaat me in het gezicht, het verdriet zo

scherp en plots dat het voelt als een fysieke klap. Hijgend buig ik me over de gootsteen, mijn tandenborstel in mijn vuist geklemd. De afgelopen zes maanden ben ik zo bezig geweest met mijn angsten en paniekaanvallen, met de wetenschap dat ik schuld heb aan George's dood, dat ik geen kans heb gehad om echt te rouwen om mijn echtgenoot. Ik heb de leegte van zijn afwezigheid in mijn leven niet verwerkt, heb niet onder ogen gezien dat de man met wie ik bijna tien jaar samen was, voorgoed verdwenen is. George is dood en ik heb met zijn moordenaar geslapen.

Mijn maag trekt samen van misselijkheid terwijl ik naar mezelf staar in de badkamerspiegel. Ik haat het beeld dat terugstaart. Het gemak waarmee ik gisteravond een orgasme kreeg, vervult me met gloeiende schaamte. Peter raakte me nauwelijks aan. Hij deed nauwelijks iets. Hij hield me zelfs niet heel stevig in bedwang. Als ik het had geprobeerd, had ik hem misschien kunnen wegduwen, maar dat heb ik niet geprobeerd.

Ik stond daar gewoon en gaf me over aan het genot. Daarna heb ik voor de tweede keer in de armen van mijn kweller geslapen.

De pijn stolt tot een dikke bal van zelfhaat en ik kijk weg van mijn spiegelbeeld, niet in staat om de afkeuring in die bruine ogen te verdragen. Ik kan dit niet! Ik kan dit zieke, verknipte spel dat Peter me opdringt niet spelen. Het maakt niet uit of hij zijn redenen heeft, of denkt dat hij die heeft. Geen enkele hoeveelheid lijden is een excuus voor wat hij George heeft aangedaan of mij nog steeds aandoet. Mijn kwelgeest is misschien gekwetst en beschadigd, maar dat maakt hem alleen maar gevaarlijker, zowel voor mijn geestesgesteldheid als voor mijn veiligheid.

Ik moet een uitweg vinden. Wat er ook voor nodig is, ik moet van hem af zien te komen.

$\sim$

IK KOM HET GROOTSTE DEEL VAN MIJN DIENST DOOR OP DE AUTOMATISCHE PILOOT. Gelukkig heb ik geen operaties of andere kritische gevallen, anders had ik misschien een andere arts moeten vragen in te vallen. Deze keer kan ik mijn hoofd niet bij de behoeften van mijn patiënten houden, maar ben ik bezig met hoe ik mijn stalker het beste aan kan pakken.

Het zal niet gemakkelijk zijn en zeker gevaarlijk, maar ik zie geen andere optie. Ik kan niet nog een nacht doorbrengen in de armen van een man die ik haat.

Ik ben bijna klaar met mijn dienst als ik Joe Levinson tegenkom in de gang. Ik loop eerst straal langs hem heen, maar hij roept mijn naam en dan herken ik de lange, magere man met zandkleurig haar.

'Joe, hoi,' zeg ik met een glimlach. We hebben gezellig zitten praten bij het diner bij mijn ouders zaterdag, evenals vrijwel iedere keer dat we elkaar in de loop der jaren tegengekomen zijn dankzij de vriendschap tussen de Levinsons en mijn ouders. Als de omstandigheden anders geweest waren – stel dat ik niet getrouwd was geweest en vervolgens onder gewelddadige omstandigheden weduwe was geworden – zou ik overwogen hebben om met Joe uit te gaan, om mijn ouders te plezieren maar ook omdat ik hem echt leuk vind. Hij laat mijn hartslag niet versnellen, maar hij is aardig en dat is niet te onderschatten. 'Wat doe jij hier?'

'Dit,' zegt hij treurig en steekt zijn rechterhand op om een dik verbonden vinger te tonen.

'O, nee! Wat is er gebeurd?'

Hij trekt een gezicht. 'Ik kreeg ruzie met een keukenmachine en de keukenmachine heeft gewonnen.'

'Auw.' Ik huiver als ik dat voor me zie. 'Hoe erg is het?'

'Zo erg dat ze het niet kunnen hechten. Ik moet wachten tot het bloeden vanzelf stopt.'

'O, sorry. Dus je bent hiermee naar de spoedeisende hulp gekomen?'

'Ja, maar dat was dus duidelijk niet nodig. Nou ja, het bloedde heel erg en het vingertopje is tot pulp vermalen, maar ze zeiden dat het zal genezen en dat het misschien niet eens een litteken zal zijn.'

'O, gelukkig. Ik hoop dat het snel geneest.'

Hij grijnst naar me, zijn blauwe ogen twinkelend. 'Bedankt, ik ook.' Ik glimlach terug en sta op het punt verder te lopen als hij zegt: 'Zeg, Sara…'

Ik krimp vanbinnen ineen bij de aarzelende uitdrukking op zijn gezicht. 'Ja?' Ik hoop dat hij niet van plan is…

'Ik wilde je bellen, maar nu ik je tegenkom... Heb je plannen voor vrijdag?' bevestigt hij mijn vermoeden. 'Want er is een geweldige kunsttentoonstelling in de stad en...'

'Het spijt me. Ik kan niet.' De weigering is een automatisme en pas als ik de teleurgestelde blik op Joe's gezicht zie, realiseer ik me hoe onvriendelijk ik me gedraag. Ik voel me vreselijk en krabbel terug. 'Het is niet dat ik niet wil, maar ik heb vrijdag oproepdienst en ik weet niet of...'

'Het is al goed. Geen probleem.' Hij zet een glimlach op die ik meteen als nep herken.

Ik gebruik ook vaak zo'n glimlach om mijn emotionele onrust te verbergen. *Shit.* Hij vindt me leuker dan ik beseft heb. 'Wil je in plaats daarvan iets anders doen?' bied ik aan voordat ik er beter over kan nadenken. 'Niet vrijdag, maar misschien over een paar weken?'

Joe's glimlach wordt oprecht; zijn ogen vormen aantrekkelijke rimpeltjes in de hoeken. 'Ja, hoor. Wat dacht je van een etentje volgend weekend? Ik weet een leuk Italiaans tentje waar ze heerlijke lasagne hebben.'

'Dat klinkt goed,' zeg ik, maar ik heb er nu al spijt van. Wat als ik er niet in slaag tegen die tijd mijn stalkersituatie opgelost te hebben? Het is nu echter te laat om me terug te trekken, dus ik zeg: 'Is het goed als we de dag en de tijd later bepalen? Mijn schema verandert voortdurend en...'

'Zeg maar niks meer. Ik begrijp het helemaal.' Hij grijnst breed naar me. 'Ik heb je nummer, dus dan bel ik je volgende week en bepaal jij wat handig voor je is, goed?'

'Goed. Dan spreek ik je dan,' zeg ik en haast me door de gang voordat ik nog meer onverstandige dingen zeg. Ik heb nog een laatste patiënt te zien en dan kan ik mijn missie uitvoeren. Als alles goed gaat, ben ik morgen vrij.

Peter

'Zie je haar vanavond weer?' vraagt Anton in het Russisch, van zijn laptop opkijkend als ik de woonkamer binnenkom. Zoals gewoonlijk is de voormalige piloot van top tot teen in het zwart gekleed en tot de tanden gewapend, ook al is onze schuilplaats in de buitenwijk zo veilig als maar kan. Net als de rest van mijn team is hij ook een gevaarlijke klootzak en hoewel we hem vaak plagen met zijn hipsterachtige lange haar en dikke zwarte baard, ziet hij er precies uit zoals hij is: een voormalige Spetsnaz-moordenaar.

'Natuurlijk,' antwoord ik, ook in het Russisch. Ik blijf staan bij het tafeltje naast de bank waar Anton op zit, trek mijn leren jas uit en verwijder het wapenarsenaal dat in mijn vest verborgen zit. Als ik

Sara ga bezoeken, neem ik maar één pistool en een paar messen mee, allemaal strategisch verstopt in de binnenzakken van mijn jas, zodat ze die niet ziet als ik me aan- of uitkleed. Ik wil haar niet bang maken of haar herinneren aan wat ik ben; ze weet toch al te veel over mijn vaardigheden. Bovendien zou het dom zijn om haar te vertrouwen met echte wapens. Zelfs een beginner kan een pistool afvuren en een gelukstreffer hebben.

'Yan neemt vanavond de eerste dienst,' zegt Anton en richt zijn aandacht weer op de computer op zijn schoot. 'Ik moet wat logistiek voor die klus in Mexico uitwerken.'

Ik frons terwijl ik mijn kogelvrije vest uittrek. 'Ik dacht dat alles geregeld was.'

'Ja, dat dacht ik ook, maar het lijkt erop dat Velazquez een beetje ruzie kreeg met je oude vriend Esguerra en hij heeft zijn beveiliging nogal opgeschroefd. Ik denk dat hij een aanval van Esguerra verwacht. Heeft natuurlijk niets met ons te maken, maar toch. Het maakt het wat lastiger.'

'Verdomme.' De betrokkenheid van Julian Esguerra, hoe indirect ook, maakt de zaak absoluut gecompliceerd en niet alleen omdat hij ons doelwit per ongeluk heeft laten schrikken. De Colombiaanse wapenhandelaar koestert een flinke wrok tegen mij. Hoewel ik het leven van die eikel gered heb, bracht ik zijn vrouw daarbij in gevaar en dat is niet iets wat hij me ooit zal vergeven. Hij is niet actief naar me op jacht, maar als hij te horen krijgt dat ik in Mexico ben, zo dicht bij zijn gebied, zou hij zijn belofte om me te vermoorden wel eens na kunnen komen.

Goed beschouwd ben ik ook dicht bij zijn gebied hier in Illinois. Zijn schoonouders wonen in Oak Lawn, niet ver van Sara's huis in Homer Glen. Ik betwijfel of hij hier binnenkort op bezoek zal komen, maar als hij dat doet en onze wegen kruisen elkaar, dan heb ik misschien geen andere keuze dan met hem af te rekenen. Ach, ja. Ik ga me daar wel zorgen over maken als het zover is. Per slot van rekening vertrek ik hier pas als ik met Sara klaar ben.

'Ja,' mompelt Anton nors tegen de computer. 'Inderdaad verdomme.'

Ik laat hem zijn gang gaan en loop de keuken in om een biertje uit de koelkast te pakken. Vandaag heb ik persoonlijk een lokale klus afgehandeld. Yans tweelingbroer Ilya is bij Sara in de buurt gebleven en ik zit nog steeds vol adrenaline, mijn zintuigen extra scherp en mijn geest helder. Het is vreemd dat je je door doden zo levend kunt voelen, maar zo werkt het wel. Zoals iedereen in mijn veld weet, liggen leven en dood slechts een messnede van elkaar en het hanteren van dat mes is een van de grootste sensaties die er bestaat.

Ik drink een half flesje bier, eet wat noten uit een bakje op het aanrecht en ga terug naar de woonkamer. Straks ga ik naar Sara's huis om avondeten voor ons klaar te maken en de snack is om de ergste honger tot die tijd te verdrijven.

Maar eerst moeten Anton en ik echter wat

bijpraten. Die klus in Mexico is groot en we mogen het niet verprutsen. 'Dus hoe staat het ermee?' vraag ik als ik naast Anton op de bank ga zitten. Ik zet mijn bier op de salontafel en tuur naar het computerscherm. 'Hoeveel van ons plan zullen we moeten veranderen?'

'Vrijwel alles,' gromt Anton. 'De schema's van de bewakers zijn een puinhoop, overal staan nieuwe beveiligingscamera's en Velazquez heeft patrouilles ingesteld langs de omtrek van zijn landgoed.'

'Goed. Aan de slag!'

In het uur erna verzinnen we een nieuw aanvalsplan op Velazquez dat rekening houdt met de zwaardere beveiliging op zijn landgoed. In plaats van hem 's nachts te vermoorden, zoals oorspronkelijk gepland, benaderen we hem rond lunchtijd wanneer er slechts een paar onervaren bewakers op wacht staan. Het is dom, maar de meeste mensen, inclusief Mexicaanse kartelleiders die beter zouden moeten weten, voelen zich overdag veiliger. Het is een van de meest voorkomende misverstanden die ik tegenkwam in mijn tijd als beveiligingsconsultant en ik heb mijn klanten altijd geadviseerd om hun bescherming op volle sterkte te houden, ongeacht of de zon op of onder is.

'Is de overschrijving aangekomen?' vraag ik als we klaar zijn en Anton knikt.

'Zeven miljoen euro zoals afgesproken, de andere helft bij het voltooien van de opdracht. Dat zou een tijdje genoeg moeten zijn voor bier en pinda's.'

Ik grinnik. Anton en de andere twee leden van mijn

oude troep, de Ivanov-tweeling, zijn twee jaar geleden bij mijn team gekomen toen ik mijn lijst had en hen om hulp vroeg. Ik beloofde hen rijk te maken als ze hun lot met dat van mij verbonden. Ze stemden in, zowel uit vriendschap maar ook omdat ze steeds gedesillusioneerder raakten door de Russische regering.

Toen ik eenmaal een team had, wisselde ik van beveiligingsadvies naar lucratiever – en flexibeler – vuil werk, waarbij ik mijn connecties gebruikte om goedbetaalde klussen te krijgen. Ik had het geld nodig om mijn wraak te financieren en de autoriteiten voor te blijven en de jongens hadden een nieuwe uitdaging nodig. Hoewel de eliminatie van de mensen op mijn lijst prioriteit had, hebben we onderweg een aantal betaalde klussen uitgevoerd en onze reputatie in de onderwereld opgebouwd. Nu zijn we gespecialiseerd in het elimineren van moeilijke doelwitten over de hele wereld en krijgen we een flinke bak geld voor klussen die de meesten niet zien zitten. Meestal zijn onze klanten gevaarlijke, ongelofelijk rijke criminelen en onze doelwitten zijn dat meestal ook – zoals Carlos Velazquez, het hoofd van het Juarez-kartel.

Wat mijn team betreft, maakt het niet uit of ze terroristen opsporen of misdaad kopstukken uitschakelen, of wie ons maar tegenhoudt uit de weg ruimen. Wat gewone mensen geweten en moraal noemen, hebben wij al tijden geleden verloren.

'Ga je?' vraagt Anton, terwijl hij de laptop

dichtklapt als ik opsta en mijn jas aantrek. 'Blijf je weer de hele nacht bij haar?'

'Waarschijnlijk.' Ik bevoel mijn jas om te controleren dat mijn wapens goed verborgen zijn. 'Dat vermoed ik wel.'

Anton zucht, staat op en laat de laptop op de bank achter. 'Je weet wel dat dit waanzin is, toch? Als je haar zo graag wilt, neem haar verdomme dan en maak er een eind aan. Ik ben deze lokale klusjes voor tienduizend dollar beu; dat domme tuig biedt niet eens weerstand. Als we vóór Mexico geen andere echte klus meer hebben, word ik gek.'

'Je mag altijd voor jezelf aan de slag,' zeg ik en onderdruk een lach als Anton ten antwoord een handgebaar maakt. Ook als we geen vrienden zouden zijn, zou hij het team niet verlaten. Mijn connecties zijn de reden dat we al deze lucratieve zaken krijgen. Toen ik de lijst probeerde te verkrijgen, heb ik me diep in de criminele onderwereld gewaagd en veel belangrijke spelers leren kennen. Hoe bekwaam mijn mannen ook zijn, zonder mij zouden ze niet half zo succesvol zijn en dat weten ze.

'Veel plezier,' roept Anton terwijl ik naar de deur loop.

Ik doe alsof ik niets hoor als hij iets mompelt over geobsedeerde stalkers en arme gemartelde vrouwen. Hij begrijpt niet waarom ik Sara dit aandoe en ik ben niet geneigd om het uit te leggen, vooral omdat ik het zelf niet begrijp.

 *ara*

DE HEERLIJKE GEUR VAN ZEEVRUCHTEN IN BOTER EN GEROOSTERDE KNOFLOOK KOMT ME TEGEMOET ALS IK THUISKOM, mijn handtas nonchalant over mijn schouder. Zoals ik hoopte, staat de eettafel weer vol met kaarsen. Een fles witte wijn staat koud in een emmer ijs. Alleen het eten is vandaag anders: het lijkt erop dat we schaaldierenlinguini eten als hoofdgerecht, met calamari en tomaten-mozzarellasalade vooraf.

De setting is zo perfect als maar kan.

Doe normaal. Blijf kalm. Hij kan niet weten wat je van plan bent.

'Italiaans vanavond, zo te zien?' zeg ik als Peter zich omdraait van het aanrecht, waar hij iets aan het hakken is dat op basilicum lijkt. Mijn hart bonkt in mijn borst, maar ik slaag erin mijn toon koel en sarcastisch te houden. 'Wat staat er morgen op het menu? Japans? Chinees?'

'Als je dat wilt,' zegt hij, terwijl hij naar de tafel loopt om de gehakte basilicum over de mozzarella te strooien. 'Maar ik ben minder bekend met die keukens, dus misschien moeten we dat dan bestellen.'

'Aha.' Mijn blik valt op zijn handen terwijl hij de restjes basilicum van zijn vingers veegt. Een warme rilling trekt door me heen als ik me herinner hoe die vingers me aanraakten met een verwoestend genot en ik in zijn armen ontrafelde.

Nee. Niet aan denken.

In een wanhopige poging mezelf af te leiden, concentreer ik me op zijn outfit. Vandaag draagt hij een zwart overhemd met opgerolde mouwen en mijn keel wordt droog bij het zien van zijn gebruinde, gespierde onderarmen, de linker tot aan zijn pols bedekt met tatoeages. Normaal gesproken val ik niet echt op getatoeëerde mannen, maar de gecompliceerde tatoeages passen bij hem en benadrukken de kracht onder zijn gladde, licht behaarde huid. Ik heb sterke, mannelijke onderarmen altijd aantrekkelijk gevonden en Peter heeft de beste die ik ooit heb gezien. George trainde regelmatig, dus hij had ook mooie armen, maar ze waren lang niet zo krachtig gevormd als deze.

O, stop. Zelfverachting brandt in mijn keel als ik besef wat ik doe. Op geen enkel moment zou ik mijn echtgenoot, een normale, vreedzame man, moeten vergelijken met een moordenaar wiens leven draait om geweld en wraak. Het is duidelijk dat Peter Sokolov beter in vorm is; dat moet hij wel, om al die mensen te vermoorden en de autoriteiten te ontwijken. Zijn lichaam is een wapen, geslepen door jarenlange strijd, terwijl George een journalist was, een schrijver die het grootste deel van zijn tijd achter zijn computer doorbracht. Maar... als ik Peter moet geloven, was mijn man *geen* journalist. Hij was een spion die in dezelfde schaduwwereld opereerde als het monster dat in mijn keuken scharrelt.

Mijn voorhoofd voelt strak van de spanning en ik duw alle gedachten over mijn mans vermeende dubbelleven weg en concentreer me op de rest van mijn stalkers outfit: weer een donkere jeans en zwarte sokken zonder schoenen. Even vraag ik me af of Peter iets tegen schoenen heeft, maar dan herinner ik me dat het in sommige culturen als respectloos en vies wordt beschouwd om buitenschoenen in huis te dragen. Is dat zo in de Russische cultuur? En zo ja, wil de man die mij in deze keuken heeft gemarteld me op een ingewikkelde manier tonen dat hij me respecteert?

'Ga je gang, was je handen of wat je ook moet doen,' zegt hij en dimt de lichten voordat hij aan tafel gaat zitten en de wijn ontkurkt. 'Het eten wordt koud.'

'Je had niet op me hoeven te wachten,' zeg ik en ga naar de nabijgelegen badkamer om mijn handen te wassen. Ik haat het dat hij zich gedraagt alsof hij al mijn gewoonten kent, maar ik ga mijn gezondheid niet in gevaar brengen om zijn ongelijk te bewijzen.

'Echt, ik meen het,' zeg ik als ik terugkom. 'Je hoeft

hier helemaal niet te zijn. Je weet dat me eten geven geen deel uitmaakt van je takenpakket als stalker, toch?'

Hij grijnst als ik tegenover hem ga zitten en mijn handtas aan de rug van mijn stoel hang. 'Is dat zo?'

'Dat staat in alle stalkervacatures.' Ik prik een stuk tomaat en wat mozzarella aan mijn vork en leg het op mijn bord. Mijn hand is vast en toont niets van de angst die me vanbinnen verscheurt. Ik wil mijn tas tegen me aan drukken, op mijn schoot en binnen handbereik houden, maar als ik dat doe, wordt hij achterdochtig. Ik neem al een risico door hem aan mijn stoel te hangen hoewel ik hem normaal gesproken achteloos op de bank in de woonkamer gooi. Ik hoop dat hij dat wijt aan het feit dat ik rechtstreeks naar de keuken/eetkamer ben gekomen in plaats van mijn gebruikelijke omweg langs de bank te maken.

'Nou, als dat erin staat, zal ik dat niet betwisten.' Peter schenkt ons elk een glas wijn in voordat hij wat van de mozzarellasalade op zijn bord legt. 'Ik ben geen expert.'

'Heb je nog nooit andere vrouwen gestalkt?'

Hij snijdt een stuk mozzarella af, brengt het naar zijn mond en kauwt langzaam. 'Niet op deze manier, nee,' zegt hij als hij klaar is.

'O?' Een morbide nieuwsgierigheid welt in me op. 'Hoe stalkte je ze dan?'

Hij kijkt me recht aan. 'Geloof me, dat wil je niet weten.'

Hij heeft waarschijnlijk gelijk, maar omdat er een

kans is dat ik hem na vanavond niet meer zie, voel ik de bizarre drang om meer over hem te weten te komen. 'Nee, toch wel,' zeg ik, terwijl ik troost put uit de schouderriem van de handtas die tegen mijn rug strijkt. 'Ik wil het weten. Vertel het me.'

Hij aarzelt en zegt dan: 'Het merendeel van mijn missies zijn altijd mannen geweest, maar ik heb ook vrouwen gevolgd als onderdeel van mijn werk. Verschillende banen, verschillende vrouwen, verschillende redenen. In Rusland waren het vaak de vrouwen en vriendinnen van de mannen die mijn land bedreigden; we volgden en ondervroegen ze om onze echte doelwitten op te sporen. Later, toen ik op de vlucht sloeg, volgde ik een paar vrouwen als onderdeel van mijn werk voor kartelleiders, wapenhandelaren en dergelijke; meestal was dat omdat ze een bedreiging vormden, of omdat ze mijn opdrachtgever verraden hadden.'

Het stukje tomaat dat ik net heb gegeten, lijkt vast te zitten in mijn keel. 'Je spoorde ze alleen op?'

'Niet altijd.' Hij reikt naar de linguini, windt wat rond zijn vork en brengt een flinke portie pasta naar zijn bord zonder de botersaus te morsen. 'Soms moest ik meer doen.'

Mijn vingertoppen beginnen koud te worden. Ik weet dat ik mijn mond moet houden, maar in plaats daarvan hoor ik mezelf vragen: 'Wat moest je doen?'

'Dat hing van de situatie af. Eén keer was mijn opdracht een verpleegster die mijn werkgever – de wapenhandelaar over wie ik het al eerder had –

verraden had aan zijn terroristische klanten. Daardoor konden zij zijn toenmalige vriendin kidnappen en werd hij bijna vermoord toen hij haar probeerde te redden. Het was een naar geval en toen ik de verpleegster vond, moest ik mijn toevlucht nemen tot een nare oplossing.' Hij zwijgt even; zijn grijze ogen glanzen. 'Wil je dat ik verder vertel?'

'Nee, dat is...' Ik pak mijn glas wijn en neem een grote slok. 'Dat is genoeg.'

Hij knikt en begint te eten.

Ik heb geen trek meer, maar ik dwing mezelf om zijn voorbeeld te volgen en wat pasta op mijn bord te scheppen. Het is heerlijk: de schaaldieren en de pasta zijn perfect gekookt en bedekt met de rijke, hartige saus, maar ik proef het nauwelijks. Ik sta te popelen om in mijn tas te zoeken en het flesje eruit te halen dat daar wacht, maar daarvoor moet ik Peter afleiden zodat hij minstens twintig seconden van zijn wijnglas wegkijkt. Ik heb mezelf in het ziekenhuis geklokt, geoefend met een flesje water: vijf seconden om het flesje te openen, nog vijf seconden om over de tafel te reiken en de inhoud van het flesje in het wijnglas te gieten, en nog drie om mijn hand terug te trekken en te kalmeren. Dat is ongeveer dertien seconden, niet twintig, maar ik kan niets laten merken, dus heb ik de extra speling nodig.

'Vertel eens over je dag, Sara,' zegt hij nadat de meeste linguini op zijn bord verdwenen is. Hij kijkt op en doet me verstarren met zijn koele zilveren blik. 'Is er nog iets interessants gebeurd?'

Mijn maag trekt samen rond de linguini die ik naar binnen heb gewerkt. Peter kan toch niet weten dat ik Joe tegenkwam? Mijn kwelgeest heeft niets gezegd, maar als dit vreemde gedoe tussen ons volgens hem een soort verkering is, zou hij er bezwaar tegen kunnen hebben dat ik met andere mannen praat, laat staan met ze afspreek. 'Eh, nee.' Tot mijn opluchting klinkt mijn stem relatief normaal. Ik word beter in het functioneren onder extreme stress. 'Ik bedoel, er kwam een vrouw binnen met extra zware spotting die een miskraam van een tweeling bleek te hebben en we hadden een vijftienjarig meisje met een *geplande* zwangerschap – ze wilde altijd al moeder worden, zei ze – maar dat zal je vast niets interesseren.'

'Dat is niet waar.' Hij legt zijn vork neer en leunt achterover in zijn stoel. 'Ik vind je werk fascinerend.'

'Echt?'

Hij knikt. 'Je bent arts, maar niet alleen eentje die het leven beschermt en ziekten geneest. Je brengt *leven* in de wereld, Sara, en helpt vrouwen wanneer ze op hun kwetsbaarst zijn. En op hun mooist.'

Ik adem diep in en staar hem aan. Deze man – deze *moordenaar* – kan het toch onmogelijk begrijpen? 'Vind je dat... zwangere vrouwen mooi zijn?'

'Niet alleen zwangere vrouwen. Het hele proces is mooi,' zegt hij, en ik realiseer me dat hij het wel begrijpt. 'Vind je niet?' vraagt hij als ik hem sprakeloos aan blijf kijken. 'Hoe het leven tot stand komt, hoe een bundeltje cellen groeit en verandert voordat het de wereld in komt? Vind je dat niet mooi, Sara? Wonderbaarlijk zelfs?'

Ik pak mijn wijnglas en neem een slokje voordat ik reageer. 'Dat vind ik zeker.' Mijn stem klinkt hees als ik er eindelijk in slaag om te spreken. 'Natuurlijk vind ik dat. Ik had alleen niet verwacht dat *jij* dat zou vinden.'

'Hoezo?'

'Is dat niet logisch?' Ik zet mijn glas neer. 'Je neemt levens. Je doet mensen pijn.'

'Ja, dat klopt,' stemt hij zonder te knipperen in. 'Maar dat maakt mijn waardering ervoor alleen maar groter. Wanneer je de kwetsbaarheid van het *zijn* begrijpt, de pure vergankelijkheid ervan... als je ziet hoe gemakkelijk het is om iets het leven te ontnemen, waardeer je het leven meer, niet minder.'

'Dus waarom doe je het dan? Waarom vernietig je iets dat je waardeert? Hoe kun je een moordenaar zijn terwijl je tegelijkertijd...'

'Het menselijk leven waardeert? Dat is gemakkelijk.' Hij leunt naar voren, zijn grijze ogen duister bij het flakkerende kaarslicht. 'Kijk, de dood is onderdeel van het leven, Sara. Een lelijk onderdeel, zeker, maar er is geen schoonheid zonder lelijkheid, net zoals er geen geluk is zonder verdriet. We leven in een wereld van contrasten, niet van zekerheden. Onze geest is ontworpen om te vergelijken, om veranderingen waar te nemen. Alles wat we zijn, alles wat we als mens doen, is gebaseerd op het fundamentele feit dat X verschilt van Y – beter, slechter, heter, kouder, donkerder, lichter, wat dan ook – maar alleen in vergelijking. In een vacuüm heeft X geen schoonheid, net zoals Y geen lelijkheid heeft. Door het contrast kunnen we het ene boven het andere schatten, een keuze maken en er geluk aan ontlenen.'

Mijn keel zit op een vreemde manier potdicht. 'Dus wat doe jij? Breng je vreugde in de wereld met je werk? Maak je iedereen gelukkig?'

'Nee, natuurlijk niet.' Peter pakt zijn wijnglas en laat de vloeistof rondcirkelen. 'Ik maak me geen illusies over wat ik ben en wat ik doe. Maar dat betekent niet dat ik de schoonheid van *jouw* werk niet begrijp, Sara. Je kunt in de duisternis leven en toch het licht van de zon zien; het is dan zelfs nog helderder.'

'Ik...' Mijn handpalmen zijn klam van het zweet terwijl ik mijn wijnglas pak en stiekem met mijn vrije hand in mijn tas tast. Hoe fascinerend dit ook is, ik moet het doen voordat het te laat is. Er is geen garantie dat hij een tweede glas zal nemen. 'Zo heb ik er nog nooit over nagedacht.'

'Er is ook geen reden waarom je dat zou doen.' Hij zet zijn glas neer en glimlacht naar me. Het is die duistere, onweerstaanbare glimlach die me altijd hete opvliegers bezorgt. 'Jij hebt een heel ander leven geleid, *ptichka*. Een makkelijker leven.'

'Juist.' Mijn adem is oppervlakkig als ik mijn glas pak en naar mijn lippen breng. 'Ik neem aan van wel. In elk geval totdat jij in mijn leven kwam.'

Zijn uitdrukking wordt somber. 'Dat klopt. Wat dat betreft...'

Mijn glas glipt uit mijn vingers en de inhoud

stroomt over de tafel voor me. 'Oeps.' Ik spring op, alsof ik me schaam. 'Sorry daarvoor. Laat me…'

'Nee, nee, blijf zitten.'

Hij staat op, precies zoals ik hoopte dat hij dat zou doen. Hoewel hij in mijn huis is, speelt hij graag goede gastheer.

'Ik regel het wel.'

Hij heeft maar een paar stappen nodig om het papieren handdoekenrek op het aanrecht te bereiken, maar dat is alles wat ik nodig heb om het flesje te openen. *Zes, zeven, acht, negen…* Ik tel in mijn hoofd de seconden terwijl ik de inhoud in zijn glas giet. *Tien, elf, twaalf.* Hij draait zich om, papieren handdoeken in de hand, en ik schenk hem een schaapachtige glimlach terwijl ik weer in mijn stoel zink, het lege glazen flesje terug in mijn tas. Mijn rug is doorweekt van ijzig zweet en mijn handen trillen van adrenaline, maar mijn taak is volbracht. Nu moet hij alleen de wijn nog opdrinken. 'Laat me helpen,' zeg ik. Ik grijp een servet terwijl hij de gemorste wijn van tafel opdept, maar hij wuift me weg.

'Het is geen probleem, maak je geen zorgen.' Hij draagt mijn met wijn doorweekte bord naar de prullenbak en gooit de restanten van mijn pasta weg – dat had een andere kans kunnen zijn, merk ik op – en keert dan terug met een schoon bord.

'Bedankt,' zeg ik, terwijl ik probeer dankbaar in plaats van vergenoegd te klinken als hij mijn wijnglas verruilt voor een schoon en me meer wijn inschenkt voordat hij zijn eigen glas bijschenkt. 'Sorry dat ik zo onhandig ben.'

'Geen probleem.' Hij kijkt koel geamuseerd terwijl hij weer gaat zitten. 'Normaal gesproken ben je heel gracieus. Het is een van de dingen die ik het leukst aan je vind: dat je bewegingen nauwkeurig en beheerst zijn. Komt dat door je medische opleiding? Een vaste hand voor opereren en zo?'

Niet nerveus zijn. Wat je ook doet, doe niet nerveus.

'Ja, dat speelt wel mee,' antwoord ik, terwijl ik mijn best doe om mijn toon kalm te houden. 'Ik zat ook op ballet als kind en mijn leraar was een voorstander van precisie en goede techniek. Onze handen moesten precies zó worden geplaatst, onze voeten precies zó gedraaid. Ze liet ons elke positie, elke stap oefenen totdat we het helemaal goed deden. Als we soms wat slordig werden, moesten we alles opnieuw doen en blijven oefenen wat we fout deden, soms een hele les lang.'

Hij pakt zijn glas en wervelt de vloeistof rond. 'Dat is interessant. Ik heb altijd al gedacht dat je op een ballerina leek. Je hebt de houding en het lichaamstype.'

'Is dat zo?' *Drink nou. Drink alsjeblieft.*

Hij zet het glas neer en kijkt me ondoorgrondelijk aan. 'Absoluut. Maar je danst niet meer, toch?'

'Nee.' *Kom op, pak dat glas weer op.* 'Ik stopte met ballet toen ik naar de middelbare school ging, hoewel ik op de universiteit nog wat salsa gedanst heb.'

'Waarom ben je met ballet gestopt?' Zijn hand komt dichter bij het glas, alsof hij het weer gaat oppakken. 'Ik kan me voorstellen dat je erg goed was.'

'Niet goed genoeg om het professioneel te doen,

althans niet zonder veel extra training. En mijn ouders wilden dat niet voor mij.' Mijn hartslag versnelt van de spanning als zijn vingers zich om de steel van het glas buigen. 'Het mogelijke salaris van een danser is vrij beperkt, evenals de duur van haar carrière. De meesten stoppen met dansen als ze in de twintig zijn en moeten dan iets anders met hun leven gaan doen.'

'Wat praktisch,' mijmert hij, terwijl hij het glas optilt. 'Was dat belangrijk voor jou of voor je ouders?'

'Was wat belangrijk?' Ik probeer niet naar het wijnglas te staren, dat een paar centimeter van zijn lippen zweeft. *Kom op, drink het gewoon op.*

'Het salaris.' Hij wervelt de wijn weer rond en lijkt plezier te putten uit de aanblik van de lichtgekleurde vloeistof die tegen de glazen wanden cirkelt. 'Wilde je graag een rijke, succesvolle arts worden?'

Ik dwing mezelf weg te kijken van de hypnotiserende beweging van de wijn. 'Ja, hoor. Wie niet?' De spanning verteert me, dus leid ik mezelf af door mijn eigen wijnglas te pakken en een grote slok te nemen. *Toe, doe onbewust net als ik en drink. Kom op, maar een paar slokjes.*

'Ik weet het niet,' mompelt hij. 'Misschien een klein meisje dat veel liever een ballerina of een zangeres zou zijn?'

Ik knipper met mijn ogen, kort afgeleid van zijn niet-drinken. 'Een zangeres?' Waarom zou hij dat zeggen? Niemand behalve mijn mentor in de brugklas weet van die specifieke ambitie. Zelfs toen ik tien was, wist ik al dat ik zo'n onrealistisch idee niet met mijn ouders ter sprake hoefde te brengen, vooral nadat ze me hun mening over ballet hadden verteld.

'Je hebt een prachtige zangstem,' zegt Peter, nog steeds spelend met zijn wijnglas. 'Het is logisch dat je op een gegeven moment misschien hebt overwogen om op te treden. En in tegenstelling tot dat van een danser, hoeft een succesvolle zangcarrière niet vroeg te eindigen. Veel oudere zangers worden zeer gerespecteerd.'

'Ik neem aan dat dat klopt.' Ik kijk weer naar zijn glas en mijn frustratie groeit. Het is alsof hij me martelt en wil zien hoe lang het duurt voordat ik breek. Om mijn ongeduld te temmen, neem ik een grote slok van mijn eigen wijn en zeg: 'Hoe weet je eigenlijk wat voor zangstem ik heb? O, laat maar. Je afluisterapparaten, toch?'

Hij knikt, niet in het minst berouwvol. 'Ja, je zingt vaak als je alleen bent.'

Ik drink nog wat wijn. Op een ander moment zou zijn nonchalante veronachtzaming van mijn privacy me gek hebben gemaakt, maar nu besteed ik al mijn aandacht aan de stomme wijn. *Waarom drinkt hij het niet?* 'Dus je denkt echt dat ik een goede zangstem heb?' vraag ik en realiseer me dan dat ik waarschijnlijk wat verontwaardigder moet klinken. Op een scherpere toon voeg ik eraan toe: 'Omdat ik ongewild voor je heb opgetreden, kun je me net zo goed je eerlijke mening geven.'

Zijn ogen rimpelen in de hoeken terwijl hij het glas

weer laat zakken. 'Je stem is mooi, *ptichka*. Dat heb ik je al gezegd en ik heb geen reden om te liegen.'

O mijn god, drink die verdomde wijn nou! Om te voorkomen dat ik dat hardop roep, haal ik diep adem en zet een mooie glimlach op. 'Ja, nou, je probeert me *wel* te verleiden. Zoals elke vrouw je zal vertellen, helpt vleierij daarbij.'

Hij lacht en pakt zijn glas weer op. 'Dat is waar. Maar ik heb het gevoel dat ik je tot in de eeuwigheid zou kunnen complimenteren en dat het niets zou veranderen.'

'Je weet maar nooit.' Ik houd mijn toon licht en flirterig ondanks het koude zweet dat langs mijn ruggengraat glijdt. Als hij niet zelf drinkt, moet ik hem dwingen. We kunnen dit diner niet eindigen voordat hij minstens een paar goede slokjes neemt. Ik hef mijn glas, glimlach breder en zeg: 'Laten we daarop proosten. Op de ijdelheid van vrouwen en jouw vleierij?'

'Waarom niet, inderdaad?' Hij heft zijn glas op en tikt het tegen het mijne. 'Op jou, *ptichka*, en je prachtige stem.'

We brengen elk ons glas naar de lippen, maar voordat ik een slokje kan nemen, glijden zijn vingers van de steel van zijn glas.

'Oeps,' mompelt hij terwijl het glas naar voren kiept en de wijn morst, in een exacte nabootsing van mijn eerdere 'ongelukje'. Zijn ogen glanzen duister. 'Mijn fout.'

Mijn adem stokt, mijn bloed stolt in mijn aderen. 'Je… je…'

'Wist dat je iets in mijn glas hebt gedaan? Ja, natuurlijk.' Zijn stem blijft zacht, maar ik kan nu de dodelijke noot erin herkennen. 'Denk je dat niemand ooit eerder heeft geprobeerd me te vergiftigen?'

Mijn hartslag maakt overuren, maar ik kan mezelf niet bewegen als hij opstaat en rond de tafel cirkelt en me met de slanke gratie van een roofdier nadert. Ik kan alleen maar naar hem staren en de woede zien koken in die metaalkleurige ogen. Hij gaat me doden. Hij zal me hiervoor vermoorden. 'Ik wilde niet…' De doodsangst brandt in mijn aderen. 'Het was niet…'

'Nee?' Hij stopte naast me, grijpt in mijn tas en haalt het lege flesje eruit.

Ik zou moeten vluchten, of het op z'n minst moeten proberen, maar ik ben niet dapper genoeg om hem verder te provoceren. Daarom blijf ik stil zitten, nauwelijks ademend terwijl hij het flesje naar zijn neus brengt en eraan snuift.

'O, ja,' mompelt hij, terwijl hij zijn hand laat zakken. 'Een beetje diazepam. Ik kon het in de wijn niet ruiken, maar zo is het duidelijk.' Hij zet het flesje voor me op tafel. 'Uit het ziekenhuis, neem ik aan?'

'Ik… Ja.' Het heeft geen zin om het te ontkennen. Het bewijs staat letterlijk voor me.

'Hm.' Hij leunt met zijn heup tegen de tafel en staart naar me. 'En wat was je van plan als je me had uitgeschakeld, *ptichka*? Me uitleveren aan de FBI?'

Ik knik, de woorden bevroren in mijn keel terwijl ik naar hem staar. Zijn grote lichaam torent boven me uit en ik voel me als de kleine vogel waarmee hij me vergeleek: klein en doodsbang in de schaduw van een havik.

Zijn sensuele mond vertrekt als in een parodie op een glimlach. 'Ik begrijp het. En je denkt dat het zo gemakkelijk zou gaan? Gewoon platspuiten en klaar?'

Ik staar hem niet-begrijpend aan.

'Denk je dat ik daar geen noodplan voor heb?' verduidelijkt hij.

Ik krimp ineen als hij zijn hand opheft. Maar het enige wat hij doet, is een lok van mijn haren pakken en met de uiteinden ervan langs mijn kaak strijken; het gebaar is zacht maar tegelijkertijd wreed en spottend.

'Voor het geval dat je me op een of andere manier probeert te vermoorden of uit te schakelen?'

'Heb je dat?'

Zijn ogen knijpen samen, zijn blik op mijn mond. 'Uiteraard.' Het haarlokje strijkt over mijn lippen, de uiteinden kietelen de gevoelige huid en mijn maag verkrampt tot een harde bal terwijl hij zachtjes zegt: 'Op dit moment houden mijn mannen je huis en alles binnen een straal van tien blokken in de gaten, evenals het kleine scherm dat mijn vitale functies weergeeft.' Zijn ogen ontmoeten de mijne. 'Wil je raden wat ze gedaan zouden hebben als mijn bloeddruk onverwachts was gedaald?'

Ik schud zwijgend mijn hoofd. Als Peters mannen op hem lijken – en dat moet wel als ze zijn bevelen opvolgen – weet ik liever niet wat ik precies heb vermeden.

Zijn glimlach krijgt een duister tintje. 'Ja, dat is waarschijnlijk verstandig, *ptichka*. Onwetendheid is gelukzaligheid en zo.'

Ik verzamel wat laatste restjes moed. 'Wat ga je met me doen?'

'Wat denk je dat ik ga doen?' Hij houdt zijn hoofd schuin, de glimlach wordt nog een fractie donkerder. 'Je straffen? Je pijn doen?'

Mijn hart klopt in mijn keel. 'Is dat zo?'

Hij kijkt me een paar lange ogenblikken aan; zijn glimlach trekt weg en dan schudt hij zijn hoofd. 'Nee, Sara.' Er klinkt een vreemd vermoeide toon in zijn stem. 'Vandaag niet.' Hij duwt zich van de tafel af en begint de borden te verzamelen.

Ik zak onderuit in mijn stoel, opgelucht maar zonder hoop. Als hij niet liegt over zijn mannen – en ik heb geen reden om aan te nemen dat hij dat doet – zit ik nog erger in de val dan ik dacht.

HET ZOU ME NIET MOETEN KWETSEN, DE WETENSCHAP dat ze van me af wil. Het zou niet moeten voelen alsof er hete messen door mijn borst snijden. Iedereen in Sara's situatie zou terugvechten; het is logisch en te verwachten.

Het zou me niet moeten kwetsen, maar dat doet het toch, en wat ik mezelf ook vertel terwijl ik Sara naar boven leid, het monster in me gromt en jankt. Het vereist dat ik precies doe wat zij vreest: dat ik haar straf voor deze overtreding.

Als we bij de slaapkamer komen, laat ik haar niet weer haar kleren voor me uitdoen; ik ben te dicht bij de rand om mijn zelfbeheersing te garanderen. Ik heb het tijdens het avondeten al te veel op de proef gesteld, door mee te spelen met haar onschuldige *ik heb niets in je wijn gedaan*-toneelstukje. Ik wist meteen wat ze deed – het omgooien van haar glas was te ongebruikelijk voor haar – maar ik wilde zien hoe goed ze kon acteren. Daarom bleef ik met haar praten, bleef doen alsof ik geen idee had en goedgelovig was, als een sukkel die op het punt staat in een eeuwenoude strik te trappen.

'Je mag douchen,' zeg ik, terwijl ik naar de badkamer knik als ze naast het bed stopt, terwijl haar blik nerveus van mij naar het bed en terugschiet. 'Ik wacht hier tot je klaar bent.'

Opluchting flitst over haar gezicht en ze verdwijnt in de badkamer. Ik maak van de gelegenheid gebruik om in een van de andere badkamers beneden een snelle douche te nemen. Hoewel ik gedoucht heb na mijn werk van vandaag, wil ik extra schoon voor haar zijn.

Ze is nog aan het douchen als ik terugkom in de slaapkamer, dus vouw ik mijn kleren voorzichtig op en leg ze op dressoir voordat ik in bed stap. Ik heb me eerder vandaag snel afgetrokken, maar mijn verlangen naar Sara is niet afgenomen en ik weet dat ik dit spel niet veel langer zal kunnen volhouden. Ik ga haar nemen en haar van mij maken. Zo niet vanavond, dan heel snel.

Sara's douche duurt lang, zo lang dat ik weet dat ze hem gebruikt als een manier om me te ontwijken, maar dat vind ik niet erg. Ik gebruik de tijd om mijn geest leeg te maken en de resterende woede weg te laten sijpelen.

Tegen de tijd dat ze eindelijk uit de badkamer komt, gewikkeld in een handdoek, heb ik het monster onder controle en kan ik koel naar haar glimlachen. 'Kom,' zeg ik terwijl ik op het bed naast me klop. Ik probeer niet te denken aan hoe glad en zacht haar kutje gisteren voelde, maar het is onmogelijk. Ik wil die zijdeachtige vochtigheid rond mijn pik voelen, ik wil haar horen kreunen terwijl ik in haar stoot. Ik wil die zachte mond proeven en haar hazelnootkleurige ogen zacht en onscherp zien worden terwijl ik haar keer op keer naar haar hoogtepunt breng. Ik wil haar en ik kan haar niet hebben. Nog niet, tenminste.

Ze benadert me onzeker, zo behoedzaam als een wilde gazelle en net zo gracieus. Ik wil haar grijpen en in het bed trekken, maar ik blijf stil liggen en laat haar uit zichzelf naar mij toe komen. Op deze manier kan ik doen alsof ze me niet haat, dat ze me niet graag gevangen of dood zou zien. Op deze manier kan ik me voorstellen dat ze er op een dag voor zal *kiezen* om bij me te zijn.

'Doe die handdoek af en kom hier,' beveel ik wanneer ze een halve meter van het bed blijft staan, maar ze beweegt niet, haar handen tegen de handdoek voor haar borst.

'Gaan we slapen? Alleen slapen?' vraagt ze met haperende stem.

Ik knik, hoewel ik pijnlijk hard word door alleen haar aanblik al. Als ik er zeker van kon zijn dat ik me zou kunnen beheersen, zou ik haar vanavond nemen of op zijn minst weer een orgasme geven, maar het beste wat ik kan doen, is haar vasthouden en mezelf dwingen om te gaan slapen. Zelfs dat zal een marteling zijn, maar ik zal het verdragen. Ik zal haar niet dwingen wanneer ze verwacht dat ik haar pijn zal doen, hoe moeilijk het ook is. Ik wil haar angsten niet waarmaken. 'Alleen slapen,' beloof ik, en ik hoop dat ze de woedende honger in mijn stem niet kan horen. 'We gaan gewoon slapen.'

Ze aarzelt nog een seconde, maar stapt dan naar het bed en laat de natte handdoek op de vloer vallen als ze onder de deken glijdt.

Ik vang slechts een flits van haar blote huid op, maar het is genoeg om overvallen te worden door lust. Ik zet me schrap, trek haar tegen me aan en verbijt een kreun als haar zachte billen tegen mijn kruis duwen, haar huid vochtig en extra warm door de lange douche. Ze heeft een mooie kont, mijn kleine dokter, strak en welgevormd, en mijn pik bonst van verlangen om in haar te zijn, om die gladde billen tegen mijn ballen te voelen terwijl ik in haar beuk en haar telkens opnieuw neem.

Ik sluit mijn ogen, inhaleer de zoete geur van haar shampoo en concentreer me op het beheersen van mijn ademhaling. Na een tijdje voel ik de spanning in haar spieren afnemen en ik weet dat ze zich begint te ontspannen, begint te geloven dat ik haar niet zal aanvallen, ondanks dat ze mijn erectie wel moet voelen.

Langzaam en rustig, prent ik mezelf in terwijl ik in en uit adem. *Beheersing en concentratie. Pijn is onbelangrijk. Ongemak is onbelangrijk.* Het is een mantra dat ik mezelf tijdens mijn tijd in Camp Larko heb aangeleerd en het is waar. Pijn, honger, dorst, lust: allemaal chemie en elektrische impulsen, een manier voor de hersenen om met het lichaam te communiceren. Mijn verlangen naar Sara zal me niet doden, net zomin als de zes maanden in eenzame opsluiting toen ik veertien was dat deed. De marteling van onvervuld verlangen is niets vergeleken met de hel van opsluiting in een kamer nauwelijks groter dan een kooi, met niemand om mee te praten en niets om te doen. Het is niets vergeleken met de pijn van een *shiv* die je nier doorboort of een gigantische vuist die bijna je oog verbrijzeld.

Ik heb de jeugdgevangenis in Siberië overleefd, dus zal ik het ook overleven Sara niet te nemen. Tenminste, voorlopig wel.

28

*S*ara

'EN JIJ, SARA?'

'Hm?' Ik kijk op van mijn bord en staar Marsha niet-begrijpend aan. Vroeg ze nou net iets?

Andy rolt met haar ogen. 'Ze is weer eens in dromenland. Laat haar toch, Marsha.'

'Sorry, ik ben gewoon een beetje afgeleid.' Ik strijk een uit mijn staart ontsnapte pluk haar achter mijn oor. Volgens mij zit het hartstikke slordig, maar ik vergeet steeds om het even goed te doen. Het enige waar ik vanochtend aan kan denken, is dat als ik vanavond thuiskom, *hij* op me zit te wachten: Peter Sokolov, de man aan wie ik niet kan ontsnappen.

'Ik vroeg of je met Tonya en mij mee gaat stappen, zaterdag,' herhaalt Marsha. Ze lijkt eerder geamuseerd dan geïrriteerd. 'Andy gaat ook mee; ze zei net dat ze wel een andere keer iets met haar vriend gaat doen. Wat denk je ervan, Sara?'

'Sorry, ik kan niet.' Ik schuif mijn bord van me af. Toen ik even snel het restaurant in dook voor een ontbijtje kwam ik de verpleegsters tegen en ik heb me laten overhalen om bij hen te gaan zitten. 'Ik heb mijn ouders beloofd om op bezoek te komen.' Dat is een leugen, maar het lijkt me beter dan uitleggen dat ik niet wil dat mijn vriendinnen de aandacht trekken van een zekere Russische moordenaar, of door wie hij me dan ook laat schaduwen.

'Jammer,' zegt Marsha. 'Tonya kan nog een keer toegang tot die club regelen. Volgens mij had jij het daar ook wel naar je zin. En Tonya zei dat die barman naar je gevraagd heeft.'

Ik frons. 'O, ja?'

'Jazeker,' bevestigt Tonya. 'Maar hij zei wel iets vreemds. Hij dacht dat je met iemand was. Die persoon deed heel bezitterig, net alsof hij je vriend was of zo. Ik zei dat hij het mis had, want ik weet zeker dat je alleen naar huis bent gegaan. Ja, toch? Of heb je ergens stiekem een vriend voor ons verborgen gehouden?'

Mijn ruggengraat lijkt te bevriezen, maar tegelijkertijd beginnen mijn wangen te gloeien. 'Nee, zeker niet.'

'Echt?' Marsha kijkt me gefascineerd aan. 'Waarom bloos je dan zo? En trouwens, je klemt die vork vast alsof je iemand ermee wilt neersteken.'

Als ik naar mijn hand kijk, zie ik dat ze gelijk heeft.

Ik heb het stuk bestek zo stevig vast dat mijn knokkels wit zijn geworden. Ik dwing mijn hand zich te ontspannen en bied met een ongemakkelijk lachje mijn excuses aan. 'Sorry. Ik was dronken die avond en daar schaam ik me voor. Volgens heb ik wel met iemand staan dansen en ik denk dat dat is wat de barman gezien heeft, Tonya.'

Andy fronst. 'Was dat de reden dat je zo snel wegging? Je leek wel bang.'

'Wat? Nee joh, ik was gewoon dronken.' Ik dwing er nog een lachje uit. 'Kennen jullie dat gevoel dat je ieder moment over je nek kan gaan? Nou, dat had ik dus.'

'Oké,' zegt Tonya. 'Ik zal Rick, de barman, laten weten dat je single bent. Mocht je er ooit nog eens komen.'

'O, ik...' Opnieuw begin ik te blozen. 'Nee, dat hoeft niet. Ik ben nog niet klaar om opnieuw te gaan daten en...'

'Geen zorgen.' Tonya's slanke vingers voelen koel aan op de mijne als ze mijn hand aanraakt. 'Ik zal hem heus je nummer niet geven. Je mag die "prinses in een hoge toren"-uitstraling nog even vasthouden. Volgens mij is dat juist wat ze aantrekt.'

'Wat?' Met open mond staar ik haar aan. 'Hoe bedoel je?'

'Wat ze bedoelt, is dat jij iets ongenaakbaars over je hebt,' zegt Andy met haar mond vol ei. 'Het is moeilijk uit te leggen, maar je komt een beetje over als een ijskoningin. Alsof Jackie Onassis en Prinses Diana met ons, het klootjesvolk, samenwerken, als je begrijpt wat ik bedoel.'

'Nee, niet echt.' Ik kijk de roodharige vrouw fronsend aan. 'Bedoel je nou dat ik hooghartig overkom?'

'Nee, niet hooghartig. Gewoon... anders,' zegt Marsha. 'Andy heeft het niet goed uitgelegd. Jij hebt... klasse. Misschien komt het doordat je zo lang op ballet hebt gezeten, maar je hebt een uitstraling alsof je een knix kunt maken en met een boek op je hoofd kunt lopen. Alsof je weet welke vork je moet gebruiken tijdens een formeel diner en hoe je met de ambassadeur van weet-ik-veel-waar moet praten.'

'Wat?' Ik schiet in de lach. 'Wat een onzin. George en ik hebben weliswaar een aantal formele feesten bezocht, maar dat was zijn ding, niet het mijne. Marsha, je weet dat ik als het kon in een joggingbroek en sneakers zou wonen. Ik luister naar Britney Spears en dans op hip-hop en R&B. Kom op, zeg.'

'Dat weet ik, liefje, maar dat is gewoon wat je uitstraalt, niet wie je bent.' Met behulp van een klein handspiegeltje brengt Marsha haar rode lippenstift opnieuw aan. Met vaardige hand smeert ze de kleur erop, stopt haar spullen weer weg en zegt dan: 'Dat is juist iets goeds, neem dat maar van me aan. Neem mij nou. Ik kan proberen zo keurig over te komen als ik wil, maar mannen werpen één blik op mij en weten gewoon dat ik makkelijk ben. Het maakt niet uit wat ik draag of wat ik doe. Ze zien mijn haar, mijn tieten en mijn kont en besluiten dat ik beschikbaar ben.'

'Dat ben je ook,' grijnst Tonya.

Marsha trekt haar neus op strijkt haar haren naar achteren. 'Ja, maar dat doet er niet toe. Mijn punt is dat zij...' Ze wijst naar mij. '...er nog niet goedkoop uit zou zien als ze het zou proberen. Iedere man die haar ziet, weet gewoon dat hij ervoor zal moeten werken. Etentjes met de ouders, ring aan haar vinger, de hele rataplan.'

'Dat is niet waar,' protesteer ik. 'Ik ben lang voordat we trouwden al met George naar bed geweest.'

Andy rolt met haar ogen. 'Ja, maar hoelang waren jullie toen al samen?'

'Een paar maanden,' zeg ik niet-begrijpend. 'Ik was net achttien en...'

'Zie je? Een paar maanden,' zegt Tonya, en ze geeft Marsha een por. 'Hoelang laat jij ze wachten?'

Marsha grinnikt. 'Een paar uur toch zeker.'

'Zie je wel?' zegt Andy. 'En jij je maar afvragen waarom die eikels nooit terugbellen. Mijn moeder zei altijd: "De snelste manier om een man te verliezen is door met hem naar bed te gaan." Sara heeft gelijk: wees koel en afstandelijk, zodat mannen aan je voeten liggen als je eindelijk eens naar ze lacht.'

'Alsjeblieft, zeg.' Ik begraaf mezelf in de resten van mijn ontbijt. 'Dit is de eenentwintigste eeuw, hoor. Mannen weten wel beter dan...'

'Nee, hoor,' zegt Marsha vrolijk. 'Echt niet. Als het makkelijk te krijgen is, waarderen ze het minder. Dat weet ik heus wel en dat vind ik ook prima. Ik ben er om lol mee te hebben. Meestal wil ik niet eens dat die eikels me terugbellen en die paar keer dat het wel zo is...' Ze zucht. 'Dan is het niet voorbestemd, denk ik maar. Hoe dan ook is het leven te kort om je anders voor te doen dan je bent. Op mijn leeftijd heb je dat wel geleerd.'

'Hm-hm, vast.' Tonya propt de laatste hap van haar bagel in haar mond. 'Vertel ons meer, o Wijze Oude.'

'Zwijg,' bromt Marsha. Ze gooit een in elkaar gepropt servetje naar haar.

Het raakt Andy, die meteen een servetje teruggooit.

Ik duik lachend opzij als zich een volwaardig servetjesgevecht ontspint.

Pas als ik nog grinnikend het restaurant uit loop, besef ik dat de verpleegsters me niet alleen afgeleid en opgevrolijkt hebben. Ze hebben me ook een goed idee gegeven.

Mijn dienst eindigt pas laat die avond, maar ik ga daarna alsnog naar de kliniek. Hij is vierentwintig uur per dag geopend en ze kunnen me altijd goed gebruiken. Zelf wil ik mijn thuiskomst zo lang mogelijk uitstellen. Het idee dat zich in mijn brein genesteld heeft, bezorgt me buikpijn. Het laatste wat ik wil, is mijn stalker onder ogen komen.

Zoals altijd zijn ze blij om me te zien. Ondanks het late uur zit de wachtkamer vol vrouwen van allerlei leeftijden. De meesten hebben huilende kinderen bij zich. Naast het verlenen van gynaecologische hulp aan vrouwen met een laag inkomen biedt de kliniek ook behandelingen voor kleine verwondingen of milde aandoeningen bij kinderen, iets wat de patiënten – en ook de SEH's in de buurt – zeer waarderen.

'Drukke avond?' vraag ik aan Lydia, de receptioniste. Ze is van middelbare leeftijd en ziet er opgejaagd uit. Lydia knikt. Slechts twee personeelsleden bij de kliniek krijgen betaald en zij is er één van; de rest zijn allemaal vrijwilligers, ook de artsen en verpleegsters. Daardoor is het schema onvoorspelbaar, maar het stelt de van donaties afhankelijke kliniek wel in staat om gratis zorg te verlenen.

'Hier,' zegt Lydia. Ze duwt me de intekenlijst in de handen. 'Begin maar met de vijf namen onderaan.'

Ik neem de lijst mee naar de kleine ruimte die als mijn kantoor/onderzoekskamer functioneert. Ik zet mijn spullen neer, was mijn handen, gooi koud water in mijn gezicht en roep dan de eerste patiënte binnen.

Mijn eerste drie patiënten zijn geen moeilijke gevallen: de eerste wil voorbehoedsmiddelen, de twee wil een SOA-test ondergaan en de derde wil haar zwangerschap bevestigd zien. De vierde, een knappe zeventienjarige die Monica Jackson heet, vertelt dat ze last heeft van heel lange menstruaties. Tijdens het onderzoek blijkt dat er sprake is van vaginaal uitscheuren en andere tekenen van seksueel trauma. Als ik ernaar vraag, barst ze in tranen uit en geeft toe dat haar stiefvader haar heeft misbruikt.

Ik kalmeer haar, stel een verkrachtingskit samen,

behandel haar verwondingen en geef haar het telefoonnummer van een vrouwenopvang waar ze naartoe kan als ze zich thuis niet veilig voelt. Ik stel ook voor dat ze aangifte doet bij de politie, maar dat weigert ze.

'Mijn moeder doet me wat,' zegt ze. Haar bruine ogen zijn roodomrand en de blik erin is verloren. 'Ze zegt dat hij goed voor ons zorgt en dat we blij moeten zijn dat hij er is. Hij heeft al een eerdere aanklacht hiervoor. Dus als ik iets zeg, gaat hij de bak in en dan staan we weer op straat. Voor mezelf maakt dat niet uit; ik zou zelf nog liever de hoer uithangen in een steeg om geld te verdienen dan nog een dag langer met die klootzak onder één dak te wonen, maar mijn broertje is pas vijf en dan moet hij naar een pleeggezin. Ik zorg voor hem als mijn moeder dat niet kan en ik wil hem niet verliezen.'

Ze begint opnieuw te huilen en ik knijp zachtjes in haar hand. Mijn hart bloedt voor haar. Hoewel op haar papieren staat dat ze zeventien is, zou ze met haar kleine postuur en ronde wangen zo door kunnen gaan voor een brugklasser. Meisjes als zij komen hier wel vaker terecht en iedere keer weer doet het pijn. Ik kan zo weinig voor ze doen. Als ze alleen was, was het wel mogelijk om haar uit deze situatie te halen. Maar nu er ook een klein broertje bij betrokken is, is mijn enige hoop Jeugdzorg en dat zou kunnen leiden tot wat mijn patiënte nu juist niet wil: dat haar kleine broertje zonder haar in de pleegzorg belandt. 'Het spijt me zo, Monica,' zeg ik als ze wat gekalmeerd is. 'Ik denk toch dat naar de politie gaan het beste is voor jou en je broertje. Kunnen jullie niet ergens anders terecht? Een vriendin? Een familielid, misschien?'

Het gezicht van het meisje betrekt nog meer. 'Nee.' Ze laat zich van de tafel glijden en trekt haar kleren aan. 'Bedankt, dokter Cobakis. Tot ziens.'

Ze loopt de kamer uit en ik kijk haar na met het gevoel te willen huilen. Dat meisje bevindt zich in een onmogelijke situatie en er is niets dat ik kan doen om haar helpen. Ik kan meisjes zoals zij nooit helpen. Tenzij... 'Wacht!' Ik pak mijn tas en hol achter haar aan. 'Monica, wacht!'

'Ze is al weg,' zegt Lydia als ik de receptie binnenstorm. 'Wat is er? Is ze iets vergeten?'

'Zoiets.' Ik leg het niet verder uit. Eenmaal buiten kijk ik om me heen in de donkere, verlaten straat. Monica's kleine, donkerharige figuurtje is al aan het einde van de straat, dus hol ik snel achter haar aan. Ditmaal wil ik wél iets kunnen doen. 'Monica, wacht!'

Ze moet me gehoord hebben, want ze blijft staan en draait zich om. 'Dokter Cobakis?' zegt ze verrast als ik eenmaal bij haar ben.

Ik blijf hijgend staan en rommel in mijn tas. 'Hoeveel heb je nodig om het te redden?' vraag ik ademloos terwijl ik mijn cheques en een pen pak.

'Wat?' Ze staart me aan alsof ik een buitenaards wezen ben.

'Hoeveel geld hebben jij en je moeder nodig om in jullie huis te blijven wonen als je naar de politie gaat en je stiefvader in de cel terechtkomt?'

Ze knippert met haar ogen. 'De huur is twaalfhonderd per maand en mijn moeders WAO dekt de helft daarvan. Als het weer zomer is, kan ik fulltime werken en het aanvullen, maar...'

'Oké, wacht even.' Ik gebruik de zijkant van het gebouw naast ons als steun voor het chequeboekje en schrijf een cheque voor vijfduizend dollar uit. Ik wilde het geld gebruiken om mijn ouders voor hun trouwdag deze zomer een cruise cadeau te doen, maar ik verzin wel een goedkoper geschenk. Mijn ouders zullen het echt niet erg vinden. Ik scheur de cheque af, geef hem aan het meisje en zeg: 'Neem deze aan en ga naar de politie. Hij verdient het om de bak in te gaan.'

Haar kin trilt en even ben ik bang dat ze weer gaat huilen. Maar met bevende vingers pakt ze de cheque aan. 'Ik weet niet hoe ik u moet bedanken. Dit is...' Haar jonge stem breekt. 'Dit is gewoon...'

'Het is goed.' Ik stop mijn cheques weg en glimlach naar haar. 'In de cheque en zorg dat die schoft uit jullie leven verdwijnt, goed? Beloof je me dat?'

'Dat beloof ik,' zegt het meisje terwijl ze de cheque in de zak van haar spijkerbroek steekt. 'Ik beloof het echt, dokter Cobakis. Dank u wel. Ontzettend bedankt.'

'Het is goed. Ga nu maar. Je kunt beter niet meer in je eentje zo laat nog op straat zijn.'

Heel even aarzelt het meisje; dan slaat ze haar armen om me heen. 'Dank u wel,' fluistert ze nogmaals, en dan holt ze weg.

Nog even zie ik haar tussen twee straatlampen door dansen; dan is ze verdwenen.

Ik blijf nog even staan en dan loop ik terug naar de kliniek. Mijn bankrekening heeft hiermee wel een flinke dreun opgelopen, maar ik voel me even gelukkig als wanneer ik de loterij zou hebben gewonnen. Voor het eerst sinds ik bij de kliniek begonnen ben, heb ik iemand echt kunnen helpen. Het is een onbeschrijfelijk gevoel.

Als een koude wind me in het gezicht blaast, besef ik dat ik mijn jas in de kliniek heb laten hangen. Maar dat doet er niet toe. Een gloeiend gevoel vanbinnen houdt me warm en daar kan deze koude maartavond niets aan veranderen. Mijn eigen leven kan ik niet redden, maar misschien heb ik wel dat van Monica gered.

Als ik bijna bij de kliniek ben, trekt een beweging rechts van me mijn aandacht. Mijn hartslag schiet omhoog en adrenaline raast door me heen als ik twee sjofel-uitziende mannen uit een steeg tussen twee huizen zie stappen. Het licht van de straatlantaarns wordt in het lemmet van hun messen weerkaatst.

'Je tas,' snauwt de grootste van de twee met een gebaar met zijn mes.

Zelfs vanaf deze afstand kan ik zijn walm van zweet, alcohol en braaksel ruiken.

'Geef op, trut. Nu.'

Ik begin in de tas graaien, maar mijn vingers beven en de tas valt van mijn schouder.

'Stomme teef! Geef hier!' sist hij hysterisch.

Ik besef dat hij high is. Meth? Coke? Wat het ook is, hij is volkomen labiel en zijn partner, die nu staat te kakelen als een hyena, ongetwijfeld ook. Ik moet ze kalmeren. En snel ook. 'Wacht, jullie krijgen hem. Beloofd.' Trillend kniel ik op de straat om de tas te pakken, maar voor ik kan opstaan, gebeurt er van alles tegelijk.

Naar adem snakkend val ik achterover als een grote, donkere figuur zich op mijn aanvallers stort met een snelheid en souplesse die haast bovennatuurlijk lijken. Ze verdwijnen met z'n drieën in de steeg en ik hoor twee keer een paniekerige schreeuw, gevolgd door een vreemd gegorgel. Dan klinkt er een metalig gekletter. Twee keer achter elkaar.

O, God. O, lieve hemel. O, God.

Ik krabbel achteruit en merk nauwelijks dat ik mijn handen openhaal aan het asfalt als mijn redder uit de steeg tevoorschijn komt. Achter hem liggen de twee mannen verwrongen op straat, als marionetten zonder touwtjes. Onder hun lichamen zie ik een donkere vloeistof glinsteren en de koperachtige geur van bloed vult de lucht, naast iets smerigers. Hij heeft ze gedood, besef ik verbijsterd. Hij heeft ze verdomme gewoon *vermoord*.

Angst geeft me vleugels en ik spring op, klaar om te schreeuwen. Maar voor ik geluid kan uitbrengen, stapt de donkere figuur in het licht van de straatlantaarn. Zijn gezicht is exotisch knap... en bekend.

'Hebben ze je pijn gedaan?' Peter Sokolovs stem is even hard als zijn metaalachtige blik.

Opnieuw voel ik me als verlamd: doodsbang maar niet in staat om te bewegen terwijl hij op me afkomt. Zijn zware wenkbrauwen zijn samengetrokken tot een dreigende frons. Het is het gezicht van een moordenaar, dat van het monster onder het menselijke masker, maar ik zie nog iets anders. Iets dat op... bezorgdheid lijkt. 'Ik...'

Ik weet niet wat ik wilde zeggen, maar het volgende moment lig ik in zijn armen en word ik zo hard tegen zijn borst geperst dat ik nauwelijks nog adem krijg. De hitte van zijn grote lichaam omringt me, beschermt me tegen de ijzige wind. Daardoor besef ik hoe koud ik het heb, hoe bevroren ik vanbinnen ben. De horror van wat ik zojuist heb gezien is nog niet eens tot me doorgedrongen, maar nu al begin ik gevoelloos te worden. Mijn gedachten worden sloom als de kou dieper in mee doordringt en me voor het trauma verdooft. *Shock*, is mijn automatische diagnose. Ik raak in shock.

'Stil, *ptichka*. Alles is goed. Het komt allemaal goed.' Peters stem is laag en troostend.

Zijn greep verzacht zich tot hij me alleen nog verrassend teder vasthoudt en ik besef dat het vreemde geluid dat ik hoor uit mijn eigen mond komt. Ik heb moeite met ademhalen en mijn keel knijpt dicht als bij een paniekaanval. Nee, niet zoals bij een paniekaanval... dit ís een paniekaanval.

Hij herkent het blijkbaar ook, want hij stapt naar achteren en kijkt me met zijn grijze ogen bezorgd aan. 'Diep ademhalen,' beveelt hij. Zijn handen verstrakken om mijn schouders. 'Haal eens diep adem, Sara. Langzaam en diep inademen. Zo, ja, *ptichka*. Nog een keer. Diep ademhalen.'

Ik luister naar zijn stem alsof hij mijn therapeut is en langzaam verdwijnt het verstikkende gevoel. Mijn ademhaling wordt weer normaal. Daar concentreer ik me op, op normaal ademhalen – niet op nadenken, want als ik ga nadenken over wat er zojuist gebeurd is en ik naar die steeg kijk en daar die lichamen zie liggen, dan ga ik van mijn stokje.

'Zo, ja. Goed zo.' Hij trekt me weer tegen zich aan. Zijn grote hand streelt mijn haar en mijn gezicht wordt tegen zijn borst gedrukt. 'Je bent in orde, *ptichka*. Alles is goed.'

Goed? Ik wil tegelijkertijd lachen en gillen. In wat voor wereld zijn twee dode lichamen in een steeg goed? Ik beef van zowel de wind als de shock en ik weet dat ik ieder moment opnieuw kan instorten. Bloed en verwondingen zijn mij niet vreemd en ik heb mensen zien sterven in het ziekenhuis, maar de manier waarop die mannen daar liggen, zo verfomfaaid alsof ze niets zijn, alleen zakken vlees en botten... Ik dwing mijn brein te stoppen, maar opnieuw voelt mijn keel pijnlijk strak aan en begin ik harder te trillen.

'Stil maar,' sust Peter me. Hij wiegt me zachtjes. Hij kan mijn gebibber voelen. 'Ze kunnen je niets meer doen. Het is voorbij. Het is allemaal voorbij. Kom, dan gaan we naar huis.'

Ik open mijn mond om te protesteren, om erop te staan dat we de politie of een ambulance bellen, maar voor ik iets kan zeggen, bukt hij zich en tilt me op. Het gaat moeiteloos, alsof ik zo licht als een veertje ben. Alsof het normaal is om een vrouw die tegen een paniekaanval vecht zo weg te dragen bij een plaats delict vandaan. Alsof hij dit iedere dag doet – wat naar mijn weten best zou kunnen.

Eindelijk vind ik mijn stem terug. 'Zet me neer.' Het is een ijle fluistering, maar het is beter dan niets. Ook heb ik weer wat gevoel in mijn handen en ik duw tegen zijn schouders terwijl hij verder loopt. 'Alsjeblieft. Ik kan wel lopen.'

'Het is goed.' Hij kijkt me geruststellend aan. 'We zijn er bijna.'

'Waar?' wil ik vragen, maar dan zie het: een zwarte SUV, een straat verder geparkeerd dan de kliniek.

Een lange man met een volle zwarte baard staat ertegenaan geleund. Als we er zijn, zegt Peter iets tegen hem in een vreemde taal. Het klinkt zacht en dringend.

De man reageert in dezelfde taal – het is Russisch, besef ik versuft – en haalt dan een moderne smartphone uit zijn zak, waarna hij er snel overheen begint te vegen. Hij houdt hem bij zijn oor en ratelt meer rap Russisch af.

Intussen opent Peter het portier en zet me voorzichtig op de achterbank.

Mijn martelaar heeft niet gelogen over zijn team. Deze man moet een van zijn teamleden zijn.

'Ik kom zo bij je, *ptichka*,' prevelt Peter in het Engels. Met weer zo'n bizar teder gebaar strijkt hij mijn haren uit mijn gezicht en dan trekt hij zich terug en sluit het portier achter zich.

Ik ben nu alleen in de warme auto. Even blijf ik zitten en kijk toe hoe hij met de bebaarde man praat; dan kom ik in actie. Ik gooi het portier aan de andere kant open en val bijna uit de auto in mijn haast om weg te komen. Mijn gedachten en reactievermogen zijn nog altijd traag door de shock, maar ik ben voldoende hersteld om één ding heel goed te begrijpen: voor mijn ogen zijn twee mannen vermoord en als ik niets doe, ben ik medeplichtig aan hun dood.

De koude wind brandt in mijn keel en longen terwijl ik naar de kliniek sprint. Achter me hoor ik een schreeuw en snelle voetstappen. Ze komen achter me aan! Ik kan alleen maar hopen de kliniek te bereiken voor ze me te pakken hebben. Peter wordt gezocht en zal dus het risico op ontdekking wel niet willen nemen. Zodra ik vellig binnen ben, kan ik op adem komen en bedenken wat ik moet doen en hoe ik de politie moet laten weten wat er gebeurd is.

Ik ben nog geen dertig meter van de kliniek verwijderd als een harde arm zich om mijn middel sluit en een sterke hand mijn gil smoort.

'Je vindt het fijn als ik achter je aan zit, is het niet?' gromt een bekende stem in mijn oor.

Dan hoor ik een auto aankomen. Ik doe mijn best om me los te worstelen door tegen Peters schenen te schoppen en aan zijn hand te klauwen, maar het heeft geen zin. Ik hoor dat een autoportier geopend wordt en dan duwt Peter me de auto in, veel minder voorzichtig dan eerst.

'*Yezhay*,' blaft hij tegen de bebaarde chauffeur, en meteen racet de wagen weg, de kliniek en de plaats delict achter zich latend.

29

*P*eter

'Yan en Ilya zijn ermee bezig,' vertelt Anton me in het Russisch terwijl hij rechtsaf slaat, Sara's straat in. 'Zij waren er als eerste bij.'

'Mooi.' Ik werp een blik op Sara, die doodsbleek en zwijgend naast me op de achterbank zit. 'Zeg ze dat ze de overblijfselen volledig laten verdwijnen. We willen niet dat iemand ergens iets vindt. Daarnaast moeten ze haar auto naar haar huis brengen.'

'Ja, dat weten ze.' Anton vangt via de achteruitkijkspiegel mijn blik. 'Wat ga je met haar doen? Je hebt haar echt bang gemaakt.'

'Daar verzin ik wel iets op.' Ik ben blij dat Sara ons niet kan verstaan, want anders zou ze nog banger zijn. Ik had die verslaafden niet voor haar ogen moeten vermoorden, maar ik verloor de controle omdat ze haar met een mes bedreigden. Het enige wat ik nog voor me zag, was Tamila's kapotte, bebloede lichaam op de grond. Het idee dat Sara dat ook zou kunnen gebeuren als ik er niet was geweest, als een van die zwervers haar had vermoord, dreef me over het randje. Het was geen bewuste beslissing; mijn instinct nam het over. Het kostte me maar een paar seconden om hen te ontwapenen en hun keel door te snijden. Tegen de tijd dat hun lichamen de grond raakten, was het al te laat. Sara had hen zien sterven. Ze zag mij hen vermoorden.

'Wil jij de rest van de nacht Ilya's dienst overnemen?' vraag ik Anton als hij voor Sara's huis stopt. Het huis ligt afgelegen ten opzichte van de buren en de grote eiken die de oprijlaan overschaduwen, zorgen voor een beschut gevoel, wat in situaties als deze ideaal is. Het is jammer dat ze het huis wil verkopen; ik ben erop gesteld geraakt.

'Geen probleem,' zegt Anton. 'Ik zal in de buurt blijven. Blijf je tot de ochtend?'

'Ja.' Ik kijk naar Sara. Ze zit nog altijd recht voor zich uit te staren en lijkt niet door te hebben dat de wagen gestopt is. 'Ik blijf bij haar.' Ik pak haar hand en zeg in het Engels: 'We zijn er, *ptichka*. Kom, we gaan naar binnen.'

Haar slanke vingers voelen ijskoud aan; ze is nog altijd in shock. Maar als ik haar de auto uit help, kijkt ze me aan en vraagt hees: 'En de kliniek dan?'

'Wat is ermee?'

'Ze zullen zich afvragen wat er met me gebeurd is.'

'Nee, hoor.' Ik haal haar telefoon uit mijn zak. Tijdens de rit heb ik hem uit haar tas gehaald. 'Ik heb ze dit gestuurd.' Ik laat haar een berichtje zien over een noodgeval in het ziekenhuis.

'O.' Ze kijkt me verbijsterd aan. 'Heb jij dat gestuurd?'

Ik knik en steek de telefoon weer in mijn zak. Dan leid ik haar naar het huis. 'Je was nogal afwezig tijdens de rit.' Dat is een understatement, want eenmaal in de auto stopte ze met worstelen en werd ze haast catatonisch.

Ze knippert met haar ogen. 'Maar die lichamen dan?'

'Ook dat is geregeld,' sus ik haar. 'Er is geen enkel verband tussen jou en wat daar gebeurd is. Je bent veilig.' Sara huivert en ik breng haar snel naar binnen. Ook de sleutels heb ik eerder al uit haar tas gehaald.

Ik heb zelf ook een paar sleutels. Die heb ik een maand geleden laten maken toen ik terugkwam, maar ik heb liever dat Sara dat niet weet. Het zou irritant zijn als ze de sloten nog een keer vervangt en ik weer nieuwe sleutels moet laten maken. 'Ga zitten,' zeg ik terwijl ik haar naar de bank breng. 'Ik zal een kop kamillethee voor je zetten.'

'Nee, ik...' Ze wringt zich los. 'Ik moet mijn handen wassen.'

'Oké.' Ik herinner me dat ze daar iets mee heeft. 'Ga je gang.'

Ze verdwijnt de hoek om in de richting van de badkamer.

Ik loop naar de keukenkraan om daar mijn handen te wassen. Ik ben voorzichtig geweest toen ik de mannen de keel doorsneed om niet met bloed besproeid te worden, maar toch zie ik een paar rode spetters op mijn onderarmen. Hopelijk heeft Sara ze niet gezien. Ik was mijn handen en onderarmen en zet vervolgens de waterkoker aan.

Als het water gekookt heeft, zet ik twee mokken thee en zet die op de tafel. Sara is nog niet terug, dus loop ik richting de badkamer. Ik klop op de deur. 'Is alles in orde?'

Geen antwoord, alleen het geluid van lopend water. Bezorgd beweeg ik de deurklink, maar de deur zit op slot. 'Sara?'

Geen antwoord.

'Sara, doe open.'

Niets.

Ik haal diep adem om te kalmeren en zeg zachter: '*Ptichka*, ik weet dat je overstuur bent, maar als je nu niet opendoet, moet ik de deur intrappen.' Of het slot openen met een loper, maar dat zeg ik niet. De deur intrappen klinkt veel dreigender.

Het water stopt met lopen, maar de deur blijft op slot.

'Sara. Ik tel tot vijf. Eén. Twee. Drie...'

Het slot klikt.

Opgelucht duw ik de deur open... en dan besef ik dat ik reden had tot zorg. Sara zit op de vloer, haar rug tegen de badkuip en haar knieën opgetrokken. Ze maakt geen geluid, maar ze trilt en tranen lopen over haar gezicht. *Verdomme.* Ik had ze echt niet moeten doden waar ze bij was. 'Sara...' Ik kniel naast haar en ze schuift van me weg. Maar die reactie negeer ik; ik pak haar zachtjes bij een arm en trek haar tegen me aan. 'Ik zal je geen pijn doen, *ptichka*,' fluister ik in haar haren als ze heviger begint te trillen. 'Bij mij ben je veilig.'

Ze brengt een gesmoorde snik uit, dan nog een en nog een. Ineens slaat ze haar armen om mijn nek en begint uit volle borst te huilen.

Ik wrijf troostend over haar rug terwijl ze schokt van het snikken en ze grijpt me nog steviger vast. Haar gezicht rust tegen mijn hals. Ik voel haar tranen op mijn huid en ik moet ineens terugdenken aan die keer in de keuken toen ik haar probeerde te kalmeren na het waterboarden. Die herinnering maakt me misselijk. Ik kan me nu niet voorstellen dat ik haar zoiets aan zou doen, dat ik haar om welke reden ook pijn zou doen. Ze is niet langer gewoon een mens voor me; ze is mijn bestaansreden en ik zal haar tegen alles en iedereen beschermen.

Het duurt lang voordat haar gesnik afneemt. Mijn benen voelen verkrampt aan als ik uiteindelijk opsta en haar zachtjes omhoog trek. 'Kom,' prevel ik, een ondersteunende arm om haar heen geslagen als ik haar de badkamer uit help. 'Laten we een kopje thee drinken en je dan lekker in bed stoppen. Je moet uitgeput zijn.'

Ze snikt nog een keer en fluistert dan hees: 'Geen thee.'

'Oké, geen thee. In dat geval lijkt het me tijd dat je gaat slapen.' Ik buk me iets om haar op te tillen.

Ze protesteert niet; in plaats daarvan legt ze haar hoofd tegen mijn schouder en slaat haar armen om mijn nek.

Haar ademhaling klinkt onregelmatig van al dat huilen, maar ze is wel kalmer nu. Dat vind ik fijn, net als de behoeftige manier waarop ze me vast heeft. Ik weet niet of het de naweeën van het trauma zijn of dat ze haar verzet langzaam aan het opgeven is, maar nu ze me zo vast heeft, zo zonder angst of wantrouwen, krijg ik een warm gevoel vanbinnen dat de ijzige leegte rond mijn hart een beetje vermindert. Sara geeft me het gevoel dat ik leef en daar wil ik meer van ervaren.

ara

HIJ GAAT VOORZICHTIG MET ME OM IN DE DOUCHE. ZIJN aanrakingen zijn teder, maar volledig platonisch als hij me van top tot teen wast. En omdat ik tot meer niet in staat ben, blijf ik gewoon staan. Niets raakt me nog: niet mijn eigen naaktheid, niet de zijne. Nu die storm aan emoties voorbij is, voel ik me leeg. Uitputting vlakt al mijn gedachten en gevoelens af. Verlangen, spanning en angst bestaan niet meer; het enige dat me nog rest, is schuldgevoel. Een afschuwelijk, vernietigend schuldgevoel omdat weer twee mannen zijn gestorven en dat mijn schuld is. Ze zijn dood omdat ik een moordenaar in mijn leven toeliet en zijn obsessie heb aangewakkerd.

Het is me nu volkomen duidelijk en ik begrijp niet

dat ik het eerder niet zag. Ik ben giftig, een gevaar voor iedereen om me heen. Vandaag waren het twee drugsverslaafden, maar morgen zijn het misschien mijn vrienden. Mijn familie. Niemand is veilig zolang Peter achter mij aanzit en alles wat ik tot dusver heb gedaan, heeft zijn obsessie alleen maar aangewakkerd. Vanaf het begin af aan heb ik het verkeerd aangepakt en daar hebben twee mannen voor moeten sterven.

'Kom er maar uit,' beveelt Peter, en ik stap uit de douche, waarna hij een dikke handdoek om me heen slaat. Hij droogt me af zoals iemand een kind zou afdrogen en ik sta het toe omdat ik te uitgeput ben om iets anders te doen. Trouwens, dit alles – uithuilen in zijn armen, me aan hem vastklampen, hem voor me laten zorgen – past goed bij de nieuwe strategie die ik ga toepassen.

Hij wil me? Dan zal hij me krijgen. Het is niet bepaald briljant en het is ook niet zeker of het werkt. Het kan zelfs een averechtse uitwerking hebben, maar ik heb weinig te verliezen. Ik heb geprobeerd hem weg te duwen en hij is er nog. Hij vormt nog steeds een bedreiging. Ik zal iets anders moeten proberen. Ik moet ervoor zorgen dat hij zijn interesse in me verliest.

Het gesprek dat ik tijdens het ontbijt met mijn vriendinnen had, heeft me dat idee gegeven. Stel dat ze gelijk hebben en mijn houding van 'ijsprinses' mijn stalker juist aantrekt? Stel dat hij me alleen maar wil omdat ik hem op afstand houd?

De snelste manier om een man te verliezen is door met hem naar bed te gaan. Het klinkt stom, maar Andy's moeder is niet de enige vrouw die dat denkt. Ik heb dat zinnetje al zo vaak gehoord, meestal van moeders van zwangere tieners die hun kinderen willen leren geen seks te hebben in plaats van hen voor te lichten over voorbehoedsmiddelen. Het is een ouderwets, seksistisch beeld van de dynamiek tussen mannen en vrouwen, want het beledigende uitgangspunt is dat vrouwen net toiletpapier zijn: je gebruikt het en gooit het dan weg.

Altijd heeft dat zinnetje me geïrriteerd, maar ik weet dat er inderdaad mannen zijn die zo met vrouwen omgaan: ze jagen hen na tot ze met hen naar bed gaan en daarna verliezen ze hun interesse. Maar dat komt niet omdat ze vinden dat vrouwen 'puur' moeten zijn. Tenminste, de meesten niet. Zulke mannen houden gewoon van de jacht. Ze genieten van de spanning en zodra hun doel bereikt is, gaan ze op zoek naar het groenere gras aan de overkant.

Ik weet niet of dit ook van toepassing is op mijn stalker, maar het zou wel goed kunnen. Hij is verbijsterend knap en er ongetwijfeld aan gewend dat vrouwen bij bosjes voor zijn gevaarlijke alfamanuitstraling vallen. Ik heb nog nooit zo iemand gekend, maar die arrogantie herken ik wel: populaire atleten, Wall Street-bazen en mannelijke chirurgen met te dikke bankrekeningen hebben die ook. Zulke mannen, die bovenaan in de voedselketen staan, zien elke vorm van tegenzin als een uitdaging: het intrigeert ze en laat ze harder achter een vrouw aanjagen in plaats van hun interesse uit te doven.

Als dat zo is – en dat hoop ik maar – is de makkelijkste manier om van Peter Sokolov af te komen hem precies te geven wat hij wil: mij, gewillig in zijn bed. Om de een of andere reden lijkt de Russische moordenaar verkrachting als een harde grens te zien en forceert hij zich liever mijn leven binnen. Het is dus aan mij om het groene licht te geven. Als ik wil dat er een einde komt aan deze nachtmerrie, zal ik vrijwillig met mijn martelaar moeten vrijen.

'Kom, ga liggen,' zegt Peter als we naar het bed lopen. Hij pelt de handdoek van me af en helpt me in bed. 'Morgenochtend voel je je beter, dat beloof ik.'

Opnieuw is zijn aanraking platonisch en zelfs bijna klinisch te noemen, maar ik weet dat hij me wil. Ik kan zijn erectie zien als hij naast me in bed klimt, ik voel de spanning in zijn lichaam als hij het licht uitdoet en me tegen zich aan trekt en me met zijn warme lichaam omhult. Hij wil me, maar hij zal me niet nemen tot ik toestemming geef.

Ik blijf even stil liggen en probeer mezelf zover te krijgen dat ik het ga doen. Mijn maag voelt aan alsof hij met zichzelf in gevecht is en uitputting ligt als een zware deken over me heen. Mijn ogen branden van het huilen en mijn hoofd bonst. Seks is wel het laatste wat ik wil, maar misschien is dat juist een goede reden om het vanavond te doen. Misschien voel ik me minder slecht erover als ik er niet van geniet. Ik zet mezelf schrap en duw mijn achterste dan tegen Peters kruis.

Hij verstijft en zijn ademhaling versnelt.

Ik herhaal die beweging en wrijf me tegen hem aan,

terwijl ik net doe alsof ik probeer het me gemakkelijk te maken. Die gespierde arm om mijn middel biedt me weinig ruimte, maar dat geeft niet. We zijn allebei naakt en iedere keer dat we elkaar raken, voelt het als een stroomschok. Mijn zenuwen zijn tot het uiterste gespannen. Het is zo donker in de slaapkamer dat ik niets kan zien, maar ik voel de harde haartjes op zijn benen tegen mijn dijen en ik ruik zijn schone mannengeur. Mijn eigen ademhaling versnelt en mijn hart bonst als zijn penis nog harder wordt en als de loop van een wapen tegen mijn achterste duwt.

Ja, zo. Kom op.

Ik negeer de angst die mijn keel dichtknijpt en beweeg nogmaals met mijn heupen. Me omdraaien en mijn armen om hem heenslaan is geen optie, maar misschien is een beetje aanmoediging wel voldoende om hem te breken en dan neemt hij mij. In dat geval zal ik niet protesteren; dan doe ik niets om hem tegen te houden. Ik zal hem me laten nemen en misschien doe ik zelfs wel of ik het lekker vind, zodat ik ook in die zin geen uitdaging ben. Ik blijf gewoon liggen en dan is het voorbij. Ik zal een gewillige maar saaie bedpartner spelen, dan zal hij me wel zat zijn.

Tenminste, dat is het plan. Maar als ik zo tegen hem aan schuur, merk ik dat mijn uitputting wordt weggevaagd door een warm gevoel diep in mijn binnenste. In de duisternis is het makkelijk om net te doen alsof dit niet echt is, alsof ik gewoon weer zo'n verwrongen nachtmerrie heb.

'Sara, *ptichka...*' Zijn hese fluistering klinkt

gesmoord. 'Als je wilt gaan slapen, moet je stoppen met bewegen.'

Even houd ik me stil; dan duw ik mezelf opnieuw tegen hem aan. 'Maar wat als...' Ik laat mijn tong over mijn droge lippen glijden. 'Wat als ik niet wil gaan slapen?'

Peters lichaam verstijft; zijn arm spant zich strak om mijn ribben.

Heel even ben ik bang dat hij gaat weigeren, dat hij me ondanks alle tekenen van het tegenovergestelde toch niet wil, maar dan word ik op mijn rug gerold.

Zijn gewicht duwt me tegen de matras en hij doet het licht aan.

Verblind door het licht knipper ik met mijn ogen. Als ik zijn gezicht scherp kan zien, realiseer ik me dat hij zijn grijze ogen toegeknepen heeft. Zijn kaak staat strak en hij duwt zichzelf op één elleboog op. Hij ziet eruit alsof hij woedend is en één afschuwelijke seconde lang vraag ik me af of ik het verkeerd begrepen heb en ik een enorme fout heb gemaakt.

'Probeer je een spelletje met me te spelen, Sara?' Zijn klinkt laag en hard, met een sterker accent dan normaal. Hij pakt me bij mijn polsen en duwt ze met één hand boven mijn hoofd tegen het kussen. 'Probeer je te kijken hoe ver je kunt gaan?'

Als ik hem aankijk, voel ik een duistere rilling door me heen gaan. Dit lijkt zoveel op mijn dromen dat het griezelig is. Tegelijkertijd is het anders. Mijn benevelde brein zag hem als een hard, wreed monster, maar dat klopte niet. Er iets niets monsterlijks aan het dodelijk knappe gezicht dat op me neerkijkt. In mijn dromen miste de kracht van zijn magnetische aantrekkingskracht, de sensuele zachtheid van zijn lippen, de sterke, nobele vorm van zijn neus, de manier waarop zijn donkere wenkbrauwen boven die metaalachtige grijze ogen samentrekken... Mijn stalker is waanzinnig knap en nu ik hier zo lig, onder zijn harde, warme lichaam, verandert die trilling in iets anders, iets duisters. Iets dat verboden is. Mijn tepels worden hard en een golf warmte slaat door me heen. Mijn innerlijke spieren trekken spontaan samen van verlangen.

Ik wil deze man niet. Dat kan niet.

Maar ik weet dat het een leugen is, alleen een wens. Wat het ook is dat hem in mij aantrekt, de aantrekkingskracht tussen ons werkt twee kanten op en is even sterk als onlogisch. Ik wil hem wél. Erger nog, ik heb hem nodig. Mijn lichaam interesseert het niets dat hij zojuist voor mijn neus twee mensen heeft gedood of dat ik hem totaal veracht. Ik walg niet van zijn aanraking; in tegendeel, hij windt me op en dat gevoel wordt versterkt door de intimiteit die hij me de afgelopen dagen heeft opgedrongen en het verwrongen genot dat ik in zijn armen heb ervaren, evenals de onnatuurlijke, perverse tederheid die er helemaal niet hoort te zijn in deze gewelddadige band tussen ons.

Hij wacht nog altijd op antwoord en ik weet dat ik kan terugkrabbelen, dat ik net zou kunnen doen alsof hij me verkeerd begrepen heeft. Maar dan blijft hij me stalken en ondergraaft hij elke dag weer mijn verzet tot ik toegeef. En intussen breng ik iedereen die ik ken in gevaar. 'Het is geen spelletje,' fluister ik in de gespannen stilte die er hangt. 'De condooms liggen in het nachtkastje.'

Als hij diep ademhaalt, spant hij zijn vingers om mijn polsen.

Ik kan precies zien wanneer tot hem doordringt wat ik precies bedoel.

Hij spert zijn neusgaten en zijn pupillen verwijden zich, waardoor de woede op zijn gezicht verandert in een masker van duister, ongeremd verlangen. Met zijn vrije hand reikt hij in het nachtkastje en pakt het doosje condooms eruit. Met zijn tanden scheurt hij er eentje open en rolt het condoom om zijn grote erectie.

Mijn hart begint te bonzen en angst grijpt me, maar het is al te laat.

Peter buigt zijn hoofd en drukt zijn lippen op de mijne.

Sara

IK WEET NIET PRECIES WAAROM, MAAR IK HEB SIMPELWEG nooit verwacht dat hij me zou kussen zoals een dorstige in de woestijn zich aan een bron zou laven. Zo voelt het namelijk: alsof hij me in zich opneemt, mijn essentie de zijne maakt. Zijn lippen en tong storten zich op de mijne en ik krijg geen adem meer. Zijn vrije hand begraaft zich in mijn haar om me op mijn plek te houden voor die verscheurende kus.

Maar hij neemt niet alleen, hij geeft ook. Hij schenkt me zoveel genot dat ik erdoor overweldigd raak. Zijn geur en smaak en lichaam overweldigen me. Hij kust me tot ik in vuur en vlam sta en me nauwelijks nog kan herinneren hoe het was om hem niet te kussen, om zijn warme, naar mint smakende adem niet te proeven. Hij kust me tot ik niet meer weet wie of wat we zijn en ik me blind van verlangen tegen hem aan krom in een wanhopige poging meer van hem te voelen, meer van dat duizelingwekkende, verzengende genot te ervaren. Mijn vingertoppen tintelen, zo stevig heeft hij mijn polsen vast, en zijn lichaam drukt zwaar op het mijne, maar toch wil ik meer. Ik wil mezelf verliezen in zijn genadeloze omarming, in hem verdwijnen en in hem opgaan.

Hij laat mijn lippen los om brandende kussen op mijn gezicht en hals te drukken en ik snak naar adem. Mijn hart bonst en ik heb kippenvel van genot. Bij iedere inademing strijken mijn tepels langs zijn gespierde borst. Ik voel vocht tussen mijn dijen; mijn lichaam is klaar voor hem, voor een daad die ik niet zou moeten willen... waar ik niet zo intens naar zou moeten verlangen.

Hijgend tilt hij zijn hoofd op en ik zie diezelfde honger in zijn zilveren blik, een duister verlangen vermengd met iets verontrustend bezitterigs. Zijn hand laat mijn haar los en glijdt naar mijn borst.

'Sara...'

Mijn naam komt als een zucht over zijn lippen als hij zijn duim over mijn haast pijnlijke tepel laat glijden.

'Je bent zo mooi, *ptichka*... alles waar ik van droomde en meer.'

Zijn vurige woorden vullen me met een warmte die recht naar mijn kern lijkt te schieten... en alarmbellen in mijn hoofd af laten gaan. Dit lijkt te sterk op een liefdevolle romance. Als zijn knie mijn benen uiteen duwt, trekt de sensuele mist die me omringt even op.

Ineens besef ik wat er gebeurt. Afschuw dooft mijn verlangen. Waar ben ik mee bezig? Hoe kan ik hiervan genieten? Het is één ding om stoïcijns de aanrakingen van een monster te verdragen om anderen te helpen, maar hem echt willen – hem te laten doen alsof we geliefden zijn – is ziek. Complete waanzin. Zelfs met mijn polsen in zijn greep kan ik mezelf niet voorhouden dat ik dit niet wil, dat mijn lichaam niet naar hem snakt.

Zijn brede eikel duwt tegen mijn schaamlippen en mijn ademhaling wordt oppervlakkig als mijn spieren zich spannen. Ik kan dit niet – niet zo. Dit lijkt te veel op de liefde bedrijven. Zijn grijze ogen branden nog altijd vol passie in de mijne en ik weet dat ik hem moet vertellen dat hij moet ophouden, dat dit niet...

Met één harde stoot boort hij zich in me.

Ik vergeet wat ik wilde zeggen. Ik vergeet alles, op de krachtige, brute ervaring van zijn penis in mijn lichaam na. Zijn hardheid dwingt mijn strakke binnenste uit elkaar en ondanks mijn opwinding schrijnt het als hij dieper in me doordringt en die verstijfde spieren negeert. Het is lang geleden dat ik een man in me heb gehad en hij is in alle opzichten groter geschapen dan George. Mijn hart bonst hevig als mijn lichaam zijn ruwe penetratie langzaam toestaat. Met een mengeling van teleurstelling en opluchting stel ik vast dat mijn angst ongegrond was: dit lijkt totaal niet op de liefde bedrijven.

Als hij helemaal in me zit, stopt hij.

In zijn ogen brandt een duistere honger en een nieuwe soort spanning ontwaakt in mijn lichaam, een spanning die de laatste restjes opwinding verdrijft en mijn vastberadenheid versterkt. Nog altijd is hij aantrekkelijk, maar nu zie ik het monster dat achter dat knappe gezicht schuilgaat, de moordenaar die mij heeft gemarteld en mijn leven heeft verziekt. Niet langer twijfel ik over mijn gevoelens; niet langer zijn ze tweeledig. Mijn stalker, de man die ik haat, schendt mijn lichaam en daar ben ik blij om. Daar ben ik oprecht blij om, want zijn wreedheid is minder pijnlijk dan zijn tederheid, zijn meedogenloosheid minder beangstigend dan zijn genade. Ik haal diep adem om me schrap te zetten voor een ruwe neukpartij, maar hij beweegt niet. Zijn gezicht staat strak van verlangen en zijn lichaam is zo gespannen dat hij trilt, maar hij stoot niet in me en ik besef dat hij mijn ongemak heeft opgemerkt. Hij geeft me tijd om aan hem te wennen.

Op zijn manier is hij lief voor me – en dat is wel het laatste wat ik wil. Ik verzamel mijn moed en laat mijn tong over mijn lippen glijden. De lust in zijn ogen neemt toe. 'Doe het,' fluister ik, en ik span de spieren in mijn vagina aan. Ik voel hem in me, hard, groot en gevaarlijk. 'Doe het gewoon.'

Hij kijkt op me neer en ik voel het innerlijke gevecht tussen het monster en de man. Ik ben niet de enige die zich verscheurd voelt. Er is een deel van Peter dat me haat, dat mij als een constante herinnering aan de ellende in zijn leven ziet. Hij wil me, maar hij wil me ook pijn doen, me laten boeten voor wat er met zijn vrouw en zoontje gebeurd is.

Misschien beseft hij het zelf niet, maar ik weet het. Ik kan het voelen. Die connectie tussen ons is gesmeed door verlies en pijn; de intimiteit tussen ons is ontstaan door marteling. Er is niets normaals aan de lust die hij voor mij voelt; die is even verwrongen als mijn reactie op hem. Zijn wraak is wat ons bindt en geen enkel teder gebaar kan dat veranderen.

Ik zie het moment waarop het monster het gevecht wint. Peters kaak verstrakt zich als hij zich deels uit me terugtrekt en dan weer hard in me stoot.

'Is dit wat je van me wilt?' Zijn stem is laag en hees; zijn grijze ogen worden steeds duisterder.

Hij beweegt zijn heupen en ik snak naar adem als hij dieper in me doordringt en zijn hand zich om mijn polsen spant.

'Vertel, Sara. Is dit wat je wilt?'

Ik kan nee zeggen en de man het monster laten temmen, maar ik heb mijn keuze gemaakt en zal daar niet op terugkomen. Misschien is deze laatste wraakactie precies wat we nu allebei nodig hebben, de afstraffing waarmee ik vergiffenis kan verdienen. Als hij zijn duisternis op mij loslaat, kunnen we misschien allebei vrij zijn. 'Ja,' fluister ik. Ik zet me schrap. 'Dat is precies wat ik wil.'

eter

Ik weet niet wat ik verwacht had, maar bij het zien van de haat in Sara's bruine ogen verdwijnen al mijn fantasieën. De leugens smelten als ijs onder de harde zon van de waarheid. Haar lichaam reageert op het mijne, maar ik ben nog altijd haar vijand en zij is de mijne.

Zelfs nu haar zijdezachte kutje mijn bonzende erectie omsluit, is het verlangen in mijn bloed vermengd met geweld. Mijn lust voor haar is duisterder dan alles wat ik dusver ervaren heb. Ik wil haar niet gewoon neuken, ik wil haar openscheuren, mijn wraak op haar delicate lichaam botvieren. 'Sara...' Ik klamp me vast aan de laatste restjes gezond verstand als een blind rood waas over me neerdaalt en een wilde lust mijn controle ondermijnt. 'Je weet niet wat je...'

'Doe het verdomme,' fluistert ze nogmaals.

Haar blik is tartend en mijn zelfbeheersing breekt. Met een lage, hese grom trek ik me terug en stoot ik diep in haar. De manier waarom haar kutje paniekerig samenklemt als haar kwetsbare weefsels me de ruimte geven, registreer ik nauwelijks. Ze mag dan nat zijn, ze is strak, bijna zoals een maagd. Zelfs door mijn waas van lust heen besef ik wat dat betekent.

Ze heeft al een tijd geen seks meer gehad. Haar laatste minnaar moet haar man geweest zijn. De man wiens arrogantie mijn zoon doodde.

Mijn verlangen neemt een duistere wending door die haast pijnlijke, furieuze herinnering, en ik buig opnieuw mijn hoofd om mijn mond op die van Sara te persen. Ditmaal kan ik me niet inhouden en de kus is hard en wild, even heftig als de emoties die door me heen razen. De manier waarop ze aanvoelt, haar zoete geur, de vochtige, zachte textuur van haar mond... alles aan haar maakt me gek. Ik proef bloed als mijn tanden zich in haar kwetsbare onderlip boren. Dat zou me een halt toe moeten roepen of me in elk geval bij zinnen brengen, maar het wakkert mijn verlangen alleen maar aan. Ik heb dit nodig: haar pijn, haar ellende. Het is alsof iemand anders mijn lichaam bestuurt en mijn verlangen naar haar omvormt tot een verlangen om te straffen, haar te laten boeten voor de zonden van haar echtgenoot.

Sara is op deze manier zowel de hemel als de hel.

Het heftige genot van me diep in haar begraven, vermengt zich met de bittere wetenschap dat ik mijn belofte verbroken heb. Ik doe de vrouw die ik wilde helen pijn, de vrouw die me weer tot leven heeft gewekt.

Ik weet niet of het door dat besef of door de tranen op haar gezicht komt, maar de razernij verdwijnt, hoewel mijn opwinding nieuwe hoogten bereikt. Mijn ballen trekken samen en mijn onderrug tintelt, maar ik ben me haast pijnlijk bewust van de dunne botten in mijn greep en de angstige stijfheid in haar lichaam nu ik haar zachte kutje schend.

Haar blik vangt de mijne en ik zie pijn in die hertachtige blik, vermengd met een perverse tevredenheid. Ik maak het haar makkelijk; ik stook het vuur van haar haat op. Dit is wat ze van me verwachtte, wat ze zowel vreesde als verlangde. Zo zal ik niemand anders zijn dan de man die haar pijn heeft gedaan, de man die haar op de wreedste manier heeft misbruikt.

Nee. Verdomme, nee. Ik klem mijn kaken op elkaar en dwing mezelf te stoppen. Ik roep mijn orgasme een halt toe. Dan laat ik haar polsen los, trek me terug en laat me over haar lichaam naar beneden geleden. Het bonzen van mijn erectie negeer ik. Ik nestel me tussen haar benen, pak haar knieën vast en laat mijn hoofd zakken.

'Wat ga je...' begint ze verdwaasd.

Ik laat mijn tong over haar natte, gezwollen plooien glijden en begin haar kutje te likken. Ze is niet zo nat als ik zou willen. Daar ga ik iets aan doen, met ieder beetje vaardigheid dat ik de afgelopen vijfendertig jaar heb opgedaan.

'Wacht, Peter, niet...' Ze probeert me weg te duwen terwijl ik mijn tong naar haar klit laat glijden, en als dat niet lukt, probeert ze haar benen tegen elkaar te doen. 'Dit is niet...'

'Stil.' Met mijn handen op haar knieën hou ik haar benen uit elkaar. 'Ga lekker liggen en ontspan je.'

'Nee, ik...' Ze snakt naar adem en rukt aan mijn haar als ik haar klit in mijn mond neem.

Ik begint er stevig en ritmisch aan te zuigen en de spanning in haar benen neemt af. Ik voel dat ze nat wordt en maak gebruik van het feit dat ze afgeleid is door mijn rechterhand naar haar kutje te brengen. 'Zo, ja, *ptichka*. Ontspan je...' Ik blaas over haar klitje en word beloond door een zacht gekreun, maar dan spannen haar spieren zich weer. Ze probeert het genot te weerstaan, af te wijzen zelfs, maar met mijn elleboog weet ik te voorkomen dat ze mijn hoofd tussen haar benen plet.

Ze hijgt en haar handen klampen mijn haar vast als ik doorga met aan haar klit zuigen. Ik duw twee vingers in haar natte, strakke opening en krom ze tot ik haar zachte, sponsachtige G-spot gevonden heb. Haar kutje klemt zich om mijn vingers heen en haar heupen komen van het bed omhoog als ik harder begin te zuigen. Ik kan voelen hoe dichtbij ze is. Mijn hart bonst hevig en de druk op mijn ballen is haast ondraaglijk, maar ik houd mezelf in tot ik zeker weet dat ik haar tot het randje gebracht heb. Dan pas geef ik toe aan mijn eigen behoefte.

Ik trek mijn vingers uit haar, beweeg me omhoog en duw mijn penis tegen haar gezwollen opening. 'Kom samen met mij,' zeg ik hees. Ik vang haar blik als ik met één harde stoot diep in haar doordring en haar lichaam gehoorzaamt me. Haar strakke, natte kut knijpt om me heen samen als ons orgasme ons overspoelt. Haar mooie ogen worden wazig en haar gezicht vertrekt van genot terwijl haar vingers zich in mijn huid boren. Ik hoor haar hese schreeuw; dan spuit mijn zaad eruit. Het voelt alsof iedere spier in mijn lichaam trilt en mijn longen als blaasbalgen het genot in verzengende golven door mijn lijf blazen. Als ik op haar in elkaar zak, weet ik dat dit het is. Ik zal nooit meer een andere vrouw begeren.

Ik weet niet hoelang het duurt tot de naweeën van het genot zijn weggestorven, maar tegen de tijd dat ik de kracht vind om me overeind te duwen, is tot Sara doorgedrongen wat er gebeurd is. Een blik vol afschuw tekent zich af op haar gezicht. Net als ik hijgt ze en gloeit haar huid met die typische na-de-seks-blos, maar in haar blik zie ik geen genoegen, alleen bittere tranen.

Ze heeft er spijt van en neemt het zichzelf kwalijk, maar dat kan ik niet toestaan. 'Niet doen.' Ik kus haar wangen terwijl de tranen eroverheen lopen en langs haar slapen haar haren in druppen. 'Niet doen, *ptichka*. Neem het jezelf niet kwalijk. Jij hebt niets verkeerd gedaan. Het lag aan mij. Ik heb je pijn gedaan, weet je nog? Ik heb je geen keus gelaten.'

Haar adem ontsnapt beverig terwijl ik kussen op haar gezicht laat regenen. Ik voel haar beven en ze knijpt in de lakens als de tranen niet stoppen. Mijn slapper wordende penis bevindt zich nog in haar en toch probeert ze me niet aan te raken, maar zich af te sluiten en die connectie tussen ons te ontkennen.

Ik wilde haar pijn doen? Dat is me gelukt en het verscheurt me. Ik weet niet wat ik moet doen of hoe ik haar kan kalmeren, dus blijf ik haar zacht strelen en kussen. Mijn honger naar wraak is verdwenen en het enige wat ik nog voel, is spijt. Opnieuw ben ik de oorzaak van Sara's pijn en ditmaal is het nog vele malen erger. Want nu ken ik haar. Ik ken haar en ik geef om haar.

Ze huilt nog steeds als ik me uit haar laat glijden en me in de badkamer van het condoom ontdoe.

Als ik met een vochtig doekje terugkom, heeft ze zich in de dekens op haar zij gerold.

'Hier, ik maak je schoon,' prevel ik, zachtjes aan de deken trekkend. Als ze niet protesteert, strijk ik met het doekje over haar zachte plooien, daarmee haar gezwollen kutje verzachtend en alle sporen van wat we gedaan hebben verwijderend. Ze huilt niet meer, maar haar ogen zijn nog vochtig en zodra ik klaar ben, krult ze zich weer op en trekt de dekens over haar hoofd.

Net als ik weer in bed wil stappen, trilt mijn telefoon. Ik had hem op het nachtkastje gelegd voor het geval er en noodgeval zou gebeuren. Met een frons pak ik hem op en kijk naar het scherm.

Het bericht is van Anton. *Nieuw plan,* staat er. *Velazquez vertrekt over twee dagen naar het Guadalajara-kamp. Het is morgen of helemaal niet meer.*

Ik verbijt een vloek en bedwing de neiging om de telefoon door de kamer te gooien. Over rottige timing gesproken... We hadden net alles geregeld; we zouden over zes dagen toeslaan. Maar als ons doelwit gaat verhuizen, moeten we weer bij het begin beginnen. Het kan weken duren voor we de ins en outs van het kamp in Guadalajara kennen en onze client, een drugsbaas, begint al ongeduldig te worden. Hij wil zo snel mogelijk van Velazquez af; uitstel is geen optie. Anton heeft gelijk. We moeten meteen tot actie overgaan.

Zet het vliegtuig klaar en bereid de spullen voor, stuur ik terug. *We vertrekken morgenochtend vroeg.*

Begrepen, stuurt Anton terug. *Ik neem aan dat je de Amerikanen op haar zet?*

Ja, stuur ik. *Zeg dat ze bij de kliniek in de buurt blijven.*

De vorige keer dat mijn mannen en ik voor een klus het land uit moesten, heb ik een paar locals ingehuurd om Sara tijdens mijn afwezigheid in de gaten te houden en me op de hoogte te houden over haar bezigheden. De mannen staan goed bekend en hoewel ik ze niet zo blindelings vertrouw als mijn eigen mannen, ben ik wel blij met hun diensten. Zij kunnen haar tijdens mijn afwezigheid wel beschermen.

Ik stel een wekalarm in voor over vier uur en klim onder de dekens. Daar trek ik Sara tegen me aan en nestel mijn lichaam tegen het hare. Ze verstijft, maar trekt zich niet los. Ik sluit mijn ogen, adem haar geur in en een vredig gevoel welt in me op.

Er is niets veranderd tussen ons, maar om de een of andere reden ben ik ervan overtuigd dat dat wel gaat gebeuren, dat we dit kunnen oplossen en kunnen slagen, wat 'dit' ook mag zijn. Ik kan me geen leven zonder haar voorstellen, dus dat moet ook wel. Sara is van mij. Ik sterf nog liever dan dat ik haar laat gaan.

33

Sara

EEN AANHOUDEND GEZOEM HAALT ME UIT MIJN SLAAP. Heel even ben ik zo gedesoriënteerd dat ik denk dat het nog midden in de nacht is. Ik rol op mijn zij en graai naar de trillende telefoon. 'Hallo,' kraak ik zonder mijn ogen te openen als ik heb opgenomen. Het voelt alsof mijn wimpers aan elkaar geplakt zijn en mijn hoofd lijkt te zwaar om van het kussen op te kunnen tillen.

'Dokter Cobakis, we hebben een patiënte met een vroeggeboorte en dokter Tomlinson is niet aanwezig in verband met een noodgeval binnen de familie. U bent de eerstvolgende op de lijst. Kunt u snel komen?'

Adrenaline verdrijft de ergste slaperigheid en ik schiet overeind. 'Eh...' Ik knipper de slaap weg en zie dan dat het zonlicht door de gordijnen naar binnen valt. De wekker naast het bed geeft 6:45 aan; over minder dan een uur moet ik toch opstaan. 'Ja. Ik kan er over ongeveer een uur zijn.'

'Bedankt We zien u snel.'

Zodra de roostercoördinator heeft opgehangen, spring ik uit bed om te gaan douchen. Maar ik blijf staan als ik mijn binnenste spieren voel protesteren. De herinneringen aan de afgelopen nacht komen weer boven, verzengend en giftig. Alle restjes slaap zijn nu verdwenen.

Ik heb seks gehad met Peter Sokolov. Hij heeft me pijn gedaan en ik kwam in zijn armen klaar.

Heel even lijken die twee dingen onmogelijk, zoals een sneeuwbui in juli. Ik heb nooit van pijn in bed gehouden, integendeel. Die paar keer dat George en ik wat avontuurlijker deden in bed leidde het partijtje billenkoek dat hij me gaf me alleen maar af van mijn orgasme. Ik begrijp niet dat ik nu tijdens zulke ruwe seks heb kunnen klaarkomen. Hoe kon ik genot ervaren terwijl mijn lichaam leed?

En dat was niet mijn enige orgasme. Midden in de nacht maakte mijn kweller me wakker door zich in me te laten glijden en met zijn vingers mijn klit te bespelen. Ondanks dat ik rauw was vanbinnen, kwam ik binnen een paar minuten klaar. Mijn lichaam reageerde op hem, hoezeer mijn geest ook protesteerde. Naderhand huilde ik mezelf in slaap, terwijl hij mijn rug streelde alsof hij om me gaf.

Het is niet gek dat ik zo duf was. Met al die seks en al dat huilen heb ik maar een paar uur geslapen.

Ik duw de schaamte weg en dwing mezelf om door te zetten. Ik moet me aankleden en naar het ziekenhuis gaan. Hoe ik me ook voel, ik heb afgelopen nacht overleefd. Weliswaar weet ik niet of ik de juiste beslissing heb genomen door Peter aan te moedigen om het bed met me te delen, maar het is gebeurd en ik moet verder.

Het goede nieuws is dat ik hem vanavond pas weer hoef te zien. Misschien is het idee om hem onder ogen te komen tegen die tijd niet erger dan sterven.

DE DAG VLIEGT VOORBIJ EN TEGEN DE TIJD DAT IK THUISKOM, ben ik zowel uitgeput als uitgehongerd. Ik heb het te druk gehad om te lunchen en hoewel ik opzie tegen een nacht met mijn stalker, moet ik ook toegeven dat ik uitkijk naar zijn kookkunsten. Peter Sokolov mag dan een psychopaat zijn, hij kan uitstekend koken.

Tot mijn verrassing – en lichte teleurstelling – word ik niet begroet door heerlijke geuren als ik vanuit de garage het huis binnenloop. Het huis is donker en leeg en zonder het te doorzoeken weet ik al dat hij er niet is. Ik voel het gewoon. Mijn huis lijkt kouder en minder levendig, alsof Peter Sokolovs duistere energie het iets extra's gaf. Toch roep ik: 'Hallo? Peter?'

Niets.

'Ben je er?'

Geen antwoord.

Zou mijn plan zo snel gewerkt kunnen hebben? Is het mogelijk dat één nacht de zieke behoefte van mijn stalker bevredigd heeft?

Terwijl ik me dat afvraag, loop ik naar de koelkast en pak een kant-en-klaarmaaltijd om in de magnetron te zetten. Het is een gezonde maaltijd: biologische Thaise noedels met groenten in een niet al te zoete saus, maar het is wel een kant-en-klaarmaaltijd. Helaas is dat het enige waar ik nog energie voor heb. Ik had in het restaurant van het ziekenhuis iets mee moeten nemen, maar onbewust rekende ik erop dat er een maaltijd voor me klaar zou staan. Ik schud mijn hoofd over de waanzin daarvan, zet de magnetron aan en was mijn handen.

Mijn martelaar is verdwenen en dat is maar goed ook. Nu moet ik alleen mijn maag daarvan nog overtuigen.

HIJ IS OOK NIET IN MIJN HUIS ALS IK DE VOLGENDE ochtend wakker word en hoewel ik tijdens de rit naar mijn werk het gevoel heb dat ik in de gaten gehouden word, kan ik geen achtervolgers bespeuren. Hetzelfde gebeurt als ik in het ziekenhuis aan de slag ga. Ik ben paranoïde genoeg om het idee te hebben dat ik bekeken word, maar het gevoel is minder intens dan eerst. Als ik niet had geweten dat ik een echte stalker had, had ik het gevoel aan mijn verbeelding toegeschreven.

Tijdens de lunch word ik gebeld door mijn ouders: of ik zin heb om aanstaande vrijdag te komen eten. Ik praat er een beetje omheen, want ik wil ze niet in gevaar brengen.

Daarna bel ik de kliniek. 'Hoi, Lydia, hoe is het?' Ik probeer niet nerveus te klinken. 'Hoe gaat het daar?'

'Hallo, dokter Cobakis.' De stem van de receptioniste klinkt heel hartelijk. 'Ik ben blij van u te horen. Hier gaat het prima. Het is niet al te druk, maar dat zal vanmiddag wel veranderen. Komt u later deze week nog?'

'Ja, dat denk ik wel. Eh, Lydia...' Ik aarzel. Hoe moet ik vragen wat ik wil weten? Ik heb op het nieuws niets over de moorden gezien, maar dat zegt niets over of de lichamen wel of niet zijn gevonden. 'Heb je iets... ongewoons gezien of gehoord?'

'Ongewoon?' Lydia lijkt me niet te begrijpen. 'Wat dan?'

'Niets in het bijzonder.' Om alle verdenkingen meteen weg te wuiven, voeg ik eraan toe: 'Ik dacht alleen aan die ene patiënte, Monica Jackson. Je hebt zeker ook niets van haar gehoord? Dat donkerharige meisje dat gisteravond bij me kwam?'

Tot mijn verbazing zegt Lydia: 'O, zo. Jawel. Ze kwam een paar uur geleden langs en heeft een bericht voor je achtergelaten. Iets met: "Bedankt en nu zit hij achter de tralies." Ze legde het verder niet uit, maar ze zei dat u het wel zou begrijpen. Snapt u het?'

'Ja.' Ondanks de spanning die ik voel, begin ik te grijnzen. 'Ja, ik begrijp het precies. Bedankt dat je me het bericht doorgegeven hebt. Ik zie je later deze week.' Grijnzend hang ik op en begin aan de voorbereidingen voor de keizersnede die middag.

Ik heb geen idee hoe Peter erin geslaagd is het bewijs van zijn misdaad te laten verdwijnen, maar het is het hem gelukt en het lijkt erop dat die afschuwelijke avond ook nog iets goeds heeft voortgebracht. Ik zal misschien nooit ontsnappen, maar Monica is in elk geval vrij.

Opnieuw is het huis donker en leeg als ik die avond thuiskom. Als ik in mijn bed stap, word ik een vreemde melancholie in mezelf gewaar. Het was doodeng om Peter in huis te hebben, maar er was tenminste wel iemand aanwezig. Nu ben ik weer alleen, net als de afgelopen twee jaar, en ik voel me eenzamer dan ooit. Mijn bed lijkt kouder en leger dan eerst.

Misschien moet ik een hond nemen. Een grote, die ik kan verwennen door hem op mijn bed te laten slapen. Dan is er iemand die me begroet als ik thuiskom en dan hoef ik niet meer zo pervers te verlangen naar de armen van de moordenaar van mijn man.

Ja, ik zal een hond nemen, besluit ik. Ik trek de dekens over me heen. Zodra het huis verkocht is, huur ik iets dat dichter bij het ziekenhuis is en geschikt voor honden. Misschien met een park in de buurt of zo. Een hond biedt me het gezelschap dat ik zoek en dan kan ik Peter Sokolov vergeten.

Tenminste, als hij mij inderdaad vergeten is.

34

TEGEN DE TIJD DAT HET MAANDAG IS, BEN IK ER BIJNA van overtuigd dat Peter voorgoed verdwenen is. Ik heb dit weekend het hele huis doorzocht om zijn verborgen camera's te vinden. Maar hij moet ze weggehaald hebben, of zo goed verstopt dat een leek als ik ze echt niet kan vinden. Aan de andere kant, misschien zijn ze er nooit geweest en wist mijn stalker al die dingen om een heel andere reden. Hoe dan ook is er geen enkel teken van hem en hij neemt ook geen contact op.

Het grootste deel van het weekend ben ik in de kliniek aan het werk. Als ik na een dienst naar mijn auto loop, meen ik dat iemand me in de gaten houdt, maar dat kan ook nog een laatste restje paranoia zijn.

Misschien is die nachtmerrie waar ik in leefde eindelijk voorbij.

Vreemd genoeg steekt de gedachte dat ik Peter met seks weggejaagd heb wel een beetje. Ik hoopte dat hij me met rust zou laten als ik niet meer de ongenaakbare ijskoningin uit zou hangen, maar ik had niet verwacht dat het zo goed zou werken. Ben ik zo slecht in bed? Waarschijnlijk dus wel, aangezien Peter maar één nacht nodig had om zich te realiseren dat ik nooit zou kunnen voldoen aan zijn fantasieën. Na me wekenlang achtervolgd te hebben, heeft mijn kweller me na slechts één nacht gedumpt.

Uiteraard is dat heel mooi. Er zijn geen etentjes meer, geen douches waarin ik vertroeteld word. Geen gevaarlijke moordenaars die me 's nachts vasthouden, spelletjes met me spelen en mijn lichaam verleiden.

Ik doe hetzelfde als de afgelopen maanden, maar ik voel me sterker, minder verscheurd. De bron van mijn nachtmerries onder ogen komen, heeft mijn geestelijke gezondheid beter geholpen dan maandenlange therapie en ik kan niet anders dan daar dankbaar voor zijn. Hoewel ik me nog altijd schaam wanneer ik eraan denk dat ik door *hem* klaarkwam, voel ik me meer mezelf en dus stukken beter.

'Vertel eens hoe het met je gaat, Sara,' zegt dokter Evans op onze afspraak na zijn vakantie. Hij is gebruind en zijn smalle gezicht ziet er blakend van gezondheid uit. 'Hoe is het met het Open Huis gegaan?'

'De makelaar heeft een paar biedingen ontvangen,' zeg ik. Ik sla mijn benen over elkaar. Om de een of andere reden voel ik me vandaag niet op mijn gemak in zijn kantoor, alsof ik hier niet langer hoor te zijn. Ik duw het gevoel weg en zeg: 'Ze zijn lager dan ik zou willen, dus proberen we de bieders tegen elkaar uit te spelen.'

'Mooi. Dan ben je op dat vlak stappen aan het zetten.' Hij houdt zijn hoofd schuin. 'En misschien op andere vlakken ook?'

De opmerkzaamheid van de therapeut verrast me niet en ik knik. 'Ja, het gaat beter met zowel mijn paranoia als mijn nachtmerries. Ik kon zaterdag zelfs de keukenkraan aanzetten.'

'Echt?' Hij trekt zijn wenkbrauwen op. 'Dat is heel goed om te horen. Weet je wat dat veroorzaakt heeft?'

Nou, gewoon, het feit dat de man die mij martelde en mijn man vermoordde, terugkwam in mijn leven.

'Weet ik niet,' zeg ik met een schouderophalen. 'Misschien het is daar gewoon tijd voor. Het is al bijna zeven maanden geleden.'

'Jawel,' zegt dokter Evans vriendelijk, 'maar je weet ook dat rouw en PTSS hun eigen tijdlijn aanhouden.'

'Juist.' Als ik naar mijn handen kijk, zie ik dat de nagel van mijn linkerduim gescheurd is. Misschien is het tijd voor een manicure. 'Dan heb ik misschien gewoon geluk.'

'Zeker.' Als ik weer opkijk, zit dokter Evans me met diezelfde bedachtzame blik op te nemen. 'Hoe gaat het met je sociale leven?' vraagt hij.

Ik voel een blos over mijn gezicht trekken.

'Juist,' zegt dokter Evans als ik niet meteen antwoord. 'Wil je erover praten?'

'Nee, er is niets.' Ik bloos nog heviger als hij me ongelovig aankijkt. Ik kan hem niet over Peter vertellen, dus bedenk ik haastig een andere verklaring. 'Ik bedoel, een tijdje geleden ben ik gaan stappen met een paar collega's en toen heb ik een leuke tijd gehad...'

'Juist.' Hij lijkt de smoes zonder problemen te accepteren. 'Hoe voelde dat, die "leuke tijd"?'

'Ik voelde me... geweldig.' Ik denk terug aan het dansen in de club en het me laten meeslepen door de muziek. 'Het voelde alsof ik leefde.'

'Uitstekend.' Dokter Evans schrijft iets op. 'Ben je sindsdien nog een keer uit geweest?'

'Nee, dat ging niet.' Dat is een leugen, want ik had afgelopen zaterdag met Marsha en haar vriendinnen kunnen gaan stappen, maar ik kan niet aan de therapeut vertellen dat ik mijn vriendinnen probeer te beschermen door zo min mogelijk contact met ze te hebben. Er zijn grenzen aan de vertrouwelijke band tussen arts en patiënt. Als ik vertel dat ik contact heb gehad met een gezochte crimineel en twee moorden heb zien gebeuren, dan zou dokter Evans naar de politie kunnen stappen en ons daarmee allebei in gevaar brengen.

Het was geen goed idee om hier te komen. Ik kan niet praten over wat ik eigenlijk wil bespreken en hij kan me niet helpen mijn ingewikkelde gevoelens uit te pluizen als hij het hele verhaal niet kent. Dát is de reden dat ik me zo ongemakkelijk voel: ik kan dokter Evans niet meer in vertrouwen nemen.

Mijn telefoon trilt en ik stort me op de afleiding. Ik pak hem en zie dat het een bericht van het ziekenhuis is. 'Het spijt me,' zeg ik terwijl ik opsta en de telefoon weer in mijn tas steek. 'Een van mijn patiënten gaat vroegtijdig bevallen en ze hebben me nodig.'

'Natuurlijk.' Dokter Evans ontvouwt zijn lange lichaam uit de stoel en schudt me de hand. 'Volgende week praten we verder. Zoals altijd was het een genoegen.'

'Bedankt. Insgelijks,' zeg ik. Meteen bedenk ik me dat ik die afspraak moet afzeggen. 'Fijne dag nog.' Ik loop het kantoor van de therapeut uit en haast me naar mijn werk, voor één keer dankbaar voor de onvoorspelbaarheid van mijn vak.

Ik weet niet of het door de sessie met dokter Evans komt of door het feit dat ik de afgelopen dagen goed geslapen heb, maar die nacht lig ik te woelen in mijn bed. Ik zak weg en schrik weer wakker, met bonzend hart door een ongrijpbare angst. De leegte van mijn bed voelt zuigend en eenzaamheid brandt een gat in mijn borst.

Ik wil geloven dat het George is die ik mis, dat het zijn armen zijn waar ik naar verlang, maar als ik dan toch in een onrustige slaap wegsukkel, zijn het staalharde grijze ogen die mijn dromen binnendringen, geen zachte bruine.

In mijn droom dans ik voor mijn kweller als een professionele ballerina. Ik ben gekleed in een dunne gele jurk, met stijve, veren vleugels op mijn rug. Zo over het podium draaiend en dansend voel ik me lichter dan mist en gracieuzer dan een sliertje rook. Vanbinnen brand ik echter vol passie. Mijn bewegingen komen uit de diepten van mijn ziel en mijn lichaam spreekt in de dans met de rauwe eerlijkheid van de schoonheid.

Ik mis je, zegt de plié.

Ik wil je, bevestigt de pirouette.

Ik zeg met mijn lichaam wat ik niet in woorden kan uitdrukken en hij kijkt toe, zijn gezicht duister en mysterieus. Er bevinden zich rode spetters op zijn handen en ik weet dat het bloed is, dat hij vandaag nog iemand van het leven heeft beroofd. Ik zou ervan moeten walgen, maar het enige wat me interesseert, is of hij me wil. Of hij ook die hitte voelt die mij van binnenuit verteert. *Alsjeblieft*, smeek ik met al mijn bewegingen als ik een gracieuze buiging voor hem maak. *Geef me dit, alsjeblieft. Ik heb de waarheid nodig. Alsjeblieft, vertel het me.*

Maar hij zwijgt. Hij kijkt alleen toe en ik weet dat er niets is wat ik kan doen, geen enkele manier waarop ik hem kan overtuigen. Daarom dans ik naderbij, door een duistere aantrekkingskracht naar hem toe getrokken. Als ik binnen handbereik ben, heft hij zijn armen en sluiten zijn met bloed bevlekte handen zich om mijn schouders. 'Peter...' Ik leun naar hem toe, gedreven dat dat afschuwelijke verlangen, maar zijn ogen staan zo kil dat ze me lijken te verzengen.

Hij wil me niet meer. Ik weet het. Ik kan het aan hem zien. Toch breng ik mijn hand naar zijn scherpe gezicht. Ik wil hem zo graag, ik heb hem zo hard nodig.

Maar voor ik hem kan aanraken, prevelt hij: 'Vaarwel, *ptichka*' en dan duwt hij me weg.

Ik struikel naar achteren en val van het podium. Mijn jurk wappert nog even in de lucht; mijn vleugels breken als ik de grond raak. Zelfs voor ik de klap voel, weet ik al dat het voorbij is. Mijn lichaam is even kapot als mijn ziel. 'Peter,' kreun ik met mijn laatste adem, maar het is al te laat. Hij is voorgoed verdwenen.

Ik schrik wakker met een gezicht dat nat is van de tranen en een hart dat zwaar aanvoelt van verdriet. Het is pikdonker in de kamer en in die duisternis doet het er niet toe dat ik rationeel gezien een man die ik haat niet zou moeten kunnen missen. De droom staat me nog zo levendig voor de geest dat het voelt alsof ik hem echt verloren heb... alsof die afwijzing me inderdaad het leven gekost heeft. Ik weet dat ik rouw om mijn werkelijke verliezen, namelijk George en het leven dat we samen zouden opbouwen, maar nu mijn bed leeg is en mijn lichaam naar een omarming snakt, voelt het alsof ik *hem* mis: Peter, de man die ik zou moeten haten.

Ik knijp mijn ogen dicht, krul me op tot een bal en trek een kussen tegen me aan. Ik heb dokter Evans niet nodig om me te vertellen dat mijn gevoelens onmogelijk echt kunnen zijn en dat ik op zijn best een bizarre variant van het Stockholmsyndroom heb opgelopen. Je valt niet voor je stalker, dat kan gewoon niet. En daarbij, ik ken Peter Sokolov nog maar pas. Hoelang is hij nou in mijn leven? Eén week? Twee? Het voelt alsof er sinds ik ging stappen in die club jaren zijn verstreken, maar dat is helemaal niet zo. Alleen in mijn nachtmerries is hij al langer bij me.

Voor het eerst sta ik mezelf toe echt aan mijn kweller te denken, me hem als mens voor te stellen. Wat voor echtgenoot en vader is hij geweest? Het zou moeilijk moeten zijn om me zo'n meedogenloze moordenaar in een huiselijke omgeving voor te stellen, maar op de een of andere manier heb ik geen enkele moeite om voor me te zien hoe hij met een kind speelt of eten klaarmaakt met zijn vrouw. Misschien komt dat door de manier waarop hij voor mij zorgde, maar ik heb het gevoel dat iets in hem die afschuwelijke dingen die hij gedaan heeft, overstijgt, iets dat kwetsbaar en heel menselijk is.

Hij moet veel van gezin gehouden hebben om zich zo volledig op zijn wraak te kunnen storten. Ik denk terug aan die foto in zijn telefoon en mijn hart trekt samen. Peter had het over valse informatie die verantwoordelijk was voor die gruwelen. Is het mogelijk dat George hem die informatie verstrekte? Dat mijn knappe, vreedzame echtgenoot, die hield van barbecues en de krant lezen in bed, daadwerkelijk een spion was en zo'n enorme fout heeft begaan? Het lijkt niet te geloven en toch moet er een reden zijn dat Peter achter George aan is gekomen en zoveel moeite heeft gedaan om hem te doden. Tenzij Peter zelf een enorme fout heeft begaan, was George niet wie hij leek.

Mijn greep op het kussen verstrakt als ik dat besef laat indalen. De afgelopen anderhalve week heb ik het vermeden om over de onthullingen van mijn stalker na te denken, maar nu kan ik me niet langer afsluiten voor de waarheid. Die plotselinge bescherming van de FBI, de groeiende afstand die zich na ons trouwen tussen George en mij ontwikkelde... Het is heel goed mogelijk dat mijn man me voorgelogen heeft, mij en iedereen die hij kende, meer dan vijf jaar lang. Mijn leven was een nog grotere illusie dan ik al dacht.

Als ik een uur later in slaap val, proef ik nog altijd de bittere smaak van verraad, maar is ook een nieuwe vastberadenheid in me opgebloeid. Morgenochtend ga ik akkoord met een van de biedingen op het huis. Ik heb een nieuwe start nodig en die ga ik mezelf geven. Misschien kan ik in een nieuw huis zowel Georges als *zijn* leugens vergeten. Als Peter Sokolov voorgoed verdwenen is, kan ik misschien eindelijk gaan leven.

35

Sara

DONDERDAG TEKEN IK ALLE PAPIEREN, WAARMEE IK HET huis aan een juristenechtpaar dat vanuit Chicago hierheen wil verhuizen verkoop. Ze hebben twee kinderen in de basisschoolleeftijd en verwachten nog een baby, dus de vijf slaapkamers zijn heel erg welkom. Hoewel hun bod drie procent onder de marktwaarde ligt en een paar duizend dollar lager is dan het andere bod, ga ik toch met hen in zee omdat ze contant kunnen betalen en de overdracht snel willen laten plaatsvinden. Als er geen problemen opduiken tijdens de inspectie zal ik over minder dan drie weken verhuizen.

Ik krijg energie van dit besluit en vraag een andere arts om vrijdag voor me in te vallen. Die dag besteed ik aan het zoeken naar een huurappartement. Ik kies uiteindelijk voor een driekamerappartement op loopstand van het ziekenhuis in een huisdiervriendelijk gebouw. Het is wat ouder en er is nauwelijks kastruimte, maar aangezien ik toch alles weg wil doen dat me aan mijn oude leven herinnert, maakt dat niet uit. Frisse start, ik kom eraan!

Mijn opwinding houdt stand tot de avond, wanneer ik weer in mijn lege huis beland. Opnieuw is mijn avondmaal een doosje uit de koelkast en hoe hard ik het ook probeer, ik moet onherroepelijk aan Peter denken. Waar is hij nu en wat doet hij?

Gisteren bedacht ik me dat er misschien een andere reden is dat hij niet teruggekomen is en sindsdien knaagt die aan me. Misschien heeft de overheid hem te pakken gekregen... of gedood. Ik weet niet waarom ik hier gisteren pas aan dacht, maar nu kan ik dat idee niet meer uit mijn hoofd zetten. Uiteraard zou dat iets goeds zijn, want ik zou pas echt veilig zijn als hij dood of gevangen is. Toch voelt mijn gemoed zwaar als ik eraan denk en af en toe voel ik zelfs tranen branden. Ik wilde Peter Sokolov niet in mijn leven hebben, maar ik kan de gedachte dat hij dood is ook niet verdragen.

Dit is echt zo stom. Ja, we hebben die nacht seks gehad en ja, hij liet me meer dan eens klaarkomen, maar ik ben geen tiener meer die denkt dat seks betekent dat je voor altijd bij elkaar blijft. Het enige wat er tussen ons was, behalve haat, was dierlijke lust, een heel basale aantrekkingskracht. Dat kan ik wel accepteren. Als arts weet ik hoe krachtig biologie kan zijn; ik heb genoeg bewijs gezien van het feit dat hele slimme mensen in de greep van passie hele domme dingen kunnen doen. Het was al verontrustend dat ik me tot de moordenaar van mijn man aangetrokken voelde, maar bezorgd om hem zijn, is nog wel een heel ander verhaal. Dat is nog veel gestoorder.

Ik mis Peter niet, houd ik mezelf voor als ik weer in mijn bed lig te woelen. Alle eenzaamheid die ik voel, is het gevolg van te veel stress en te weinig tijd met mijn vrienden en familie. Over een tijdje, als de dreiging van mijn stalker echt verdwenen is, ga ik weer stappen met Marsha en de verpleegsters en misschien ga ik zelfs wel op een date met Joe. Oké, dat laatste misschien niet, want ik heb hem afgewezen toen hij een paar dagen geleden belde en daar heb ik nog steeds geen spijt van. Maar ik ga zeker weer een keer uit.

Hoe dan ook begin ik binnenkort aan een nieuw leven.

36

ZE SLAAPT ALS IK HAAR SLAAPKAMER BINNENLOOP. EEN deken bedekt haar slanke lichaam volledig. Zonder geluid te maken, doe ik het licht aan en blijf ik staan en mijn adem stokt. In de afgelopen twee weken, tijdens mijn herstel van een steekwond die ik in Mexico opliep, heb ik mezelf beziggehouden met naar haar kijken via de camera's in het huis en de rapportages van de Amerikanen over haar verslinden. Ik weet precies wat ze gedaan heeft, met wie ze gesproken heeft, waar ze geweest is. Dat had het makkelijker moeten maken om niet bij haar te zijn, maar nu ik haar zo zie, met haar glanzende, kastanjekleurige haren uitgespreid over het kussen, voel ik alleen nog maar verlangen, zo hevig dat ik geen adem krijg. Mijn Sara. Ik heb haar zo ontzettend gemist.

Ik loop naar het bed en moet mijn handen tot vuisten ballen om haar niet vast te grijpen en nooit meer los te laten. *Twee weken.* Twee ongelofelijk lange weken lang kon ik niet naar haar terug omdat ik even gemist had dat een bewaker nog een mes in zijn laars had zitten. Weliswaar was ik op dat moment ook met een andere bewaker bezig, die een AR15 op me gericht hield, maar dat is geen excuus voor slordigheden. Ik was afgeleid tijdens mijn werk en dat kostte me bijna het leven. Een paar centimeter meer naar rechts en ik had veel langer dan twee weken moeten liggen. Misschien wel voorgoed.

'Wat krijgen we verdomme nou, man?' gromde Ilya toen hij en zijn broer me na die missie zo goed en wel als het ging oplapten. 'Hij had bijna je nier geraakt. Je moet wel uitkijken.'

'Daar heb ik jullie voor,' zei ik, maar toen ging ik van mijn stokje door het bloedverlies en hoefde ik de reden dat ik afgeleid was niet uit te leggen. Dat was maar goed ook. Ik miste het mes dat op me afkwam omdat ik in de loop van die AR15 keek en niet aan mijn missie, maar aan Sara dacht. Dat ik haar nooit meer zou zien. Mijn obsessie voor haar werd me bijna noodlottig.

Ik ga op de rand van het bed zitten en trek voorzichtig de deken van haar af. Zoals altijd slaapt ze naakt. Lust laait in me op als ik haar slanke, gracieuze rondingen zie. Ze wordt niet wakker, maar maakt een ontevreden geluidje, net als een boos kitten. Mijn hart verzacht. Een warme gloed vult me vanbinnen, hoewel mijn penis harder wordt en mijn polsslag versnelt. Ik moet haar gewoon hebben. Nu.

Ik sta op, kleed me snel uit en leg mijn kleding zo op het dressoir dat mijn wapens niet zichtbaar zijn. De bewegingen doen het verse litteken in mijn zij pijn, maar ik verlang zo naar haar dat ik het nauwelijks opmerk. Ik rol een condoom om, klim op het bed en rol haar op haar rug, waarna ik me tussen haar benen nestel.

Nu wordt ze wel wakker. Haar oogleden vliegen open en paniek straalt uit haar bruine ogen, hoewel ze nog versuft is van de slaap.

Met een glimlach pin ik haar polsen naast haar schouders op de matras neer. Mijn glimlach is roofzuchtig, dat weet ik, maar ik kan er niets aan doen. Zelfs met dat warme gevoel in mijn borst is mijn verlangen naar haar nog altijd duister en allesverterend. 'Hallo, *ptichka,*' prevel ik.

Schok vervangt de slaap in haar blik.

'Sorry dat ik zolang weggebleven ben. Ik kon er niets aan doen.'

'Je... je bent terug.'

Haar borst gaat in een onregelmatig ritme op en neer. Haar tepels zijn net harde roze besjes boven op die verrukkelijke ronde welvingen.

'Wat doe je... waarom ben je teruggekomen?'

'Omdat ik jou nooit in de steek zal laten.' Ik leun naar voren en snuif haar delicate, warme geur op, even betoverend als Sara zelf. Eest knabbel ik aan haar oor; dan fluister ik: 'Dacht je dat ik gewoon weg zou gaan?'

Ze rilt en haar ademhaling versnelt.

Ik weet dat als ik nu tussen haar benen zou voelen, ze daar nat en heet is voor me. Ze wil me – haar lichaam wil me – en mijn penis springt op bij die gedachte, vol verlangen om haar strakke, natte kutje te voelen. Maar eerst wil ik een antwoord op mijn vraag. Ik kijk op en vang haar blik. 'Dacht je dat ik weg zou blijven, Sara?'

Verward knippert ze met haar ogen. 'Nou, ja. Ik bedoel, je wás weg en ik dacht... ik hoopte...' Ze zwijgt. 'Als je niet klaar met me was, waarom ging je dan weg?'

'Klaar met jou?' Beseft ze nu nog niet dat ik constant aan haar denk, zelfs midden in een gevecht? Dat ik het nog geen uur volhoud zonder te weten waar ze is? Dat ze geen nacht níet in mijn dromen verschijnt? Ik houd haar blik vast en schud langzaam mijn hoofd. 'Nee, *ptichka*. Ik was niet klaar met je. Dat zal ik nooit zijn.'

Vanuit mijn ooghoeken zie ik haar slanke vingers bewegen en ik besef dat ik zo hard in haar polsen knijp alsof ik wil voorkomen dat ze ontsnapt. Dat kan ze niet, uiteraard. Zelfs na mijn verwonding is ze nog niet tegen me opgewassen. Maar ik vind het fijn om haar zo te zien: naakt en hulpeloos aan me overgeleverd. Dit hoort bij mijn verknipte gevoelens voor haar, die behoefte om haar te domineren, om haar aan me te onderwerpen.

'Niet doen,' fluistert ze.

Maar haar tong glijdt over haar vochtige roze lippen en het verlangen in mij wakkert aan. Bloed raast naar mijn lendenen. Er iets heel puurs aan haar, iets liefs en onschuldigs in dat hartvormige gezichtje. Het is net alsof het leven haar niets doet, alsof ze niet besmeurd is door de smerigheid waar ik me elke dag door omringd zie. Daardoor wil ik dingen met haar doen die vuil zijn, fout zijn, en ik weet dat ik ze allemaal ga doen. Goed en fout zijn nooit echt tastbare begrippen voor mij geweest.

Ik buig mijn hoofd en druk mijn lippen zacht op de hare, ondanks dat mijn bonzende penis iets anders verlangt. Zelfs met die duistere behoefte in mij hoef ik haar vandaag geen pijn te doen. Niet na de vorige keer. Ik weet nog steeds niet wat ze voor me betekent, maar ik weet dat ik voor haar moet zorgen, dat ik haar moet vertroetelen en beschermen. Ik wil niet dat ze bang is voor mijn aanrakingen, zelfs al wil ik haar af en toe pijnigen. Ik weet niet wat ik wel van haar wil, maar het is meer dan dit.

Eerst reageert ze niet op mijn tong, maar ik blijf haar kussen en uiteindelijk worden haar lippen zacht en verleent ze me toegang tot de warme holte van haar mond. Ze smaakt heerlijk, naar de mint van haar tandpasta en zichzelf, en ik kreun als mijn eikel haar dij raakt. Ik wil in haar zijn, ik wil haar hete, gladde kutje me voelen omsluiten... Maar ik weersta de verleiding en richt me erop haar te verleiden, haar zoveel genot te schenken dat ze zal vergeten dat ik haar pijn heb gedaan.

Ik weet niet hoelang ik haar mond en lippen liefkoos, maar na een tijdje reageert ze. Ze kust me terug en haar lichaam ontspant zich onder het mijne. Mijn hartslag schiet omhoog en mijn behoefte aan haar groeit. Hijgend laat ik mijn mond van haar lippen naar haar hals glijden, naar haar sleutelbeen en dan de zachte volheid van haar borsten.

Ze kreunt als mijn lippen haar tepel omsluiten en ik voel dat ze haar rug kromt en haar kutje tegen me aan duwt, haar heupen van het bed getild.

Met een grom richt ik mijn aandacht op de andere borst. Ik zuig eraan tot Sara steeds harder kreunt en ze onder me ligt te kronkelen. Haar handen spannen zich krampachtig, maar ik heb haar polsen nog altijd vast. Als ik opkijk, zie ik dat haar gezicht gloeit en ze haar hoofd met gesloten ogen achterover heeft gegooid, een en al seksueel verlangen. Het is tijd. Heel erg tijd, zelfs.

Ik laat haar tepel los en glijd naar boven. Mijn eikel duwt tegen haar opening. 'Wil je dit?' Als haar oogleden opengaan, zie ik dat haar bruine ogen ongefocust staan van verlangen. 'Zeg me dat je dit wilt, *ptichka*. Zeg me dat je me gemist hebt.'

Sara's lippen wijken van elkaar, maar er komt geen geluid over haar lippen.

Ze is er nog niet klaar voor om dit toe te geven, om te accepteren dat er een band tussen ons is. Haar lichaam is het mijne, maar ik zal harder moeten strijden om haar geest en haar hart voor me te winnen. En dat is wat ik ga doen, want dat is is wat ik van haar nodig heb: dat ze volledig de mijne is, dat ze even sterk naar mij verlangt en mij even hard nodig heeft als ik haar.

Ik buig mijn hoofd en kus haar opnieuw. Dan laat ik een van haar polsen los en begeleid mijn pik bij haar naar binnen. Ze is nog altijd ongelofelijk strak, maar ditmaal dring ik langzaam naar binnen, centimeter voor centimeter tot ik helemaal in haar zit.

Met haar vrije hand grijpt ze me in mijn zij. Haar nagels boren zich in mijn huid en ik voel haar adem op mijn huid als ze haar gezicht hijgend in mijn hals begraaft. De spieren van haar vagina trekken zich om me heen samen als ik in haar begin te bewegen, een langzaam ritme inzettend. Mijn eigen verlangen heeft bijna het kookpunt bereikt en het kost me de grootste moeite om rustig te blijven bewegen zodat ik iedere keer als ik me helemaal in haar begraaf tegen haar klit duw. 'Ja, zo,' kreun ik als haar spieren verstrakken en haar ademhaling steeds sneller gaat. 'Kom voor me, *ptichka*. Ik wil je voelen klaarkomen.'

Ze schreeuwt het uit als ik het tempo verhoog. Ik pak haar bij haar billen om nog harder en nog dieper in haar te kunnen stoten, zo hard dat het bed begint te kraken. Ik kan geen genoeg krijgen van haar zijdezachte huid en haar zoete geur. Steeds weer begraaf ik me in haar lichaam in een poging met haar te versmelten, me zo diep in haar te begraven dat ik in haar lichaam gegrift sta.

Haar geschreeuw wordt luider en onsamenhangender en ik voel haar kutje samentrekken en haar heupen omhoog vliegen als ze haar hoogtepunt bereikt. Dat is de laatste druppel; met een hese schreeuw laat ik me gaan en schuur nog een laatste keer met mijn onderlichaam tegen het hare terwijl mijn penis het condoom volpompt met mijn zaad.

Hijgend laat ik me van haar af rollen en trek haar dan dicht tegen me aan. Zo komen we samen langzaam bij.

Nu mijn honger naar haar gestild is, word ik me langzaam bewust van het bonzen van de genezende wond in mijn zij. De artsen hebben me gezegd het een paar weken rustig aan te doen, maar dat ben ik in mijn verlangen naar Sara en het genot van haar bezitten helemaal vergeten. Na een minuutje sta ik op om me van het condoom te ontdoen.

Als ik terugkom, zit Sara rechtop in bed, net zoals de vorige keer in de dekens gehuld. Maar ditmaal zie ik geen tranen; haar ogen zijn droog en kijken me uitdagend aan als ik op haar af loop. Misschien begint ze te accepteren wat er tussen ons is en begrijpt ze eindelijk dat haar verlangen naar mij niets is om zich voor te schamen.

'Waarom ben je teruggekomen?' vraagt ze als ik naast haar ga zitten.

Ik hoor de wanhoop achter haar botte toon. Ik had het mis. Ze accepteert dit nog helemaal niet. Met een hand strijk ik een lok glanzend haar achter haar oor. Met die deken om haar heen en haar kastanjekleurige krullen een wilde bos ziet mijn knappe arts er jong en kwetsbaar uit, meer een meisje dan een vrouw.

Nu ik haar zo zie, wil ik haar beschermen, haar

afschermen van de wreedheden in mijn wereld. Helaas maak ik deel uit van die wereld, en het is mogelijk dat ik de wreedste van allemaal ben. 'Ik ben nooit weggegaan.' Ik laat mijn hand zakken. 'Tenminste, dat was ik niet van plan, niet zo lang. Ik had een klus, maar ik had met een dag of twee weer terug moeten zijn.'

'Een klus.' Ze knippert met haar ogen. 'Wat voor klus?'

Heel even overweeg ik haar het niet te vertellen, of op z'n minst een paar van de lelijkere aspecten van mijn werk weg te laten, maar dat doe ik niet. Het is niet of Sara veel slechter over me kan denken; dan kan ze net zo goed de volledige waarheid horen. 'Mijn team onderneemt bepaalde missies,' zeg ik voorzichtig. Ik houd haar reactie nauwlettend in de gaten. 'Het zijn klussen waar maar weinig mensen de vaardigheid en discretie voor bezitten. Onze cliënten zijn mensen die vanuit de schaduwen opereren en dat doen de doelwitten die wij moeten elimineren ook.'

De na-de-seksblos op haar wangen verdwijnt en ze trekt wit weg. 'Bedoel je dat je een huurmoordenaar bent? Dat jouw team mensen vermoordt voor geld?'

Ik knik. 'Niet zomaar mensen, maar dat klopt. Onze doelwitten zijn mensen die behoorlijk gevaarlijk zijn en meestal door meerdere lagen beveiliging beschermd worden, waar wij vervolgens doorheen moeten zien te dringen. Zo kom ik ook hieraan.' Ik wijs naar het kersverse litteken in mijn zij en ik zie dat ze haar ogen openspert. Blijkbaar had ze het eerder nog niet gezien.

Ik vermoed dat ze niet echt goed naar me gekeken heeft toen ik haar neukte.

'Hoe komt dat?' vraagt ze. Haar gezicht is nu nog bleker, zelfs een tikje groen. 'Is dat een steekwond?'

'Ja. En hoe het komt? Ik lette even niet op.' Ik baal er nog steeds van dat ik de bewaker achter mij niet naar het mes zag grijpen terwijl ik bezig was met zijn met een pistool zwaaiende maat. 'Ik had voorzichtiger moeten zijn.'

Ze slikt en neemt de wond nogmaals op. 'Waarom doe je het dan, als het zulk gevaarlijk werk is?' Ze kijkt me weer aan.

'Omdat je voor de autoriteiten verbergen niet bepaald goedkoop is,' antwoord ik. Sara neemt mijn onthulling tot dusver beter op dan ik gedacht had, al zal het feit dat ze mij voor haar ogen twee drugsverslaafden heeft zien vermoorden daar waarschijnlijk wel bij helpen. 'Het werk betaalt ontzettend goed en ik heb er de vaardigheden voor. Hiervoor was ik consultant voor enkele van onze cliënten, maar ik werk liever voor mezelf. Nu heb ik meer vrijheid en flexibiliteit. Dat werd belangrijk toen ik mijn lijst eenmaal in handen had.'

Ze perst haar lippen opeen. 'Die lijst waar mijn man op stond?'

'Ja.'

Haar blik dwaalt naar het beddengoed, maar heel even vang ik een glimp van woede op. Het zit haar dwars dat ik geen enkele wroeging voel, maar ik ben niet van plan te doen alsof. Die *ublyudok* – die klootzak van een man van haar – verdiende een veel ergere dood van hij heeft gekregen en het enige wat me spijt, is dat hij al een kasplantje was toen ik hem eenmaal gevonden had.

En ook dat ik heel even aarzelde voor ik de trekker overhaalde. Ik aarzelde omdat ik aan Sara dacht in plaats van aan mijn overleden vrouw en zoontje.

Die gedachte vervult me met de bekende woede en pijn en ik dwing mezelf om diep in te ademen. Als ik me niet zo ontspannen had gevoeld na onze vrijpartij zou het vrijwel onmogelijk zijn geweest om de pijn in mijn borst onder controle te houden, maar nu lukt me dat wel, zelfs wanneer Sara nog altijd in de deken gehuld opstaat en naar de badkamer loopt. Het feit dat ze niet met me wil praten zit me niet dwars. Het is al na middernacht. We praten morgen wel.

Ik strek me uit op het bed en wacht tot Sara terugkomt. Het is eigenlijk maar goed dat ze ons gesprekje heeft afgekapt. Hoewel ik nauwelijks iets heb gedaan, ben ik even moe als na een hele missie. Mijn lichaam is nog aan het herstellen en dat irriteert me. Ik vind het vreselijk als ik niet topfit ben; zwakte zorgt ervoor dat ik me onrustig en prikkelbaar ga voelen.

Sara neemt de tijd, maar uiteindelijk komt ze de slaapkamer weer in en gaat naast me liggen, de dekens alleen om haarzelf heen geslagen.

Zowel geërgerd als geamuseerd pluk ik de deken van haar af en spreid hem over ons beiden uit. Dan heb ik haar weer waar ze hoort: in mijn armen, met haar strakke kontje tegen mijn kruis. 'Welterusten,' prevel ik, en ik druk een kus in haar hals. Als ze niet reageert, sluit in mijn ogen en negeer mijn groeiende erectie. Hoe graag ik haar ook nogmaals zou willen neuken, ik heb rust nodig. Zij ook, trouwens. Ik kan wel wachten. Morgen kan ik haar weer nemen – en alle dagen daarna ook.

37

Sara

ALS IK WAKKER WORD, RUIK IK KOFFIE EN VOEL IK zonlicht op mijn gezicht. Verward open ik mijn ogen. Mijn wekker gaat pas over een halfuur af. Dan komen de herinneringen aan de afgelopen nacht weer boven en met een kreun trek ik de dekens over mijn hoofd: mijn Russische stalker is terug en staat zo te ruiken ontbijt voor me klaar te maken.

Na een minuutje lukt het me om mezelf zover te krijgen dat ik opsta en mijn gebruikelijke ochtendroutine doorloop. Ja, de moordenaar van mijn man heeft me afgelopen nacht weer geneukt en me laten klaarkomen, maar dat is niet het einde van de wereld en het wordt tijd dat ik me daarnaar gedraag. Ik moet de zelfhaat in mij negeren en gewoon naar mijn werk gaan.

Tien minuten later loop ik gedoucht en aangekleed naar beneden. Vreemd genoeg denk ik niet anders over Peter nu ik weet wat hij voor werk doet. Ik zie hem al zolang als een moordenaar dat de wetenschap dat hij en zijn team moorden voor geld me niet echt verrast. Het is wel een bevestiging van mijn overtuiging dat hij gevaarlijk is en dat ik voorzichtig moet zijn als ik mijn vrienden en familie uit zijn buurt wil houden.

'Ik hoop dat je van eieren met spek houdt,' zegt hij als ik de keuken binnenkom. Net als ik is hij al volledig gekleed, op zijn schoenen na. Zijn leren jack hangt over een keukenstoel. Opnieuw draagt hij donkere kleren.

De aanblik van hem bij het fornuis, zo mannelijk en dodelijk knap, doet vreemde dingen met mijn hartslag en maag. Het lijkt verdacht veel op opwinding. Ik duw die gedachte weg, sla mijn armen over elkaar en leun met mijn heup tegen het aanrecht. 'Zeker,' antwoord ik kalm. Mijn bonzende hart negeer ik. 'Wie niet?' Hoe graag ik het eten ook in zijn gezicht zou smijten, ik wil hem pas uitdagen als ik een nieuwe strategie heb bedacht.

'Dat leek mij ook.' Hij schept het eten kundig op borden en schenkt voor ons allebei een kop koffie in.

Ik pak de mokken en breng ze naar de tafel.

Hij zet de borden neer en we gaan eten.

De eieren zijn smaakvol en luchtig, het spek verrukkelijk krokant. Zelfs de koffie smaakt ongewoon goed, alsof hij de Keurig-machine een speciaal recept heeft laten volgen. Ik had niet anders verwacht; tot dusver is iedere maaltijd die hij me voorgezet heeft fantastisch. Mocht hij het ooit zat worden om huurmoordenaar of stalker te zijn, dan kan mijn kweller altijd nog een restaurant openen.

Die gedachte is zo absurd dat ik begin te giechelen.

Peter kijkt met opgetrokken wenkbrauwen op van zijn bord.

'Ik bedacht me dat je dit ook als carrière zou kunnen doen,' leg ik uit terwijl ik een hap eieren naar binnen steek. Het is vast een bezoedeling van de herinnering aan George, maar ik kan me niet herinneren dat mijn man ooit ontbijt voor me heeft gemaakt. Toen we nog aan het daten waren, heeft hij weleens geprobeerd een romantisch diner op tafel te toveren: Chinees bij kaarslicht. Meestal gingen we uit eten of kookte ik.

'Dank je wel.' Peter glimlacht bij het horen van mijn compliment. 'Ik ben blij dat je het lekker vindt.'

'Hm-hm.' Ik concentreer me op het eten en probeer niet te blozen als ik me herinner hoe die gebeeldhouwde lippen aanvoelden tegen mijn hals, op mijn borsten, zuigend aan mijn tepels... Ik wil mezelf voorhouden dat hij me overviel, dat mijn reactie op hem het gevolg was van mijn slaperigheid, maar de opwinding die ik nu voel, spreekt dat tegen. Een of ander gestoord deel van mij is blij om hem te zien en ook blij dat hij nog leeft.

Idioot, scheld ik mezelf uit. Peter Sokolov is een voortvluchtige crimineel, een monster dat twee mensen voor mijn ogen vermoorde na mij gemarteld en mijn man gedood te hebben. Een stalker, die mijn leven onmogelijk veel moeilijker maakt en een bedreiging vormt voor al mijn vrienden en familie. Het is niet alleen fout om hem hier te willen, het is gewoon krankzinnig.

Maar toch bespeur ik een ongewoon luchtig gevoel vanbinnen als ik mijn eieren op heb en mijn koffie drink. Het huis voelt niet langer enorm en drukkend aan. De keuken lijkt licht en warm in plaats van kil en dreigend. Hij vult die ruimte op met zijn grote lichaam en angstaanjagend sterke persoonlijkheid. Hoewel hij wel de laatste zou moeten zijn wiens gezelschap ik wens, voel ik me niet zo ongelofelijk eenzaam als hij in de buurt is.

Een hond, breng ik mezelf in herinnering. *Je moet gewoon een hond nemen.* Bij de volgende ademteug besef ik dat dat een probleem kan zijn... mijn hele nieuwe leven, feitelijk. 'Je weet dat ik over een paar weken ga verhuizen, toch?' Ik zet mijn lege mok neer. 'Ik heb de verkooppapieren getekend.'

Peters uitdrukking blijft gelijk. 'Dat weet ik.'

'Uiteraard.' Mijn handen ballen zich tot vuisten en de nagels boren zich in mijn huid. 'Waarschijnlijk heb je me tijdens je afwezigheid in de gaten laten houden. Dat gevoel dat ik bekeken werd, was zeker niet ingebeeld, hè?'

'Ik kon je niet onbeschermd achterlaten,' zegt hij met een schouderophalen dat allesbehalve schuldbewust overkomt.

'Juist.' Ik haal diep adem en ontspan mijn handen. 'Ik verhuis binnenkort naar een appartement en ik ben er vrij zeker van dat je dan niet meer zo stiekem kunt komen en gaan, niet zonder dat de buren je zien. Je kunt dus maar beter op zoek gaan naar een andere vrouw om te martelen en te stalken. Er zijn er vast genoeg die wel in afgelegen gebieden wonen.'

Zijn mondhoeken trillen even. 'Vast wel. Helaas zijn zij het niet die ik wil.'

Ik trommel op de tafel. 'Echt? En de rest van de mensen op die lijst van je dan? Of heb je ze allemaal al vermoord?'

'Er is er nog maar één over en hij heeft tot dusver onvindbaar weten te blijven,' zegt hij.

Ik staar hem even aan en dan schud ik mijn hoofd. Hier gaan we het niet over hebben. 'Prima,' zeg ik in een poging om me te herpakken. 'Wat is er dan voor nodig zodat jij mij met rust laat?'

'Een kogel door het hoofd of het hart,' antwoordt hij zonder knipperen.

Mijn maag trekt samen als ik besef dat hij het meent. Hij is niet van plan me met rust te laten. Nooit.

Alle luchtigheid en opwinding sterven weg en alleen de gruwelijke realiteit van mijn leven blijft over. Geen enkele hoeveelheid verrukkelijke maaltijden, geweldige orgasmes of tedere knuffels kan verhullen dat ik in feite de gevangene ben van deze man, een moordenaar die niet aarzelt om geweld of marteling te gebruiken. Zijn obsessie voor mij is even gevaarlijk als hijzelf. Zijn gevoelens zijn even verwrongen als ons gedeelde verleden. Er bevindt zich een monster in mijn bed en het gaat niet weg. Mijn benen trillen als ik opsta. 'Ik moet naar mijn werk,' zeg ik gespannen. Voor hij kan protesteren, grijp ik mijn tas en snel naar de garage.

Peter houdt me niet tegen, maar als ik in de auto stap, komt hij in de deuropening staan. Zijn gevaarlijk knappe gezicht is een onleesbaar masker. 'Ik zie je vanavond weer,' zegt hij als ik de motor start.

Ik weet dat hij het meent. Mijn kweller is terug en hij gaat nergens heen.

ZOALS HIJ AL HAD GEZEGD, IS PETER INDERDAAD THUIS als ik thuiskom van mijn werk. Ik ben zo moe en gestrest dat ik in de verleiding kom om toe te geven en het avondeten, een geurige pilav met champignons en erwten, gewoon op te eten. Maar dat kan niet. Ik kan niet meegaan in deze waanzin en net doen alsof dit op de een of andere manier normaal is.

Als mijn stalker niet van plan is me met rust te laten, hoef ik het spelletje ook niet mee te spelen. Ik kan het hem net zo goed zo moeilijk mogelijk maken. Daarom negeer ik de gedekte tafel en loop naar boven terwijl hij bezig is wijn in te schenken. Ik loop mijn slaapkamer binnen, doe de deur op slot en ga naar de badkamer om me op te frissen. Ik heb alles geprobeerd behalve rechtstreeks verzet. Inmiddels ben ik wanhopig genoeg om daarvoor te kiezen.

Met mijn gezicht gewassen ga ik op het bed zitten. Wat zou er nu volgen? Ik ben niet van plan die deur open te doen, hem erin te laten of op welke andere manier ook mee te werken. Ik ben klaar met huisje-boompje-beestje spelen met dit monster. Als hij me wil, zal hij me moeten dwingen.

Mijn maag rommelt en ik besluit dat het stom was om niet eerst iets te eten. Ik was gewoon zo afgeleid omdat ik de hele dag aan Peter heb gedacht dat ik op de automatische piloot naar huis ben gereden. Constant word ik in beslag genomen door deze onmogelijk situatie. Nu ik weet dat hij een team heeft waarmee hij huurmoordenaarsmissies vervult, voel ik me er nog minder zeker van dat de FBI me zou kunnen beschermen als ik hen zou bellen. Ik denk niet dat *iemand* me tegen hem kan beschermen.

Een klopje op de slaapkamerdeur haalt me uit mijn wanhopige gedachten.

'Kom naar beneden, *ptichka*,' zegt Peter. 'Het eten wordt koud.'

Mijn hele lichaam verstart, maar ik geef geen antwoord.

Nog een klop op de deur. Dan rammelt de klink. 'Sara.' Peters stem verhardt. 'Doe open.'

Ik voel me te onrustig om te blijven zitten dus sta ik op, maar ik ga niet naar de deur.

'Sara. Doe die deur open. Nu.'

Ik blijf staan. Mijn handen trillen. Onderweg

overwoog ik een wapen te kopen, maar ik herinnerde me vervolgens wat hij had gezegd over dat zijn team zijn hartslag en zo in de gaten houdt en daarom heb ik het niet gedaan. Ik weet niet precies hoe dat werkt, maar misschien draagt hij een apparaatje dat dat allemaal meet en doorgeeft. Misschien zelfs een implantaat. Ik heb daarover gehoord, al heb ik ze nog nooit gezien. Maar hoe dan ook: als wat Peter me verteld heeft, klopt, dan kan ik hem niets doen zonder zelf gevaar te lopen en mogelijk mijn vrienden en familie in gevaar te brengen. Mensen die doden voor geld zouden ook niet aarzelen om hun baas op allerlei brute manieren te wreken.

'Je krijgt vijf seconden om die deur te openen.'

Ik negeer het gevoel van déjà vu en bijt op mijn lip. Mijn hart bonst en het zweet loopt over mijn rug. Ik wil niet dat hij me iets aandoet, maar zo wil ik ook niet leven. Ik wil niet te bang zijn om voor mezelf op te komen en willoos meegaan in de eisen van een gek. De laatste keer dat ik hem buitensloot, was ik in shock. Ik had hem die twee mannen zien doden en ik handelde zonder erbij na te denken. Nu is het echter een bewuste actie. Ik moet weten hoe ver hij zal gaan, wat hij zal doen om zijn zin te krijgen.

Hij telt niet hardop, dus in gedachten tel ik mee.

Eén, twee, drie, vier, vijf...

Ik wacht tot hij tegen de deur trapt, maar in plaats daarvan hoor ik voetstappen naar de gang lopen. Mijn adem ontsnapt in een lange, opgeluchte zucht. Kan het waar zijn? Kan hij het opgegeven hebben en me deze avond verder met rust laten? Dat is niet wat ik verwachtte, maar hij heeft me al eerder verrast. Misschien wil hij me nog altijd niet dwingen; misschien is de slaapkamerdeur intrappen ook een grens en...

De voetstappen komen terug en de deurklink rammelt opnieuw. Dan klinkt er een metaalachtig geluidje.

Mijn hart slaat over en begint dan snel te bonzen.

Hij peutert het slot open.

Op de een of andere manier is die doelbewuste, kalme handeling angstaanjagender dan wanneer hij de deur ingetrapt had. Mijn kweller handelt niet uit woede; hij is volkomen beheerst en weet precies waar hij mee bezig is.

Het metalige geknars duurt nog geen minuut. Dat weet ik, omdat ik naar de knipperende cijfers op de wekker op het nachtkastje kijk. Dan zwaait de deur open en stapt Peter naar binnen. Zijn houding verraadt onderdrukte woede en zijn gezicht staat hard en kil. Ik bedwing de neiging om te vluchten en hef mijn kin om hem aan te staren.

Zijn grote lichaam torent boven het mijne uit als hij voor me blijft staan. 'Kom eten.' Zijn stem is zacht en zelfs mild.

Toch hoor ik de duisternis erachter. Hij heeft zichzelf nauwelijks onder controle en als ik nog maar een greintje hoop had, had ik toegegeven om mezelf te beschermen. Maar ik heb geen enkele strategie meer tot mijn beschikking en op een zeker punt moet zelfbescherming wijken voor zelfrespect. Ik schud mijn hoofd. 'Ik ga dit niet doen.'

Hij spert zijn neusvleugels wijd. 'Wat doen? Eten?'

Precies op dat moment rommelt mijn maag. Ik bloos. 'Ik eet niet met jou,' zeg ik zo kalm mogelijk. 'En ik vrij ook niet met je. Of doe wat dan ook met je.'

'O, nee?' In die ijzige grijze ogen staat nu een duistere geamuseerdheid te lezen. 'Weet je het zeker, *ptichka?*'

Mijn handen ballen zich tot vuisten. 'Ik wil dat je mijn huis verlaat. Nu.'

'En anders?' Hij komt dichterbij.

Zijn grote lichaam is zo indrukwekkend dat ik achteruit deins in de richting van het bed.

'En anders, Sara?'

Ik wil dreigen met de politie of de FBI, maar we weten allebei dat ik dat al gedaan had als dat een optie was geweest. Ik kan niets doen om hem uit mijn leven te krijgen en daar zit 'm het grootste probleem. Ik negeer het koude zweet dat me uitbreekt en hef mijn kin nog wat hoger. 'Ik ben er klaar mee, Peter.'

'Waarmee?' Hij komt dichterbij en houdt zijn hoofd schuin.

'Met die gestoorde relatiefantasie die je verzonnen hebt,' verduidelijk ik. Hij is te dichtbij en domineert mijn persoonlijke ruimte alsof hij er thuishoort. Zijn mannelijke geur omringt me en de warmte van zijn lichaam lijkt diep in me door te dringen. Ik zet opnieuw een stap achteruit en probeer het vochtige gevoel tussen mijn benen en mijn pijnlijk harde tepels te negeren. Ik kan niet zo dicht bij hem zijn zonder me te herinneren hoe het voelt om nog dichter bij hem te zijn, om op de meest intieme manier met hem verbonden te zijn.

'Een gestoorde relatiefantasie?' Hij trekt spottend zijn wenkbrauwen op. 'Dat is wel een beetje gemeen, hè?'

'Ik. Ben. Er. Klaar. Mee,' benadruk ik ieder woord. Mijn hart bonst hevig, maar ik ben niet van plan om toe te geven of me te laten afleiden door een discussie over een onze gestoorde relatie. 'Als je in mijn keuken wilt koken, dan ga je je gang maar. Maar tenzij je me letterlijk wilt dwingen om te eten, eet ik niet mee. En ik doe ook niets anders met je.'

'O, *ptichka*.' Peters stem is zacht en zijn blik haast meelevend. 'Je hebt er geen idee van hoe mis je het hebt.'

Zijn lippen vormen zich tot die imperfecte, magnetische glimlach en mijn maag trekt samen als hij nog dichterbij komt. Ik wil meer afstand tussen ons scheppen en zet een stap achteruit, maar dan voel ik de rand van het bed tegen mijn knieholtes. Opnieuw heeft hij me in een hoek gedreven.

Genadeloos komt hij dichterbij.

Mijn vagina trekt samen als hij zijn handen op mijn schouders legt.

'Kom mee naar beneden, Sara,' zegt hij zacht. 'Je hebt trek en je zult je beter voelen als je iets hebt gegeten. Tijdens het eten kunnen we praten.'

'Waarover?' Mijn stem klinkt gespannen. De hitte

van zijn handpalmen lijkt door de dikke trui die ik aanheb heen te branden. Het kost me de grootste moeite om rustig adem te blijven halen nu opwinding in me opwelt. 'Wij hebben niets te bespreken.'

'Ik vind van wel,' zegt hij.

Ik zie het monster in het donkere zilver van zijn blik.

'Want Sara, als je hier niet me wilt samenleven, kunnen we samen ergens anders naartoe. Die fantasie kan werkelijkheid worden, maar alleen op mijn voorwaarden.'

39

Peter

Ze beeft als ik haar naar beneden begeleid en ik weet dat het zowel van angst als van kwaadheid is. Haar reactie zou me dwars moeten zitten, maar ik ben zelf veel te kwaad. Gisteren, en ook vanochtend bij het ontbijt, had ik kunnen zweren dat ze blij was om me te zien, dat ze opgelucht was dat ik veilig terug was. Maar nu is ze weer kil en afstandelijk en dat kan ik niet toestaan. Tijd om de kat zonder handschoenen aan te pakken.

'Ga zitten,' zeg ik als we in de keuken zijn.

Ze ploft met een rebelse uitdrukking op haar knappe gezicht op haar stoel neer. Blijkbaar is ze vastbesloten om het me moeilijk te maken; helaas voor haar ben ik even vastbesloten dat niet te accepteren.

Ik haal diep adem, doe de lamp uit en steek de kaarsen aan. Dan schep ik de risotto op en zet een bord voor haar neer voor ik voor mezelf opschep. Ik heb evenveel trek als zij, dus zodra ik zit, begin ik te eten. Het bespreken van wat er tussen ons speelt kan wel een paar minuten wachten.

Helaas deelt Sara die mening niet. 'Wat bedoelde je met "die fantasie kan werkelijkheid worden"?' vraagt ze. Haar stem klinkt gespannen en ze speelt met haar vork. 'Wat heeft dat te betekenen?'

Eerst eet ik rustig mijn bord halfleeg; dan leg ik mijn vork neer en kijk haar aan. 'Wat ik daarmee bedoel, is dat het feit dat je hier woont, naar je werk gaat en met je vrienden en familie omgaat een privilege is dat ik je toesta,' zeg ik kalm.

Ze trekt wit weg.

'Andere mannen in mijn positie zouden niet zo soepel zijn en ik hoef dat ook niet te zijn. Ik wil je en ik heb de macht om je te bezitten. Zo simpel is het gewoon. Als onze huidige dynamiek je niet bevalt, kan ik die veranderen. Maar dat zal je niet bevallen.'

Haar hand trilt als ze naar het wijnglas reikt dat ik eerder voor haar heb volgeschonken. 'Wat ga je dan doen? Me ontvoeren? Me bij mijn vrienden en familie weghouden?'

'Ja, *ptichka*. Dat is precies wat ik ga doen als wat we nu doen niet werkt.' Ik besluit verder te eten om haar de tijd te geven om mijn woorden te verwerken. Ik weet dat ik streng voor haar ben, maar ik moet deze kleine opstand meteen de kop indrukken en haar laten zien hoe precair haar huidige situatie is. Er is geen grens die ik niet zou overschrijden voor haar. Hoe dan ook zal ze de mijne zijn.

Sara staart me aan. Het glas trilt in haar hand en ze zet het onaangeroerd weer neer. 'Waarom heb je dat dan nog niet gedaan? Waarom dit alles?' Ze maakt een weids gebaar met haar ene hand en mept daarbij bijna het glas en de kandelaar om.

'Pas op,' zeg ik, terwijl ik beide objecten uit haar buurt haal. 'Als ik niet beter wist, zou ik denken dat je me opnieuw probeert te drogeren.'

Ze knarsetandt hoorbaar. 'Vertel,' eist ze. Haar hand is tot een vuist gebald naast haar onaangeraakte bord. 'Waarom heb je me nog niet ontvoerd? Daar heb je vast geen gewetensbezwaren tegen?'

Met een zucht leg ik mijn vork weer neer. Ik had haar een gesprek ná het eten moeten beloven, niet tijdens. 'Omdat ik het mooi vind wat je doet.' Ik pak mijn glas en neem een slokje. 'Je werk met vrouwen en baby's. Het is bewonderenswaardig werk en dat wil ik je niet ontnemen. Je ouders wil ik je ook niet onthouden.'

'Maar als het moet, doe je dat wel?'

'Ja.' Ik zet het glas neer en pak mijn vork weer. 'Dat zal ik zeker doen.'

Ze kijkt me even aan en pakt dan haar eigen vork.

Een paar minuten lang eten we door in een ongemakkelijke stilte.

Ik kan haar zowat horen denken. Haar snelle geest

probeert een oplossing te verzinnen. Helaas voor haar is die er niet.

Als Sara's bord halfleeg is, duwt ze het opzij en zegt gespannen: 'Heb je haar ook gestalkt?'

Met opgetrokken wenkbrauwen pak ik mijn glas. 'Wie?'

'Je vrouw,' zegt Sara. Haar hand spant zich om de steel van haar wijnglas, waardoor ze het bijna breekt.

Instinctief zet ik me schrap voor de pijn en die woede die ik verwacht te voelen, maar ik voel alleen een vaag verlies en een bitterzoet gevoel als ik aan haar terugdenk. 'Nee,' zeg ik. Ik verras mezelf doordat zich een oprechte glimlach om mijn lippen vormt. 'Zeker niet. Zij stalkte mij, om precies te zijn.'

40

S ara

GESCHOKT STAAR IK MIJN KWELLER AAN. DIE ZACHTE, bijna tedere glimlach verrast me. Ik had verwacht dat hij zou ontploffen en ik zag zijn vingers zich om zijn glas spannen. Maar hij glimlacht!

Ik bijt op mijn onderlip en overweeg het onderwerp te laten vallen. Maar nu hij gedreigd heeft me te ontvoeren kan ik de neiging meer over hem te weten te komen niet bedwingen. 'Hoe bedoel je?' Ik pak mijn wijnglas weer. De risotto is geweldig, maar mijn maag is zo gespannen dat ik geen trek meer heb. Wijn lijkt me wel een goed idee. Misschien vergeet ik zijn angstaanjagende belofte als ik maar dronken genoeg word.

'We ontmoetten elkaar bijna negen jaar geleden,

toen ik in haar dorp overnachtte.' Peter leunt achterover in zijn stoel en houdt zijn wijnglas in één grote hand.

Het kaarslicht werpt een zachte, warme gloed over zijn knappe gezicht en als ik niet bol stond van de stress had ik kunnen geloven dat dit een romantisch etentje was, precies zoals in die fantasie die hij probeert te scheppen.

'Mijn team was bezig een groep rebellen in de bergen te zoeken,' gaat hij verder. Zijn blik staat afwezig als hij zichzelf in de herinneringen verliest. 'Het was een koude winter. Ontzettend koud, zelfs. We hadden een warme overnachtingsplek nodig, dus vroeg ik de dorpelingen of we ergens een paar kamers konden huren. Slechts één vrouw was dapper genoeg om ons een nacht te huisvesten, en dat was Tamila.'

Ik neem een slokje wijn en luister gefascineerd. 'Woonde ze alleen?'

Peter knikt. 'Ze was pas twintig, maar ze had haar eigen kleine huisje. Een tante had het haar nagelaten. Het was in dat dorp ongehoord dat een vrouw alleen zou wonen, maar Tamila hield niet van regels. Haar ouders wilden dat ze een van de dorpsoudsten zou trouwen vanwege de bruidsschat van vijf geiten die ze zouden ontvangen, maar Tamila had een hekel aan hem en probeerde het huwelijk zo lang mogelijk voor zich uit te schuiven. Haar ouders waren daar uiteraard niet blij mee. Tegen de tijd dat mijn mannen en ik daar kwamen, was ze wanhopig.'

Ik giet de rest van mijn wijn naar binnen en hij praat verder.

'Uiteraard had ik daar allemaal geen idee van. Ik zag gewoon een mooie jonge vrouw die om welke reden dan ook drie halfbevroren Spetsnaz-soldaten toegang verleende tot haar huis. Ze liet mijn mannen in haar slaapkamer slapen en bood mij de tweede, kleinere slaapkamer aan. Zelf zou ze op de bank slapen, zei ze.'

'Maar dat deed ze niet,' raad ik terwijl hij me meer wijn inschenkt. Mijn maag voelt gespannen aan nu jaloezie door me heen raast. 'Ze kwam naar jouw bed.'

'Ja, dat klopt.'

Hij glimlacht opnieuw en ik verberg mijn ongemak door meer wijn te drinken. Ik weet niet waarom ik het erg vind om hem met deze "mooie jonge vrouw" voor me te zien, maar het is wel zo. Het kost me moeite om kalm te luisteren als hij verder praat.

'Uiteraard wees ik haar niet af. Geen enkele heteroman zou dat gedaan hebben. Ze was verlegen en relatief onervaren, maar geen maagd. Toen we 's ochtends vertrokken, beloofde ik op de terugweg langs te komen. Toen ik dat twee maanden later inderdaad deed, kwam ik erachter dat ze zwanger van me was.'

Ik knipper even. 'Had je geen voorbehoedsmiddel gebruikt?'

'De eerste keer wel. De tweede keer verleidde ze me in mijn slaap en tegen de tijd dat ik goed en wel wakker was, zat ik al in haar en was ik te ver heen om nog aan een condoom te denken.'

Mijn mond valt open. 'Ze deed het met opzet om zwanger te worden?'

Hij haalt zijn schouders op. 'Ze zei van niet, maar ik vermoed van wel. Haar dorp was een conservatief moslimdorp en ze had voor mij al een minnaar gehad. Ze heeft me nooit verteld wie het was, maar als ze met de dorpsoudste was getrouwd – of iemand anders uit het dorp – dan was haar echtgenoot erachter gekomen en zou ze publiekelijk zijn beschimpt en verstoten. Een niet-moslim vreemdeling zoals ik was haar beste kans en ze greep de gelegenheid met twee handen aan toen die zich voordeed. Ik vond het bewonderenswaardig. Ze nam een risico en had succes.'

'Want jij trouwde met haar.'

Hij knikt. 'Ja, maar pas nadat de vaderschapstest bewees dat ze gelijk had.'

'Dat is heel... nobel van je.' Ik ben enorm opgelucht dat hij niet smoorverliefd op haar was. 'Niet veel mannen zouden bereid zijn geweest om met een vrouw te trouwen van wie ze niet hielden, alleen omdat ze hun kind droeg.'

Peter haalt opnieuw zijn schouders op. 'Ik wilde niet dat mijn zoon gepest zou worden of vaderloos zou opgroeien. Met zijn moeder trouwen was de beste optie om dat te voorkomen. En na zijn geboorte groeide ook mijn liefde voor Tamila.'

'Juist.' Opnieuw een vlaag van jaloezie. Om mezelf af te leiden, drink ik mijn tweede glas leeg en pak de fles wijn om mezelf nog meer in te schenken. 'Ze heeft je dus in de val gelokt, maar het kwam allemaal op z'n pootjes terecht.' Mijn handen zijn zweterig en ik laat de fles bijna vallen. De wijn komt met zo'n kracht in het glas terecht dat er wat spetters op het tafelkleed vallen.

'Heb je dorst?' Peters grijze ogen glinsteren geamuseerd als hij me de fles uit handen neemt. 'Wil je anders een glas water of een kop thee?'

Ik schud heftig mijn hoofd en besef dat dat de kamer een beetje om me heen draait. Misschien heeft hij gelijk; ik heb weinig gegeten en ik moet niet te veel meer drinken. Maar elke slok neemt mijn onrust weg en dat voelt te goed om ermee te willen stoppen. 'Ik voel me prima,' zeg ik, en ik pak opnieuw mijn glas. Morgen heb ik hier vast spijt van, maar ik heb het warme waas van de wijn nu nodig. 'Dus jouw liefde voor Tamila groeide. Ze bleef in dat dorpje wonen?'

'Ja.' Zijn gezicht verstrakt; we komen dichter bij de pijnlijke herinneringen. Hij zegt hees: 'Ik dacht dat zij en Pasha – zo noemden we mijn zoon – daar veiliger zouden zijn. Ze wilde naar mijn appartement in Moskou verhuizen, maar ik was vaak onderweg voor mijn werk en wilde haar niet alleen in een onbekende stad achterlaten. Ik beloofde haar dat ik met hen Moskou zou bezoeken als Pasha ouder was, maar het leek me beter als ze in de buurt van haar familie bleef wonen en mijn zoon in de frisse berglucht in plaats van de smog in de grote stad zou opgroeien.'

De wijn brandt in mijn keel. 'Ik vind het heel erg voor je,' mompel ik terwijl ik mijn glas neerzet. En dat meen ik. Ik haat wat Peter me aandoet, maar mijn hart trekt samen als ik aan zijn pijn denk, aan het verlies dat hem dit duistere pad op heeft geleid. Ik kan me het schuldgevoel en de pijn goed voorstellen, die wetenschap dat hij de verkeerde keuze heeft gemaakt, dat zijn verlangen om zijn gezin te beschermen juist tot hun dood heeft geleid. Ik begrijp het, want ik heb mijn eigen man niet éénmaal, maar tweemaal gedood.

Peter knikt ter erkenning van mijn woorden en staat dan op om de tafel af te ruimen.

Ik drink mijn glas leeg als hij de spullen in de vaatwasser zet. Het warme waas dat me omringt neemt toe en de kaarsen trekken met hun hypnotische flikkering mijn aandacht.

'Laten we naar bed gaan,' zegt hij.

Als ik opkijk, staat hij zijn handen te drogen aan de handdoek. Ik moet de wereld even zijn vergeten toen ik naar de kaarsen keek. Of hij is gewoon heel snel met opruimen. Maar waarschijnlijk is het het eerste, wat betekent dat ik meer heb gedronken dan ik dacht. 'Bed?' Ik dwing mezelf te focussen als hij me bij mijn pols pakt en overeind trekt. Ondanks het waas van de wijn herinner ik me nog waarom ik zo overstuur was. Als hij me richting de trap leidt, neemt de spanning in mijn lichaam weer toe en schiet mijn polsslag omhoog. 'Ik wil niet met je naar bed.'

Hij kijkt me aan en zijn vingers om mijn pols verstrakken. 'Ik heb geen interesse in slapen.'

Opnieuw neemt mijn angst toe. 'Ik wil ook geen seks met je.'

'O, nee?' Hij blijft onderaan de trap staan en dwingt me hem aan te kijken. 'Dus als ik nu mijn vingers in je spijkerbroek zou laten glijden, zou je slipje niet vochtig zijn? Je kutje heet en gezwollen, afwachtend tot mijn pik je vult?'

Ik voel de blos over mijn gezicht kruipen. Ik weet dat ik nat ben, zowel door eerder als door de manier waarop hij me nu aankijkt. Hij ziet eruit alsof hij me wil verslinden, alsof zijn ondeugende woorden hem evenzeer opwinden als mij. De sufheid van de wijn helpt niet mee en ik besef dat het een fout was om mijn zorgen te willen verdrinken. Hem weerstaan als ik helder ben, is al moeilijk genoeg. Nu is het nagenoeg onmogelijk. Maar ik moet het proberen. 'Ik ben niet...'

'*Ptichka*...'

Zijn ene hand sluit zich om mijn kaak. Zijn duim streelt mijn wang en zijn ogen, de kleur van gesmolten staal, houden mijn blik vast.

'Moeten we het opnieuw over de indeling van ons leven hebben?'

Mijn bloed lijkt ijs te worden. Voor het eerst begrijp ik wat hij me voor ultimatum gesteld heeft. Hij verwacht niet alleen dat ik stop met ruziën over maaltijden; hij wil dat ik overal aan toegeef, dat ik hem in bed verwelkom alsof we een echte relatie hebben. Alsof hij mijn man niet heeft vermoord en mijn leven niet binnengedrongen is. 'Nee,' fluister ik.

Ik sluit mijn ogen als hij zich vorover buigt en zijn lippen zacht en teder over de mijne laat glijden. Zijn tederheid raakt me diep omdat het totaal tegenovergesteld is aan de dreigende gruwel van wat hij eerder zei. Als ik me verzet, dan zal hij me kidnappen en me al mijn vrijheid ontnemen. Als ik tegenstribbel, verlies ik alles waar ik van houd. Maar als ik het niet doe, verlies ik mezelf.

Ik struikel als ik de trap op wil lopen, dus tilt Peter me in zijn krachtige armen op en draagt me met gemak naar boven. Zijn kracht is zowel angstaanjagend als verleidelijk. Ik weet hoe het is als hij die tegen me gebruikt, maar toch voelt iets in mij zich daartoe aangetrokken, tot de veiligheid die die kracht belooft.

In de slaapkamer zet hij me neer en kleed me rustig uit. Alleen de duistere hitte in zijn blik toont me zijn honger, het verlangen dat hij hoe dan ook zal bevredigen. Zodra ik naakt ben, kleedt hij zich ook uit.

Ik vang een glimp op van iets metaligs als hij zijn jack over een stoel hangt. Een pistool? Een mes? Het idee dat zich wapens in mijn slaapkamer bevinden, zou me doodsbang moeten maken, maar ik voel me te overweldigd om echt te reageren. Mijn emoties gaan van geschoktheid, naar woede en dan naar een ijzige angst. Maar daaronder bevindt zich een vreemd, onlogisch gevoel van opluchting.

Nu ik geen keuze meer heb, kan ik toegeven. Dat is het enige wat me nog rest. Een traan loopt over mijn wang als hij naar me toeloopt, naakt en opgewonden. Zijn grote lichaam is een en al harde hoeken en gebeeldhouwde spieren, gewelddadige schoonheid en gevaarlijke mannelijkheid. Monsters zouden er niet zo uit mogen zien, niet even knap als dodelijk mogen zijn. Dat kunnen wij mensen gewoon niet aan.

'Niet huilen, *ptichka*,' prevelt hij. Zijn vingers strijken over mijn wang en vegen de traan weg. 'Ik doe je geen pijn. Het is echt niet zo erg als je denkt.'

Niet zo erg als ik denk? Ik zou willen lachen, maar ik schud mijn hoofd. Zowel de wijn als zijn nabijheid benevelen me. Hij heeft gelijk. Ik wil hem wel. Ik verlang naar hem, zo heftig dat ik het nauwelijks kan onderdrukken. Tegelijkertijd haat ik hem. Ik haat hem om wat hij doet en om wat hij me laat voelen.

Zijn vingers glijden door mijn haren naar mijn achterhoofd en ik sluit mijn ogen als hij me opnieuw kust. Met zijn andere hand trekt hij me aan mijn heupen naar hem toe. Zijn erectie duwt tegen mijn buik, groot en hard. Zijn kus is echter teder; zijn lippen roepen gevoelens in me op, maar dwingen me niet.

Het voelt zo ontzettend goed dat ik heel even vergeet dat ik geen keus heb. Mijn handen glijden om zijn middel, over die harde spieren heen. Ik open mijn lippen als de hitte in mijn binnenste toeneemt. Daar maakt hij gebruik van. Zijn tong streelt de binnenkant van mijn mond en vermengt de smaak van de wijn met die van zoete verleiding. Dit is niet onze eerste keer, maar toch ligt er in die kus een verkenning besloten, een sensuele ontdekkingstocht vol tedere verwondering. Hij kust me alsof ik het kostbaarste en dierbaarste ben dat hij ooit gekend heeft.

Mijn hoofd tolt van genot en het is zo verleidelijk om mezelf te laten gaan, om me te wentelen in de illusie dat hij om me geeft. Uit de manier waarop hij me vasthoudt, spreekt ruwe passie, maar ook iets diepers, iets wat raakt aan de kwetsbaarste delen van mijn hart. Iets wat de enorme leegte van de teloorgang van mijn huwelijk weet te vullen.

Ik weet niet hoelang Peter me zo kust, maar als hij zijn hoofd optilt, staan we allebei te hijgen en raast de hitte als een wildvuur door me heen. Verdwaasd kijk ik hem aan als hij me op het bed laat zakken. Er is nu geen kilte te zien in die metaalgrijze diepten, geen woedende duisternis, alleen maar verlangende tederheid. Als hij zich tussen mijn benen nestelt en me met zijn grote lichaam bedekt, besef ik dat het makkelijk zou kunnen zijn. Ik zou kunnen ophouden met me te verzetten en meegaan in de fantasie, in dit duistere sprookje.

'Sara...'

Zijn sterke hand sluit zich om mijn gezicht in een haast pijnlijk teder gebaar. De pijn die ik in mijn borst voel, is zowel krachtig als pervers. Hij kijkt me aan alsof ik zijn alles ben, alsof hij al mijn dromen wil laten uitkomen. Dit is wat ik altijd heb gewild, waar ik altijd naar heb verlangd...

Maar niet met de moordenaar van mijn man. Ik gris het laatste beetje zinnigheid bijeen en sluit mijn ogen om die hypnotische zilveren blik buiten te sluiten.

Geen keus, breng ik mezelf in herinnering als hij opnieuw zo'n vurige kus op mijn lippen laat neerdalen.

Geen keus, houd ik mezelf voor als ik een condoomverpakking hoor openscheuren en de haartjes van zijn benen tegen de gevoelige huid aan de binnenkant van mijn dijen voel, waarna ik ze verder open om hem toegang te geven tot mijn vagina.

Geen keus, schreeuw ik het vanbinnen uit als hij in me stoot, me oprekt en me vult... met brandend verlangen.

Het is fout en het is ziekelijk, maar het duurt nog geen minuut voor ik hard klaarkom. Zijn heftige ritme drijft me over de rand met een intensiteit die een schreeuw aan me onttrekt en mijn ogen met tranen vult. Mijn lichaam beeft van een duister genot en trekt samen om zijn grote erectie heen. Ik schreeuw zijn naam uit en laat mijn nagels over zijn rug glijden als hij me blijft neuken.

Ik kom nog twee keer klaar voor hij zelf ook zijn hoogtepunt bereikt.

Naderhand lig ik slap op hem, onze ledematen verstrengeld en zijn hand strelend op mijn rug. Nu mijn hoofd op zijn schouder rust, hoor ik het regelmatige bonzen van zijn hart. De warme gloed van de seks verdwijnt en maakt plaats voor de bekende schaamte en wanhoop. Ik haat hem en ik haat mezelf. Ik haat mezelf omdat iets pervers in mij blij was met zijn ultimatum. Het voelde goed om geen keus te hebben.

'Je gaat trouwens niet over een paar weken verhuizen,' prevelt hij. Hij gaat door met strelen. 'Dat juristenechtpaar is niet langer de bezitter van dit huis, maar ik. Of beter gezegd, een van mijn schaduwondernemingen.'

Ik zou verrast moeten zijn, maar dat ben ik niet. Ik had dit kunnen verwachten. Mijn vingers spannen zich om het kussen. 'Heb je ze bedreigd? Vermoord?' Als hij grinnikt, voel ik zijn krachtige borst onder me bewegen.

'Ik heb ze twee keer zoveel betaald als het huis waard is. Hetzelfde geldt voor je toekomstige huisbaas. Hij is goed betaald voor het niet doorgaan van het huurcontract.'

Ik sluit mijn ogen, want ik ben zo opgelucht dat ik wel zou kunnen huilen. Ik weet niet wat ik had gedaan als nog iemand omwille van mij geleden zou hebben. Hoe had ik dan nog met mezelf kunnen leven? Als ik er zeker van ben dat mijn stem niet trilt, kijk ik hem aan. 'Dus dat is het dan? We gaan gewoon zo verder?'

'Voorlopig wel.' Zijn ogen glinsteren duister. 'Daarna zien we wel.'

Hij trekt me tegen zich aan en slaat een arm om me heen, alsof dit is waar ik thuishoor.

DEEL III

41

Sara

Naarmate de dagen verstrijken, ontwikkelt zich een patroon van een bizar soort huiselijkheid. Iedere avond kookt Peter een verrukkelijke maaltijd voor ons, die al op tafel staat als ik thuiskom. We weten samen en dan hebben we seks, één of meerdere keren, voor we gaan slapen. Als hij 's ochtends als ik wakker word thuis is, en dat is vaak zo, dan maakt hij ontbijt voor me. Het is net of ik een huisman heb... maar dan wel eentje die in zijn vrije tijd huurmoordenaarsmissies vervult.

'Wat doe jij eigenlijk overdag?' vraag ik als ik na een bijzonder zware dag aanschuif voor een banket van lamskoteletten en een Russische salade met bietjes. 'Je staat vast niet de hele dag in de keuken.'

'Nee, natuurlijk niet.' Hij kijkt me geamuseerd aan. 'Ons werk vereist een heleboel logistieke planning, dus daar ben ik met mijn team mee bezig. Daarbij houd ik me bezig met de zakelijke kant van wat we doen.'

'De zakelijke kant?'

'Contacten met klanten, het bijhouden van de betalingen, het investeren en verdelen van ons geld, de acquisitie van wapens en voorraden. Dat soort dingen,' antwoordt hij.

Ik luister gefascineerd als hij een wereld schetst waarin absurde sommen geld rondgaan en moorden slechts een vorm van het uitbreiden van je bedrijf is.

'We doen veel werk voor kartels en andere machtige organisaties en mensen,' zegt hij terwijl we van het lam genieten. 'Die klus in Mexico, bijvoorbeeld, was een zaak waarin de ene kartelbaas ons inhuurde om zijn rivaal te elimineren, zodat hij zijn gebied kon overnemen. Andere cliënten zijn onder andere Russische oligarchen, verschillende types dictators, Midden-Oosterse koninklijke families en enkele van de beter bestuurde maffiaorganisaties. Als het rustig is, nemen we ook kleinere klussen aan. Dan schakelen we lokale boeven uit, maar die klussen leveren nauwelijks iets op. Daarom beschouwen we ze als vrijwilligerswerk, een manier om scherp te blijven.'

'Vrijwilligerswerk, juist.' Ik probeer mijn sarcasme niet eens te verbergen. 'Net zoals mijn werk in de kliniek.'

'Precies,' zegt Peter met een grijns.

Hij zegt het met opzet zo om me te shockeren.

Soms speelt hij zo'n spelletje: eerst vervult hij me van afschuw en daarna verleidt hij me, zodat ik zijn aanrakingen wel moet verwelkomen, ondanks de walging die ik voel... nee, die ik zou moeten voelen.

Het is een teken van de verkniptheid van onze relatie dat bijna niets wat hij zegt of doet blijvend effect heeft op mijn verlangen naar hem. Mijn onvermogen om hem te weerstaan is als een bloedende wond die maar niet wil genezen. Iedere keer als ik zijn eten eet, als ik in zijn armen slaap, als ik genot vind door zijn handen, gaat die wond opnieuw open. En iedere keer weer walg ik van mezelf, schaam ik me voor mezelf. Ik leid een gelukkig huiselijk leventje met de moordenaar van mijn man en het is absoluut niet zo vreselijk als zou moeten.

Een deel van het probleem is dat Peter me sinds die eerste keer geen pijn meer gedaan heeft. Niet fysiek, in elk geval. Ik voel zijn gewelddadige kant wel, maar als hij me aanraakt, houdt hij zichzelf onder controle, blijft die duisternis binnen.

Wat ook helpt, is dat ik niet rechtstreeks tegen hem in kan gaan. Nu de dreiging van ontvoering me boven het hoofd hangt, moet ik wel meegaan in wat hij wil. Tenminste, dat houd ik mezelf voor. Dat is de enige manier waarop ik dat wat er gebeurt kan accepteren: dat ik de man die ik haat nodig heb.

Als hij alleen seks had gewild, was het makkelijk geweest, maar Peter zorgt voor me. Van romantische, vers bereide maaltijden tot nachtelijk geknuffel - ik word overladen met aandacht. Ik voel me vertroeteld en verzorgd. We gaan niet samen uit – ik neem dat dat komt doordat hij niet in het openbaar gezien wil worden – maar gezien de manier waarop hij me behandelt, kan ik zo voor zijn verwende vriendin doorgaan.

'Waarom doe je dit?' vraag ik als hij mijn haren borstelt na me onder de douche helemaal gewassen te hebben. 'Vind je dit geil of zo?'

Hij kijkt me via de spiegel geamuseerd aan. 'Misschien. Bij jou wel, in elk geval.'

'Nee, serieus. Wat heb jij hieraan? Je weet dat ik geen kind meer ben.' Peters mond verstrakt en ik besef dat ik per ongeluk een zere plek geraakt heb. We hebben het niet vaak over zijn gezin. Ik weet wel dat zijn zoontje nog maar een peuter was toen hij stierf. Kan het zijn dat ik op de een of andere verwrongen manier een surrogaat ben voor zijn verloren gezin? Dat hij mij heeft uitgekozen omdat hij voor iemand wilde zorgen, wie dan ook? Kan het zijn dat mijn Russische moordenaar zo naar liefde snakt dat hij genoegen neemt met deze charade?

Het is een intrigerende gedachte, voornamelijk omdat ik aan het einde van de tweede week merk dat ik verslaafd begin te raken aan het gemak en genot dat Peter me biedt. Na een lange dienst heb ik echt behoefte aan de nek- en voetmassages die hij me vaak geeft, en het kost me elke keer dat ik de garage inrijd en weer iets lekker ruik inmiddels moeite om niet te gaan watertanden. Niet alleen begin ik gewend te raken aan de aanwezigheid van mijn stalker, ik begin ervan te genieten.

In elk geval van delen ervan. Ik ben nog altijd verre van enthousiast over de bodyguards die me overal volgen. Ik zie ze bijna nooit, maar ik kan voelen dat ze me in de gaten houden en dat irriteert me. Het maakt me ook onrustig.

'Ik sla echt niet op de vlucht, hoor,' zeg ik op een avond tegen Peter als we in bed liggen. 'Je kunt je waakhonden terugroepen.'

'Ze zijn er om jou te beschermen,' zegt hij.

Ik besef dat hij niet van plan is om op dit punt compromissen te sluiten. Om de een of andere reden is hij ervan overtuigd dat ik gevaar loop en dat nota bene hij degene is die mij moet beschermen. 'Waar ben je bang voor?' vraag ik. Ik laat mijn vingers over zijn strakke buikspieren glijden. 'Dat een of andere gek mijn huis binnendringt? Dat hij me waterboardt en dan mijn echtgenoot vermoordt?' Als ik opkijk, zie ik hem grijnzen alsof ik iets grappigs heb gezegd. 'Wat?' vraag ik geërgerd. 'Vind je dit grappig?'

Zijn uitdrukking wordt ernstig. 'Nee, *ptichka*. Helemaal niet, zelfs. Ik weet niet of het nog uitmaakt, maar het spijt me dat ik je toen pijn gedaan heb. Ik had een andere manier moeten verzinnen.'

'Ik snap het. Een andere manier om George te doden.' Met een wee gevoel vanbinnen duw ik hem weg en vlucht naar de badkamer, de enige plek waar mijn kweller me met rust laat.

Soms vergeet ik bijna hoe het allemaal begonnen is

en slaat mijn geest heel handig de gruwelen van onze eerste kennismaking over. Het is net alsof iets in mij heel graag mee wil doen met Peters fantasie en net wil doen of het allemaal echt is.

'Je hebt me nog altijd niet verteld wat er tussen George en jou is misgegaan,' zegt Peter tijdens een relaxte brunch op zaterdag, zo'n drie weken na zijn terugkomst. 'Waarom waren jullie dat perfecte koppel waar iedereen jullie voor aanzag? Je wist niet wat zijn echte werk was, dus wat ging er mis?'

Het stukje ei dat ik net heb doorgeslikt, blijft in mijn keel steken en ik heb het merendeel van mijn koffie nodig om het weg te spoelen. 'Waarom denk je dat er iets mis was?' Mijn stem klinkt te hoog, maar Peter heeft me dan ook totaal verrast. Hij begint eigenlijk nooit over mijn dode man, waarschijnlijk om de illusie van een echte relatie in stand te houden.

'Omdat je me dat vertelde,' antwoordt hij kalm. 'Toen je onder invloed was van die drug die ik je ingespoten had.'

Ik staar hem aan. Dat hij het waagt om het te noemen! Sinds ons gesprek vorige week over die bewakers – en mijn huilbui in de badkamer die daarop volgde – hebben we alle verwijzingen naar wat hij me heeft aangedaan zorgvuldig vermeden. 'Dat gaat...' Snel raap ik mezelf bij elkaar. 'Dat gaat je niets aan.'

'Mishandelde hij je?' Peters metaalgrijze ogen worden duister. 'Deed hij je pijn?'

'Wat? Nee!'

'Was hij een pedofiel? Een necrofiel?'

Ik haal diep adem om te kalmeren. 'Nee, natuurlijk niet.'

'Ging hij vreemd? Was hij aan de drugs? Mishandelde hij dieren?'

'Hij dronk, oké?' snauw ik geërgerd. 'Hij begon met drinken en hij hield niet meer op.'

'Juist.' Peter leunt naar achteren. 'Een alcoholist, dus. Interessant.'

'O, ja?' vraag ik bitter. Ik pak mijn bord, gooi de restjes van mijn eten in de vuilnisbak en zet het bord in de vaatwasser. 'Je vindt het fijn om te horen dat de man die ik kende en liefhad sinds mijn achttiende, de man met wie ik getrouwd was, zonder enige duidelijke aanleiding vlak na ons huwelijk totaal veranderde? Dat hij binnen een paar maanden iemand werd die ik nauwelijks nog herkende?'

'Nee, *ptichka.*' Hij komt achter me staan en trekt me tegen zich aan, om vervolgens het haar uit mijn hals te vegen en me daar te kussen.

Mijn adem stokt.

Zijn adem verwarmt mijn huid als hij fluistert: 'Ik vind dat helemaal niet fijn.'

'Ik heb het gewoon nooit kunnen begrijpen.' Ik draai me om in zijn armen. Bij het zien van Peters blik wordt die oude wond weer opengereten. 'Het ging ons voor de wind. Ik was klaar met mijn studie geneeskunde, we kochten dit huis, we trouwden... Hij was vaak weg voor zijn werk, dus dat ik lange dagen maakte was geen probleem en ik op mijn beurt vond het daarom ook niet erg dat hij vaak weg was. En toen...' Ik zwijg als ik besef dat ik op het punt sta alles op te biechten aan Georges moordenaar.

'Wat gebeurde er toen?' Hij pakt mijn hand. 'Wat gebeurde er, Sara?'

Ik bijt op mijn lip, maar de verleiding om hem alles te vertellen – om voor één keer de volledige waarheid aan iemand te openbaren – is simpelweg te groot. Ik ben het zo zat om net te doen of er niets aan de hand was, om dat perfecte plaatje te blijven schilderen dat iedereen verwacht. Ik trek mijn hand los en ga weer aan de tafel zitten.

Ook Peter neemt plaats en ik begin te praten. 'Een aantal maanden na ons huwelijk kwam alles op z'n kop te staan,' zeg ik zacht. 'Binnen een paar weken veranderde mijn warme, opgewekte echtgenoot in een kille, afstandelijke vreemdeling die me bleef buitensluiten, wat ik ook deed. Hij kreeg last van vreemde buien, wilde niet meer reizen voor zijn werk en...' Ik haal diep adem. '...begon te drinken.'

Peter trekt zijn wenkbrauwen op. 'Daarvoor dronk hij niet?'

'Niet op die manier. Hij dronk een paar glazen als we uit waren met vrienden, soms een glas wijn bij het eten. Niets ongebruikelijks, dat deed ik zelf ook. Maar dit was anders. We hebben het nu over drie, vier avonden per week stomdronken worden.'

'Dat is inderdaad erg veel. Heb je het met hem besproken?'

Een bittere lach ontsnapt me. 'Besproken? Ik deed niet anders. De eerste paar keer was zijn excuus dat hij zo gestrest was door zijn werk, vervolgens dat hij was gaan stappen met zijn vrienden, toen omdat hij wilde ontspannen en daarna...' Ik bijt op mijn lip. 'Daarna begon hij mij de schuld te geven.'

'Jou?' Peter fronst. 'Hoe zou hij jou de schuld nou kunnen geven?'

'Omdat ik er niet over ophield. Ik bleef er maar over doorzeuren, vroeg hem naar een afkickkliniek te gaan, om naar AA te stappen, om met iemand – wie dan ook – te praten. Steeds weer stelde ik dezelfde vragen in de hoop te begrijpen waarom dit gebeurde, waardoor hij zo veranderd was.' Mijn keel knijpt samen bij die pijnlijke herinneringen. 'Het ging namelijk eerst allemaal zo goed. Mijn ouders, onze vrienden... iedereen was dolgelukkig toen we trouwden en de toekomst lachte ons toe. Er was geen enkele reden voor zijn alcoholmisbruik, niets wat me hielp die plotselinge transformatie te begrijpen. Ik porde en prikte en hij dronk steeds meer. En toen...' Ik haal diep en moeizaam adem. 'Toen zei ik tegen hem dat ik zo niet kon leven, dat hij moest kiezen tussen de drank en ons huwelijk.'

'En hij koos voor de drank.'

'Nee.' Ik schud mijn hoofd. 'Eerst niet. We kwamen terecht in de standaard neerwaartse spiraal van misbruik: hij smeekte om te mogen blijven en beloofde beterschap, ik geloofde hem en na twee weken verviel hij weer in het oude patroon. Als ik hem dan op zijn buien wees en hem vroeg een therapeut te zoeken, dan haalde hij verbaal uit en slingerde me naar mijn hoofd dat ik de reden was dat hij zoveel dronk.'

Peters frons wordt dieper. 'Buien?'

'Zo noemde ik ze. Misschien was het een klinische depressie of een andere geestelijke aandoening, maar aangezien hij weigerde een psycholoog te bezoeken, hebben we nooit een diagnose gehad. Die buien begonnen iets voor het drankmisbruik. Dan waren we samen iets aan het doen en ineens leek hij totaal afwezig, alsof hij zich geestelijk in een andere wereld bevond. Tijdens zo'n bui was hij afgeleid en vreemd onrustig, nerveus zelfs. Het leek alsof hij aan de drugs was, maar dat was het volgens mij niet. Het was geen high of zo. Hij trok zich gewoon terug in zijn hoofd, was tijdelijk ergens anders. Als hij zo was, kon je niet met hem praten, niet tot hem doordringen en hem terughalen in het hier en nu.'

'Sara...' Peters gezicht heeft een vreemde uitdrukking gekregen. 'Wanneer begon dit ook alweer?'

'Een paar maanden na ons trouwen,' antwoord ik met een frons. 'Dat is nu dus zo'n vijfeneenhalf jaar geleden. Hoezo?' En dan dringt het tot me door. 'Je bedoelt toch niet...'

'Dat die verandering in je man iets te maken had met zijn rol bij de massamoord in Daryevo? Waarom niet?' Peter leunt met toegeknepen ogen naar voren.

'Overweeg het eens. Vijfenhalf jaar geleden gaf Cobakis informatie door die tot de dood van tientallen onschuldige mensen leidde, waaronder vrouwen en kinderen. Of het nu uit ambitie, hebzucht of pure stupiditeit was, hij maakte een fout en een grote ook. Hij was een goed mens, zei je? Iemand met een geweten? Hoe zou zo'n man zich voelen als hij de dood van onschuldigen op zijn geweten had? Hoe zou hij kunnen leven met al dat bloed aan zijn handen?'

Ik krimp ineen als de gruwelijke waarheid van zijn woorden me als geweervuur treft. Ik weet niet waarom ik dit niet eerder doorhad, maar nu Peter het zo zegt, lijkt het me volkomen logisch. Toen ik over Georges bedrog hoorde, dacht ik in eerste instantie al dat zijn echte werk de bron was van die verandering in hem. Maar ik had het zo druk met Peters binnendringing in mijn leven en het negeren van wat hij me had verteld, dat ik er nooit over doorgedacht heb.

Ik heb er toen niet bij stilgestaan dat de tragische gebeurtenissen die mijn kweller in mijn leven hebben gebracht dezelfde tragische gebeurtenissen konden zijn die mijn huwelijk verziekten. Ons lot is al veel langer met elkaar verweven. Met een misselijk gevoel sta ik op trillende benen op. 'Je hebt gelijk.' Mijn stem klinkt gesmoord en rauw. 'Het moet schuldgevoel zijn geweest dat hem in de armen van de drank dreef. Al die tijd heb ik me afgevraagd of ik het was, of ons huwelijk hem zo tegenviel, maar dit was het.'

Peter knikt grimmig. 'Tenzij je man tijdens zijn

carrière meerdere massamoorden heeft veroorzaakt, is dit de enige logische conclusie.'

Ik haal diep adem en loop naar het raam, waar ik mijn blik op de tuin richt. De enorme eiken staan als bewakers in de tuin, hun takken kaal, hoewel de warme lucht al de eerste tekenen van de lente met zich meedraagt. Ik voel me net als zij: volkomen naakt, mijn lelijkheid voor iedereen te aanschouwen. Tegelijkertijd voel me een stukje lichter. Het alcoholmisbruik was niet mijn schuld.

'Het ongeluk kwam door mij, weet je,' zeg ik zacht als Peter naast me komt staan. Hij kijkt me niet aan. Zijn gezicht staat strak en onvergeeflijk en ik weet dat hij tegen zijn eigen demonen strijdt. Toch voel ik me op een heel basaal niveau gesterkt door zijn aanwezigheid. Met hem naast me ben ik niet alleen.

'Hoe dan?' vraagt hij zonder zijn hoofd te draaien. 'Volgens het rapport zat hij in zijn eentje in de auto.'

'Hij had de avond ervoor gedronken. Zoveel, dat hij die nacht meermaals over zijn nek ging.' Er gaat een rilling door me heen als ik terugdenk aan de geur van braaksel, ziekte en gebroken dromen. Het kost me grote moeite, maar ik praat verder. 'Tegen de ochtend was ik er zo klaar mee. Ik was klaar met zijn excuses, klaar met de eindeloze beschuldigingen en beloftes dat het beter zou gaan. Ik besefte dat George en ik helemaal niet bijzonder waren; we waren gewoon een alcoholist en zijn blinde vrouw die dat niet wilde inzien. Het was geen lastig moment in ons huwelijk. Er was geen huwelijk meer om te redden.'

Mijn stem trilt te erg om verder te kunnen praten, maar dan sluit een grote, warme hand zich om de mijne. Hoewel Peters uitdrukking niet veranderd is en zijn blik nog altijd naar buiten gericht is, geeft het stille gebaar me de steun en moed die ik nodig heb om verder te kunnen gaan. 'Hij was nog altijd buiten westen toen ik naar mijn werk ging, dus confronteerde ik hem ermee toen ik thuiskwam,' zeg ik zo kalm mogelijk. 'Ik zei dat hij zijn spullen moest pakken en moest vertrekken. De volgende dag zou ik een scheiding aanvragen. Het werd een enorme ruzie, we zeiden allebei kwetsende dingen en toen...' Ik slik de brok in mijn keel weg. 'Toen heb ik hem het huis uitgezet.'

Peter kijkt me lichtelijk verrast aan. 'Hoe heb je dat gedaan? Hij was niet enorm groot, maar hij moet toch zeker twintig kilo zwaarder zijn geweest.'

Ik knipper even, verrast door die vreemde vraag. 'Ik smeet zijn autosleutels en tas de garage in en brulde dat hij moest oprotten.'

'Juist.'

Geschokt zie ik een vage glimlach om Peters lippen verschijnen.

'En jij vindt dat het jouw schuld is dat hij een auto-ongeluk kreeg?'

'Het ís mijn schuld. De politie zei dat hij dubbel de toegestane hoeveelheid alcohol in zijn bloed had. Hij had gedronken en ik dwong hem te gaan rijden. Ik gooide hem eruit en...'

'Je gooide zijn sleutels eruit, niet hem,' zegt Peter.

De glimlach verdwijnt als zijn vingers verstrakken. 'Hij was een volwassen man, groter en sterker dan jij. Als hij had willen blijven, dan had hij dat kunnen doen. Daarbij, wist je dat hij had gedronken toen je hem zei op te hoepelen?'

Ik frons. 'Nee, natuurlijk niet. Ik was net thuis en hij leek niet dronken, maar...'

'Niets te maren.' Peters stem is even hard als zijn blik. 'Je deed wat je moest doen. Alcoholisten kunnen volkomen normaal lijken ondanks dat ze een flink promillage in hun bloed hebben. Ik kan het weten, want daar heb ik meer dan genoeg voorbeelden van gezien in Rusland. Het was niet jouw verantwoordelijkheid om het promillage in zijn bloed te controleren voor je hem wegstuurde. Als hij te dronken was om te rijden, had hij dat moeten weigeren. Hij had een taxi kunnen bellen of jou kunnen vragen hem naar een hotel te brengen. Hij had het verdomme zelfs in je garage kunnen uitslapen en daarna pas zijn vertrokken.'

'Ik...' Nu is het mijn beurt om uit het raam te staren. 'Dat weet ik wel.'

'O, ja?' Peter laat mijn hand los en dwingt me met een hand onder mijn kin om hem aan te kijken. 'Dat vraag ik me ten zeerste af, *ptichka*. Heb je iemand verteld wat er echt is gebeurd?'

Mijn maag trekt samen en ik voel een zeurende pijn onder in mijn buik. 'Niet precies. Ik bedoel, de agenten wisten dat hij had gedronken, maar...'

'Maar ze wisten niet dat hij alcoholist was, of wel?'

Peter laat zijn hand zakken. 'Niemand wist dat, alleen jij.'

Ik kijk weg en voel de bekende schaamte branden. Ik weet dat het een klassieke huwelijksfout is, maar ik kon mezelf er niet toe zetten om de vuile was buiten te hangen, om toe te geven dat het huwelijk dat iedereen prees in feite verrot was.

In eerste instantie kwam dat door mijn trots, vermengd met ontkenning. Ik was toch een slimme jonge arts wier toekomst haar toelachte? Hoe kon ik dan zo'n fout maken? Had ik een aantal rode vlaggen gemist? En als dat niet zo was, hoe had dit dan kunnen gebeuren met die geweldige man met wie ik was getrouwd, die droomman waar iedereen zoveel in zag? Het moest wel tijdelijk zijn, een dieptepuntje in een verder perfect leven. En tegen de tijd dat ik besefte dat het alcoholmisbruik niet zou verdwijnen, was er een andere reden om te zwijgen. 'Ongeveer een jaar nadat we trouwden, kreeg mijn vader een hartaanval,' zeg ik. Ik kijk nog altijd naar de naakte takken, die heen en weer zwaaien in de wind. 'Het was een zware. We waren hem bijna kwijt. Na een driedubbele bypassoperatie moest hij van de artsen stress tot een minimum beperken.'

'Juist. En erachter komen dat de man van zijn geliefde dochter een zware alcoholist was, zou stressvol zijn geweest.'

'Ja.' Ik had het daarbij kunnen laten en Peter laten denken dat ik gewoon een goede dochter had willen zijn, maar vreemd genoeg voel ik de behoefte om er ook uit te flappen: 'Maar dat was niet de enige reden. Ik was bang voor wat mensen zouden zeggen, bang voor hun oordeel. George was er goed in zijn verslaving voor iedereen te verbergen. Achteraf gezien was dat acteerwerk natuurlijk ook een aanwijzing voor zijn spionnenwerk, maar goed, ook ik werd er goed in om het te verbergen. De aard van ons werk hielp daar ook bij. Ik "had dienst" als we iets op het laatste moment moesten afzeggen en George had altijd een "dringend nieuwtje" als hij moeite had met ontnuchteren.'

Peter zwijgt even en ik vraag me of hij mijn laffe houding en mijn weigering om hulp te zoeken tot het te laat was, veroordeelt. Ook dat drukt op me: had ik iets kunnen doen als ik opener was geweest over onze problemen? Misschien had ik George kunnen laten opnemen in een afkickkliniek of hem naar een therapeut kunnen dwingen. Dan zou het ongeluk niet gebeurd zijn.

Maar goed, de man naast me zou hem alsnog gedood hebben. Dat wel. Die gedachte kan ik nu niet aan, dus duw ik hem weg.

Op dat moment vraagt Peter: 'En op zijn werk dan? Hoe kon hij normaal functioneren? Tenzij... zei je nou dat hij niet meer naar het buitenland afreisde?'

'Zo ongeveer wel, ja.' Ik haal diep adem om het gerommel in mijn buik te kalmeren en blijf naar de hypnotische bewegingen van de takken buiten kijken. 'Toen we eenmaal getrouwd waren, is hij nog een paar keer op reis geweest, maar meestal deed hij onderzoek naar lokale affaires, zoals die van de maffia die de politie en overheid van Chicago omkocht.'

'De affaire die ze gebruikten als reden voor zijn bescherming.'

Ik knik. Dat hij dat weet, verrast me niets. Hij heeft ongetwijfeld mijn gesprek met agent Ryson afgeluisterd. Dat lijkt me gezien wat ik de afgelopen weken over mijn stalker te weten ben gekomen zeker mogelijk. De miljoenen die hij met zijn werk verdient, stellen hem in staat om alle technologische snufjes te kopen die hij maar wil.

'Hij moet gestopt zijn met werken voor de CIA,' zegt Peter.

Als ik opzij kijk, zie ik dat hij ook naar de bomen staart.

'Ofwel hij werd ontslagen, ofwel hij nam zelf ontslag omdat hij niet kon omgaan met de consequenties van zijn blunder. Dat is het enige dat het gebrek aan buitenlandse opdrachten verklaart.'

'Juist.' Mijn hoofd bonst van de spanning en mijn buik blijft maar rommelen, alsof iets mijn ingewanden in elkaar frommelt. Mijn onderrug doet ook zeer, en dat is voldoende om me het een ander bij elkaar te laten optellen. Ja hoor, ik ben ongesteld aan het worden.

We blijven nog heel even bij het raam staan, kijkend naar de bomen, en dan draai ik me om, loop naar het medicijnkastje en neem twee Advils met een glas water in.

'Wat is er?' vraagt Peter met een bezorgde frons. 'Ben je ziek?'

'Niets aan de hand.' Ik wil dit niet met hem bespreken, maar dan besef ik dat hij er later toch achter komt en voeg ik eraan toe: 'Het is die tijd van de maand weer.'

'Juist.' In tegenstelling tot de meeste mannen lijkt dat nieuws hem bijzonder weinig te doen. 'Heb je daar altijd zo'n last van?'

'Helaas wel.' De krampen worden erger en ik dank de roostergoden dat ik nu geen oproepdienst heb. Ik wilde vanmiddag naar de kliniek gaan, maar dat plan wordt vervangen door een middag in bed liggen met een warme kruik.

'Waarom ben je niet aan de pil?' vraagt Peter als hij achter me aan loopt naar boven. 'Tenminste, ik heb ze niet gezien en volgens mij helpen die vaak wel tegen pijnlijke menstruaties.'

'Goh, ben jij even een expert op het gebied van vrouwelijke voortplanting, zeg.' Maar mijn sarcasme doet Peter niets.

'Zeker niet, maar Tamila had ook last van zware krampen en ik ben toen voor haar de pil gaan halen. Ik neem dat er een reden is dat jij die niet gebruikt?'

Ik zucht en loop de slaapkamer in. 'Dat klopt. Ik ben een van die zeldzame vrouwen die niet tegen hormonale anticonceptie kan. Ik krijg migraines en word er constant misselijk van, hoe klein de dosering ook is. Zelfs van de Mirena-spiraal krijg ik clusterhoofdpijnen, dus moet ik kiezen tussen me een paar dagen per maand ellendig voelen of me de hele tijd ellendig voelen.'

'Juist.' Peter leunt tegen de deur als ik me begin uit te kleden.

Ik zie zijn verhitte blik als ik me tot op mijn ondergoed uitkleed en ik hoop maar dat hij niet van plan is zich bij me in bed te voegen. Hij laat zelden een kans om me te neuken lopen. Ik negeer zijn blik, maak een warme kruik en krul me in bed in foetushouding op. Nu is het wachten tot de Advil begint te werken.

Ik hoor voetstappen en dan zakt het bed naast me in. *Nee, nee, nee. Ga weg. Nu geen seks.* Ik knijp mijn ogen dicht in de hoop dat mijn kweller de hint begrijpt, maar dan wordt de deken teruggeslagen en voel ik een harde mannenhand over mijn rug strelen.

'Kan ik iets voor je halen?' Zijn zware stem is zacht en troostend. 'Een boterham of een kopje thee?'

Geschrokken draai ik me op mijn rug en houd de kruik tegen mijn buik. 'Eh... nee, bedankt. Het komt wel goed.'

'Weet je het zeker?' Hij veegt mijn haar uit mijn gezicht. 'Een buikmassage dan?'

Ik knipper even. 'Eh...'

'Kom hier.' Hij trekt de kruik zacht uit mijn handen en legt zijn warme handpalm op mijn buik. 'Laten we dit eens proberen.' Zij hand maakt een ronddraaiende beweging, zachtjes duwend, en na een paar minuten begint het strakke, krampende gevoel af te nemen. De warmte van zijn huid en de masserende beweging halen de ergste pijnlijke spanning weg.

'Beter zo?' prevelt hij als ik vol opluchting mijn ogen sluit.

Ik knik, terwijl ik langzaam wegzak in dromenland. 'Heel fijn, dank je wel,' mompel ik. Terwijl hij zachtjes door masseert, geef ik me over aan de slaap.

eter

EEN PAAR MINUTENLANG KIJK IK TOE HOE SARA SLAAPT; dan sta ik zachtjes op en loop de slaapkamer uit. Ik zou uren op haar bed kunnen zitten en naar haar kijken, maar ik moet rond 12.00 uur met een cliënt bellen en daarvoor heb ik nog een aantal logistieke details met Anton te bespreken.

Het duurt maar een paar minuten voordat de keuken opgeruimd is en dan neem ik de achterdeur en ga via de tuin van de buren de straat op. Ilya's gewapende SUV staat twee straten verderop geparkeerd en onderweg houd ik alles in de gaten: het geblaf van een hond in de verte, een eekhoorn die de weg over rent, het merk sneakers van een jogger die net de hoek om komt... Die hyperalertheid maakt evengoed deel van me uit als mijn bliksemsnelle reflexen en beide hebben me al vaker dan ik kan tellen in leven gehouden.

Als ik bij hem ben, start Ilya de motor en zodra ik zit, rijdt hij weg. De teller geeft precies vijf kilometer boven de toegestane snelheid aan. Hij gelooft erin dat we ons als typische burgers moeten gedragen en daar horen zelfs dit soort gebruikelijkheden in het verkeer bij.

'Problemen?' vraag ik in het Russisch.

Hij schudt zijn kaalgeschoren hoofd. 'Alles is rustig, net zoals altijd.'

In tegenstelling tot zijn tweelingbroer en Anton klinkt Ilya niet teleurgesteld. Volgens mij houdt hij wel van het kalme leven in een buitenwijk, ook al zal hij dat nooit hardop toegeven. Ons team bestaat uit vier man en Ilya ziet er het meest als een boef uit, met zijn schedeltatoeages en krachtige kaak – het resultaat van een korte liefde voor steroïden toen hij jonger was. Zijn tweelingbroer Yan daarentegen kan makkelijk doorgaan voor een docent of een bankier: zijn kleren zijn netjes, zijn bruine haar is in een conservatief zakelijk kapsel geknipt. Het is echter Yan die geniet van ons spannende leven, terwijl Ilya zich liever bezighoudt met strategieën en het werk op de achtergrond. Als Ilya niet net als zijn broer het leger in was gegaan, was hij vast programmeur of accountant geworden.

'Heb je iets van de Amerikanen gehoord?' vraag ik als we voor een stoplicht staan. Omdat mijn mannen het druk hebben, heb ik het plaatselijk ingehuurde team aangehouden. Zij moeten Sara in de gaten houden als ik niet bij haar ben en ons op de hoogte stellen van ongebruikelijke activiteiten in de buurt.

'Nee. Je meisje wijkt vrijwel nooit af van haar routines, maar dat weet je vast al.'

Ik knik en laat mijn blik over de keurig gemaaide gazons gaan. Er zit me iets dwars, maar ik weet niet precies wat het is. Misschien is het te stil, nu we geen grote klussen op stapel hebben en weinig voortgang boeken in het vinden van de generaal uit North Carolina die de laatste op mijn lijst is. Die paranoïde klootzak is samen met zijn hele gezin verdwenen en hij heeft zijn sporen zo goed uitgewist dat zelfs de hackers die ik heb ingehuurd hem niet kunnen vinden. Op een zeker moment zal ik zelf naar North Carolina moeten om te zien wat ik daar persoonlijk los kan schudden.

'Zeg ze dat ik de eerstvolgende rapportages zelf wil zien,' zeg ik als Ilya de oprijlaan van ons onderduikadres oprijdt. 'En zeg ze ook dat ze de zoekradius uitbreiden tot twintig blokken in plaats van tien. Al niest er maar iemand in Sara's buurt of bij het ziekenhuis, ik wil het weten.'

'Begrepen,' zegt Ilya.

Ik stap uit de wagen. Misschien ben ik paranoïde, maar ik wil niet dat iets wat zich tussen Sara en mij afspeelt verstoort. Ik heb haar te hard nodig en kan het risico niet nemen dat ik haar verlies.

~

ALS IK THUISKOM, LIGT ZE MET EEN KRUIK EN EEN tablet op de bank, haar slanke ledematen gracieus opgevouwen en haar glanzende kastanjebruine haren in een slordige knot op haar hoofd. Zelfs in een joggingbroek en een groot T-shirt ziet mijn vogeltje er nog uit alsof ze zo uit een zwart-witfilm gestapt is. Haar delicate trekken worden geaccentueerd door de losse plukken haar die rond haar hartvormige gezicht dansen.

Mijn adem stokt als ze met haar zachte bruine ogen naar me opkijkt. Iedere keer als ik haar zie, verlang ik haar haar. Mijn behoefte aan haar is als een knagende honger die niet gestild wordt. De afgelopen drie weken heb ik haar zo vaak geneukt dat dat verlangen zou moeten afnemen, maar het neemt alleen maar toe en is inmiddels haast ondraaglijk.

Ik wil haar, maar ik wil dit ook: het stille genoegen van mijn leven met haar delen, weten dat ik haar 's nachts kan vasthouden en haar 's ochtends aan de ontbijttafel kan zien. Ik wil voor haar zorgen als ze ziek is en genieten van haar lach als ze zich goed voelt. En soms, als mijn verdriet niet te bedwingen is, dan wil ik haar pijn doen. Maar die neiging bedwing ik uit alle macht. Ze is van mij en ik zal haar beschermen. Zelfs tegen mezelf.

'Hoe voel je je nu?' vraag ik terwijl ik naar de bank loop. Ik heb haar vanochtend niet kunnen neuken en ik ben al half hard nu ik haar alleen maar zie. Maar mijn lust is ondergeschikt aan mijn behoefte om te zorgen dat ze gezond en wel is. Een paar menstruatiekrampen zullen Sara's dood niet worden, maar ik wil niet dat ze pijn lijdt.

'Beter, dank je wel,' antwoordt ze. Ze legt de tablet naast zich.

Volgens mij was ze videoclips aan het kijken, iets dat ze vaker doet als ze zich wil ontspannen. 'Ga maar door, hoor,' zeg ik met een knikje naar de tablet. 'Ik ga zo koken, dus doe maar wat je wil.'

Maar ze pakt de tablet niet op; in plaats daarvan houdt ze haar hoofd schuin en kijkt naar me als ik naar de keuken loop om mijn handen te wassen en de ingrediënten voor het avondeten te pakken: kippenborsten die ik gisteravond al in de marinade heb gelegd en verse groenten om een simpele salade mee te maken.

'Weet je, je hebt mijn vraag niet beantwoord,' zeg ze na een minuutje of wat. 'Waarom doe je dit nou echt? Wat is er voor je te winnen met al deze huiselijkheid? Heeft een man als jij niets beters te doen met zijn leven? Ik weet het niet... misschien van een gebouw af abseilen of iets opblazen of zo?'

Ik zucht. Begint ze daar weer over? Mijn ambitieuze jonge dokter kan maar niet vatten dat ik dit gewoon fijn vind, zowel voor haar als voor mezelf. Ik kan de tijd niet terugdraaien en meer tijd doorbrengen met Pasha en Tamila; ik kan mijn jongere zelf niet waarschuwen minder te werken en te genieten van wat hij had, omdat het in één oogwenk kan verdwijnen. Ik kan me alleen op het heden richten en Sara is het heden.

'Mijn echtgenote heeft me een aantal eenvoudige gerechten leren koken,' zeg ik terwijl ik de kip in de pan leg en aan de salade begin. 'In haar cultuur horen vrouwen te koken, maar zij was niet zo traditioneel ingesteld. Ze wilde dat ik voor onze zoon zou kunnen zorgen als haar iets zou overkomen en om haar een plezier te doen, stemde ik ermee in te leren koken. Zo kwam ik erachter dat ik dat heel leuk vind.' Mijn borst trekt pijnlijk samen bij de herinnering, maar ik duw het verdriet weg en richt me in plaats daarvan op de meelevende nieuwsgierigheid in de bruine ogen die me vanaf de bank volgen.

Soms ben ik ervan overtuigd dat Sara me niet haat. Niet de hele tijd, in elk geval.

'Dus je begon te koken voor je vrouw?' vraagt ze als ik even stil ben.

Ik knik en veeg de groenten bij elkaar om ze in een slakom te doen. 'Dat klopt, maar ik heb pas beter leren koken toen zij er niet meer was.' Ik wil het niet, maar mijn stem klinkt hees van de onderdrukte pijn. 'Twee maanden na de massamoord liep ik langs een culinair instituut in Moskou en impulsief heb ik me toen aangemeld voor kooklessen. Ik wist niet waarom ik het deed, maar tegen de tijd dat mijn *borscht* stond te pruttelen, voelde ik me iets beter. Het was iets anders om me op te richten, iets dat tastbaar en echt was.' Iets dat de borrelende woede in mijn binnenste wist te doven, waardoor ik mijn wraak als een recept in stappen en hoeveelheden kon plotten.

Dat laatste zeg ik alleen niet, want Sara's blik

verzacht zich. Blijkbaar maakt mijn hobby me in haar ogen menselijker. Dat bevalt me wel, dus vertel ik haar niet dat ik in Moskou was om mijn voormalige superieur, Ivan Polonsky, te doden vanwege zijn aandeel in de doofpotaffaire die na de massamoord volgde. En ook niet dat ik een uur na de les in een steeg hem de strot heb afgesneden. Zijn bloed leek op de *borscht*.

'Je weet pas wat je hebt tot je het kwijt bent, denk ik,' zegt Sara zacht met de kruik tegen zich aan gedrukt.

Ik voel een vlaag jaloezie als ik het verlangen in haar stem hoor. Ik hoop maar dat ze niet aan haar man denkt, want wat mij betreft is zijn heengaan niet bepaald een verlies. Die *sookin syn* verdiende wat hem overkwam. En meer ook.

Als het eten klaar is, komt Sara bij me aan tafel zitten. Tijdens het eten vertel ik haar wat over de steden waar ik allemaal kooklessen heb gevolgd: Istanboel, Johannesburg, Parijs, Berlijn, Genève... Na een omschrijving van de verschillende keukens vertel ik wat over ongeduldige chef-koks. Sara's gezicht licht op als ze oprecht naar me lacht. Om de stemming niet te bederven, laat ik alle duistere onderdelen van de verhalen weg: het feit dat Interpol me in Parijs opspoorde en ik me een weg uit het culinaire instituut waar ik was moest schieten, of dat ik de auto van mijn doelwit in Berlijn opblies voor ik naar de les ging.

Het is gezellig en na de maaltijd helpt Sara me met afruimen, voor ik haar wegjaag. 'Doe rustig aan,' zeg ik tegen haar. 'Ga even douchen en kruip dan lekker je bed in. Ik kom zo naar boven.'

Haar uitdrukking wordt aarzelend. 'Oké, maar ik ben wel ongesteld, weet je.'

'Dus? Denk je dat ik niet tegen een beetje bloed kan?' Ik grijns als ik haar blik zie. 'Grapje. Ik weet dat je je niet lekker voelt. We gaan gewoon knuffelen, net zoals vroeger.'

'Ah, juist.' Ze beantwoordt mijn grijns met een oprechte, warme glimlach. 'In dat geval zie ik je zo.'

Ze loopt de keuken uit en ik blijf ademloos staan, met het gevoel dat ik een dreun met een moker heb gekregen. *Verdomme, die glimlach...* Niets is belangrijker dan dat.

Voor het eerst besef ik waarom ik me zo voel als ik bij haar ben. Voor het eerst besef ik hoeveel ik van haar hou.

Zondagochtend voel ik me beter, en ik besluit op bezoek te gaan bij mijn ouders. Ik ben pas één keer bij ze op bezoek geweest sinds Peter terug is, zo druk ben ik geweest met mijn stalker – en ook omdat ik me zorgen maakte of ze geen gevaar zouden lopen. Maar inmiddels raak ik er steeds meer van overtuigd dat Peter ze niet opzettelijk iets zou aandoen. Familie is te belangrijk voor hem, dat zou hij me niet aandoen. Zolang ik doe wat hij wil, zijn mijn ouders veilig.

Mijn moeder is opgetogen als ik bel en afspreek om samen sushi te gaan lunchen. Als ik dat aan Peter laat weten, knikt hij afwezig en tikt iets in op zijn eigen telefoon. 'Wat schrijf je?' vraag ik achterdochtig.

'Ik laat mijn mannen weten dat ik vandaag naar hen

toekom,' zegt hij. Hij steekt de telefoon weg. 'Waarom? Wil je dat ik meega?' Zijn ogen glinsteren als hij me aankijkt.

Ik lach even. 'Nee, ik denk dat de lunch nogal tegenvalt als halverwege de FBI het restaurant binnenstormt.' Peter glimlacht niet terug en ik besef dat hij het meent. 'Je zou in het openbaar meegaan naar een lunch?'

'Waarom niet?' Hij trekt zijn wenkbrauwen op. 'We hebben elkaar bij een Starbucks gesproken, nietwaar?'

'Ja, maar dat was... eerst. Ik bedoel... Laat maar.' Ik haal diep adem. 'Je bent niet bang om in het openbaar gezien te worden?'

'Ik ga geen rondje joggen rond het lokale FBI-gebouw, maar ik kan zo af en toe wel gaan lunchen of dineren als mijn team de locatie van tevoren goed bekijkt en ik zeker weet dat er geen camera's zijn.'

'O.' Ik bijt op mijn lip en pak mijn tas. 'Misschien kunnen we een keertje uit eten dan, later dan deze week...'

'Vandaag niet,' zegt hij.

Ik knik ongemakkelijk. Ik ga Georges moordenaar echt niet aan mijn ouders voorstellen. Het is al erg genoeg dat ik hem net heb gevraagd om met me uit eten te gaan!

'Goed. Ik zie je als je weer terug bent,' zegt hij.

Ik ga ervandoor voor hij nog iets kan anders kan voorstellen, zoals bij elkaar passende tatoeages of een strandbruiloft. Dit is waanzin, en het ergste is nog wel dat het normaal begint te worden: ik begin eraan te wennen dat Peter er is.

~

Tijdens de lunch vertel ik mijn ouders dat ik besloten heb het huis niet te verkopen. Ik heb twee weken geleden al gezegd dat het aanbod van de juristen zo laag was, dus ze zijn niet heel erg verbaasd. Eigenlijk zijn ze er zelfs behoorlijk blij mee, vooral aangezien het maar twintig minuten rijden is vanaf mijn huidige huis naar het hunne, waar het vanaf mijn nieuwe appartement vijfenveertig minuten rijden zou zijn.

'Het is een geweldig huis,' zegt mijn vader terwijl hij sojasaus in een bakje schenkt. 'Ik denk dat je te hard van stapel liep met dat appartement. Je bent nog jong, maar de tijd vliegt en op een dag wil je een gezin. Dan kom je een man tegen en...'

'Hou op, Chuck,' snauwt mijn moeder. 'Sara heeft nog tijd zat voor dat soort dingen.' Ze kijkt me aan en zegt een stuk vriendelijker: 'Neem alle tijd die je nodig hebt, lieverd. Laat je vader je niet opjutten, hoor. We zijn inderdaad blij dat je besloten hebt het huis aan te houden, maar dat betekent niet dat we op korte termijn kleinkinderen hoeven te zien.'

'Mam, alsjeblieft.' Het kost me moeite om niet als een tiener met mijn ogen te rollen. Mijn ouders spelen een spelletje met me in de hoop dat ik inderdaad besluit om weer uit te gaan en een nieuw iemand te ontmoeten. 'Als ik op het punt sta kleinkinderen te produceren, zijn pap en jij de eersten die het horen. Beloofd.'

Mijn moeder kijkt mijn vader tevreden aan. 'Zie je? Ze gaat iemand zoeken als ze daar klaar voor is.'

'Juist.' Ik houd mezelf bezig met mijn eetstokjes. 'Als ik er klaar voor ben.' In de huidige staat van mijn leven is dat waarschijnlijk nooit. In elk geval niet tot Peter klaar met me is en dat lijkt me voorlopig bijzonder onwaarschijnlijk. Volgens mij is hij meer op me gericht dan ooit. In zijn grijze ogen zie ik een bepaalde blik die me de rillingen geeft. Voor ik echter kan analyseren wat die blik betekent, brengt de ober onze sushi.

Mijn ouders bewonderen de kunstig opgemaakte vis, wat me meer niet bepaald subtiele hints bespaart.

Ik zou willen dat ik hen de waarheid kon vertellen, maar ik kan ze niets over Peter uitleggen zonder ze doodsbang te maken. En ik weet ook nog niet precies wat ik zelf van de hele situatie vind.

AAN HET EINDE VAN DE WEEK IS MIJN MENSTRUATIE VOORBIJ EN BEN IK WEER IN OUDE DOEN: ik draai twee oproepdiensten en werk op woensdag nog drie uur in de kliniek, naast mijn gewone werkuren. Ik ben zo vaak aan het werk dat ik nauwelijks thuis ben, maar Peter protesteert niet, al weet ik dat hij er ook niet echt blij mee is. Ondanks mijn ongesteldheid hebben we wel gevreeën de afgelopen dagen – hij deed daar inderdaad niet moeilijk over – en iedere keer was het ongebruikelijk heftig, bijna bruut. Het is net of hij bang is om me te verliezen, alsof hij ergens op wacht.

Vrijdag ben ik grotendeels in mijn kantoor bezig met patiëntafspraken, maar net als ik naar huis wil gaan, krijg ik het bericht dat een van mijn patiënten gaat bevallen. Ik onderdruk een zucht, hol naar de kleedkamer om me om te kleden in mijn werkkleding en kom daar Marsha tegen, die net klaar is met werken.

'Hoi,' zegt ze met een meelevende grijns. 'Moet je aan de slag?'

'Daar lijkt het wel op,' zeg ik terwijl ik mijn kleding in mijn kluisje prop. 'Gaan jullie nog uit vanavond?'

'Nee. Andy kan niet en Tonya heeft het druk met die leuke barman. Weet je nog?'

Ik doe mijn haar in een staart. 'Die uit die club waar we heen gingen?' Marsha knikt en ik zeg: 'Ja, hoezo? Hebben ze wat?'

'Reken maar.' Marsha grijnst. 'Ik zie dat je haast hebt, dus ga maar. Bel me als je dit weekend iets leuks wil gaan doen. Andy geeft morgenavond een barbecuefeestje en ze vindt het ongetwijfeld leuk als jij ook komt.'

'Bedankt. Ik bel als ik het red,' zeg ik, en dan snel ik de kleedruimte weer uit. Ik weet al dat ik niet zal bellen, maar ditmaal is het niet omdat ik bang ben mijn vriendinnen in gevaar te brengen. Hoe leuk die barbecue ook klinkt, ik kijk vooral uit naar een weekendje thuis zijn. Met Peter, de man die ik maar moeilijk kan haten.

Uren later sjok ik uitgeput de kleedkamer weer in. Mijn patiënte kreeg een baarmoederruptuur en ik heb een noodkeizersnede moeten doen om haar en de baby te redden. Gelukkig gaat het nu goed met allebei, maar ik heb zo'n honger en ik ben zo moe dat ik er enorme hoofdpijn van heb gekregen. Ik kan niet wachten om naar huis te gaan, Peters avondeten op te warmen en hopelijk nog een massage te krijgen als ik ga slapen.

'Dokter Cobakis?'

De vrouwenstem komt me vaag bekend voor en ik draai me met bonzend hart om. Daar staat Karen, de FBI-agente/verpleegster die me verzorgde toen ik bijkwam na Peters aanval. Net zoals de vorige keer draagt ze een verpleegsteruniform, hoewel ik weet dat ze hier niet werkt. Waarschijnlijk probeert ze niet op te vallen. 'Karen?' Ik probeer niet nerveus over te komen. 'Wat doe jij hier?'

Ze loopt naar me toe en blijft voor me staan. 'Ik wilde ergens praten waar we niet gezien zouden worden en dit leek me wel een goede gelegenheid.'

Ik werp een blik door de kleedkamer. Ze heeft gelijk: op ons na is hij verlaten. 'Waarom?' Ik kijk haar aan. 'Wat is er aan de hand?'

'Een paar maanden geleden heb je contact opgenomen met agent Ryson,' zegt ze zacht. 'Je zei dat je het gevoel had dat je gevolgd werd. Destijds hebben we je vermoedens weggewuifd, maar inmiddels hebben we nieuwe informatie gekregen.'

Mijn keel knijpt dicht. 'Wat... Wat voor nieuwe informatie?'

'Over Peter Sokolov, de voortvluchtige die je in je huis heeft aangevallen.'

'O?' Mijn stem klinkt ongeveer een octaaf te hoog.

'Hij is in de omgeving gezien, slechts een paar straten van dit ziekenhuis vandaan. Een verborgen verkeerscamera heeft hem vastgelegd en ons gezichtsherkenningsprogramma bracht de foto onder de aandacht.' Ze houdt haar hoofd schuin. 'Weet je daar iets van, Sara?'

'Ik...' Mijn hart bonst luid en mijn gedachten zijn op hol geslagen. Dit is de kans om hulp te krijgen zonder dat Peter ervan weet. De FBI weet dat hij hier is en ze zullen het niet opgeven tot ze hem hebben. Ik kan hen helpen door ze te vertellen dat hij waarschijnlijk bij mij thuis is. Als ze hem en zijn mannen grijpen, is dit echt voorbij. Dan is mijn leven weer van mij.

'Niets aan de hand, Sara.' Karen legt zacht haar hand op mijn arm. 'Ik weet dat dit erg stressvol voor je is, maar we zullen je beschermen. Denk alsjeblieft terug aan de afgelopen weken. Is er een kans dat je gevolgd bent? Heb je recentelijk nog het gevoel gehad dat iemand je in de gaten hield?'

De hele tijd, want dat is zo. Ik wil het zeggen, maar ik krijg de woorden niet over mijn lippen. Mijn ademhaling versnelt tot ik zowat sta te hyperventileren.

Peter zal zich niet zomaar overgeven als ze hem komen halen; hij zal terugvechten en dan gaan er mensen dood. Hij zou dood kunnen gaan. Ik voel me misselijk als ik me voorstel hoe zijn sterke lichaam doorzeefd wordt met kogels, hoe zijn metaalgrijze ogen levenloos in het niets staren. Dat beeld zou me genoegen moeten doen, maar mijn borst strekt pijnlijk samen als ik me mijn leven zonder hem probeer voor te stellen. Dan zou ik vrij zijn... en alleen.

'Ik... Nee.' Ik stap achteruit en schud mijn hoofd. Ik weet dat ik niet helder nadenk op dit moment, maar ik kan het niet. De woorden komen gewoon niet over mijn lippen. 'Er is me niets opgevallen.'

Karen fronst. 'Niets? Weet je het zeker? Voor zover wij weten, zijn je overleden man en jij de enige link die hem met dit gebied verbinden.'

'Ja, ik weet het zeker.' Het is alsof een vreemdeling die leugens uitspreekt. Mijn hoofdpijn verergert tot hij als een drumstel in mijn hoofd tekeer gaat en ik er misselijk van word. Mijn gedachten schieten alle kanten op, als een rat in een doolhof.

Ik weet niet eens waarom ik lieg. Het is voorbij. Hoe dan ook is het voorbij, want nu ze weten dat Peter in de buurt is, zullen ze hem vinden. Wat ik ook zeg. En als ze hem niet gevangennemen of doden, zal hij denken dat ik hem verraden heb en zijn belofte om me te ontvoeren waarmaken. Misschien leert hij me zelfs een lesje door mijn familie en vrienden kwaad te doen.

Ik zou de FBI moeten helpen. Dat is mijn beste kans om van hem af te komen.

'Oké,' zegt Karen als ik blijf zwijgen. 'Mocht je nog iets zien, dan is dit mijn nummer.'

Ze reikt me een kaartje aan en ik pak het met nagenoeg gevoelloze vingers vast.

Ze gaat verder: 'We willen hem niet bang maken voor het geval hij je wel in de gaten houdt, dus we nemen je nu niet mee naar een onderduikadres. In plaats daarvan zullen we je op een discrete manier laten bewaken en als zij iets zien, wat dan ook, dat ongebruikelijk is, dan zullen ze snel reageren om je te beschermen. Blijf in de tussentijd gewoon doen wat je nu al doet en geen zorgen, de man die je echtgenoot heeft gedood, zal daarvoor boeten.'

'Goed. Dat zal ik doen.' Het kost me de grootste moeite om kalm over te blijven komen, maar ik grijp mijn tas, smijt het kluisje dicht en snel de kleedruimte uit.

Pas bij mijn auto besef ik dat ik mijn uniform nog aanheb. Dankzij Karens hinderlaag ben ik vergeten mijn gewone kleren weer aan te trekken.

HEAVY METAL SCHALT UIT DE SPEAKERS ALS IK DE PARKEERGARAGE UITRIJD. Intussen scheld ik mezelf vanwege mijn eigen stupiditeit uit voor alles wat mooi en lelijk is. Ondanks de hoofdpijn is de muziek toch rustgevend; de zware beat is veel regelmatiger dan mijn heen en weer flitsende gedachten.

Ik kan nauwelijks geloven dat ik Karen niet in vertrouwen heb genomen en de FBI niet om hulp heb gevraagd nu ik de kans had. Wat nu? Wat moet ik doen, waar moet ik heen? Moet ik naar huis gaan nu de FBI me in de gaten houdt? Komen ze er dan achter dat Peter daar is of zijn al zijn voorzorgsmaatregelen – waaronder het niet parkeren op mijn oprit – voldoende om hen niet op zijn aanwezigheid opmerkzaam te maken? Misschien moet ik naar het huis van mijn ouders gaan, of naar een hotel. Of misschien moet ik in het ziekenhuis blijven slapen. Maar hoe moet het dan met Peters mannen die me volgen? Dan komen ze erachter dat er iets mis is en dan komt Peter natuurlijk achter me aan. Wie weet wat er dan gebeurt? Überhaupt: zal de FBI mijn bodyguards opmerken of merken zij als eerste de FBI op en waarschuwen ze Peter dan? Is hij al weg als ik thuiskom, opnieuw op de vlucht voor de autoriteiten?

Hoe erg heb ik het verkloot? Mijn handen klemmen zich zo hard om het stuur dat mijn knokkels er wit van worden. In gedachten ga ik mijn gesprek met Karen nog een keer na, en nog een keer. Ik heb zo vaak de kans gehad om haar de waarheid te vertellen, om uit te leggen hoe complex de situatie is en het aan de experts over te laten om het op te lossen. Waarom heb ik dat niet gedaan? Hoe kon ik zo stom zijn?

Toen ik eenmaal besefte dat ik vergeten was om me om te kleden, ben ik teruggegaan naar de kleedruimte. Ik hield mezelf voor dat ik alles zou vertellen als Karen er nog was, maar ze was al weg. En ik was opgelucht, want diep vanbinnen wist ik dat ik het toch niet had gedaan. Ondanks Peters dreigement kon ik mezelf er niet toe zetten de confrontatie die zijn dood tot gevolg zou kunnen hebben te bespoedigen.

Ik rijd met Metallica op de achtergrond op de automatische piloot een kant op en ik ben er al bijna als ik besef dat mijn onderbewuste al gekozen heeft. Als ik rechtsaf sla, mijn straat in, besef ik waar ik heen ga... en dan is het al te laat. Ik ben thuis.

4 4

ara

TRILLEND LOOP IK VANUIT DE GARAGE HET HUIS IN. MIJN keel voelt strak aan en mijn hart bonst door in mijn hoofd. Het is al ruim na middernacht en alle lichten zijn uit, maar ik ruik nog wat Peter eerder die avond gekookt heeft. Mijn maag rammelt: mijn lichaam wil brandstof, ondanks de adrenaline die door me heen raast. Ik moet iets eten, maar eerst moet ik erachter zien te komen waar Peter is en of hij weet wat er aan de hand is.

'Heb je trek?'

De bekende zware stem laat me zo schrikken dat ik een gil slaak. Het licht gaat aan en ik zie Peter op de bank in de woonkamer zitten. Ondanks de aangename temperatuur heeft hij zijn leren jack aan. Zijn lange, sterke lichaam heeft een houding aangenomen die me doet denken aan een loom roofdier. 'Eh, ja.' *O, God, weet hij ervan? Waarom zit hij zo in het donker?* 'Een van mijn patiënten ging bevallen en ik heb het avondeten overgeslagen.'

'Echt?' Peter staat soepel op. 'Dat is niet best. Kom, je moet wat eten voor je van je stokje gaat.'

Op wankele benen volg ik hem naar de keuken. Het feit dat hij hier is en eten voor me opwarmt, betekent dat zijn mannen de FBI die me volgt nog niet hebben gemerkt. Geldt het omgekeerde dan ook? Zou het kunnen dat de FBI-agenten die me bewaken niet doorhebben dat Peter me ook laat volgen?

Mijn handen zijn ijskoud van de spanning en ik weet dat ik doodsbleek ben, maar ik was mijn handen en ga aan tafel zitten. Ik hoop maar dat Peter mijn bleekheid aan vermoeidheid toeschrijft en niet aan het feit dat de FBI elk moment mijn huis kan bestormen.

Hij zet een kom stevige groentesoep neer en schuift me een plak zuurdesembrood toe. Dan gaat hij op zijn gebruikelijke plek aan tafel zitten en kijkt met een uitgestreken gezicht toe terwijl ik mijn lepel pak en soep opschep.

Mijn handen trillen en ik weet dat hij het ziet, maar hopelijk schrijft hij dat ook toe aan de vermoeidheid. Als dat niet zo is en hij me ergens van verdenkt, dan gaat het vast snel mis. Hij heeft me de auto in gestopt en meegenomen naar weet ik veel waar voor de FBI-bewakers zelfs maar om back-up kunnen bellen. Verdomme, waarom neem ik dit risico? Waarom heb ik Karen niet gewoon alles verteld?

Maar ik weet waarom. Het antwoord zit tegenover me; zijn grijze ogen nemen me op met een intensiteit die de rillingen over mijn rug laten lopen en me tegelijkertijd verwarmt. Ik zou vrij moeten willen zijn van mijn kweller, zou alles moeten willen doen om hem uit mijn leven te krijgen, maar dat kan ik niet. Ik ben niet gek genoeg om hem te waarschuwen en daarmee het risico te lopen ontvoerd te worden, maar ik kan mezelf er ook niet toe zetten om het moment waarop het recht hem achterhaalt en hij zal moeten vechten of vluchten te bespoedigen. Dat gebeurt toch wel. Ik hoef het alleen te overleven.

'Je werkt te veel,' prevelt Peter met zijn hoofd schuin.

Ik slaak een beverige zucht. Goddank. Hij schrijft mijn onrust inderdaad toe aan vermoeidheid.

'Je moet het soms eens wat rustiger aandoen, *ptichka*,' gaat hij verder.

Ik knik en kijk naar mijn soep om aan zijn intense blik te ontsnappen. 'Ja, eigenlijk wel.' Ik neem een hap brood en slik een hap soep door in een poging me daarop te concentreren in plaats van op de mentale oproer in mijn hoofd. Dat lukt me maar deels, maar ik kalmeer genoeg om nog een hap te nemen en dan nog eentje.

Ik heb mijn brood op en mijn kom is half leeg voor ik weer de moed heb om op te kijken. 'Waarom zat je op me te wachten?' vraag ik als ik me herinner hoe donker het huis was toen ik thuiskwam. 'Ik dacht dat je al in bed zou liggen of aan het douchen was of zo.'

'Ik heb je de afgelopen dagen nauwelijks gezien, *ptichka*, en ik heb je gemist.'

In zijn ogen zie ik die bijzondere, zachte uitdrukking die ik deze week al vaker heb gezien. Mijn maag trekt samen en ik voel een brok in mijn keel. 'Echt?' Dat heeft hij me nog nooit eerder verteld. We weten allebei dat hij geobsedeerd door me is, maar hij heeft nog nooit over echte gevoelens gesproken.

'Hm-mm. Neem nog een beetje.' Hij geeft me nog een plak brood. 'Je ziet nog steeds veel te bleek.'

Ik neem een hap van het brood en kijk weer naar mijn kom om mijn uitdrukking te verbergen. De brok in mijn keel wordt groter en ik voel tranen in mijn ogen branden. Waarom moet hij nou juist vandaag die dingen tegen me zeggen? Ik wil dat hij gemeen is tegen me, niet aardig. Ik moet niet vergeten dat hij een monster is, een moordenaar, een man die dingen heeft gedaan waar Jack the Ripper nog voor terug had gedeinsd. Die fantasie moet voorbij zijn, anders mis ik hem te erg als hij weg is.

Het lukt me om de tranen binnen te houden terwijl ik de rest van de soep naar binnen werk.

Peter kijkt zwijgend toe.

De manier waarop hij kan staren zonder iets te doen, is griezelig. Het is alsof hij gefascineerd is door me. Ik heb hem dit wel vaker zien doen; één keer lag hij zo naar me te kijken toen ik wakker werd. Het is verontrustend en vleiend tegelijk, dat ogenschijnlijk onophoudelijke verlangen naar mij.

Als mijn kom leeg is, sta ik op om hem in de vaatwasser te zetten, maar Peter neemt hem van me over.

'Ik doe het wel,' zegt hij zacht, waarna hij me zacht op mijn voorhoofd kust. 'Ga maar vast douchen en zo. Ik kom zo.'

Ik knik alleen omdat er opnieuw tranen in mijn ogen opwellen en loop weg. Dit doet hij ook vaak, de simpele klusjes van me overnemen als ik moe ben. Hij moet weten dat een kom in de vaatwasser zetten geen belasting voor me vormt, maar toch behandelt hij me als een invalide in plaats van een arts die moe is van de lange dagen die ze maakt. Hij vertroetelt me en ik vind het heerlijk, ook al zou ik dat niet moeten vinden. Ik zou alles wat hij doet moeten haten, want het is niet echt. Dat kan niet.

Tegen de tijd dat Peter boven komt, ben ik klaar met douchen. Hij neemt me in de badkamer in zijn armen als ik net mijn tanden gepoetst heb. Ik heb een handdoek omgeslagen, maar die hij trekt van me af en gooit hem op de grond. Bij de aanblik van ons in de beslagen spiegel – ik bleek en naakt, terwijl hij in zijn donkere kleding gehuld is – begint mijn hart te bonzen met een nerveuze opwinding. Hij is vanavond opgewonden en meer dan een beetje gevaarlijk.

Hij laat een grote hand om mijn keel glijden en hoewel hij er geen kracht op zet, voel ik de duisternis onder dat dunne laagje beheersing, de dreiging in dat gebaar. Zijn andere hand glijdt om mijn ene borst en zijn ruwe duim streelt mijn strakke tepel. In de spiegel vindt zijn blik de mijne en ik zie een vreemde honger in die zilveren diepten: lust vermengd met bezitterigheid en iets intens dat mijn knieën week maakt en mijn hete rillingen bezorgt.

'Kijk jou nou,' fluistert hij in mijn oor.

Ik ruk mijn blik van weg zijn hypnotiserende blik om te kijken naar het beeld dat we samen vormen: hij zo groot en dodelijk knap, ik klein en vrouwelijk, bijna fragiel in zijn grote handen.

'Kijk eens hoe mooi je bent, hoe zacht en zoet en puur. Die gladde huid van jou, zo dun en kwetsbaar, zo gemakkelijk te kneuzen...'

Hij streelt mijn hals als ik slik. Mijn polsslag schiet omhoog bij die woorden.

'Weet je wat ik me soms afvraag?' gaat hij zacht verder.

Ik grijp de rand van de wasbak vast als zijn harde vingers met wrede opzet aan mijn tepel draaien.

'Ik vraag me af of ik een ketting om die mooie hals van je moet doen, je aan me vast moet ketenen en de sleutel weg moet gooien. Zou je dan huilen, *ptichka*? Zou je boos worden?' Hij knabbelt aan mijn oorlelletje en zijn handen glijden van mijn borst naar het plekje tussen mijn benen. 'Of zou je daar stiekem van genieten?'

Ik haal beverig adem. Het voelt alsof ik in brand sta. Het beeld dat hij schetst, is zowel angstaanjagend als opwindend, even duister erotisch als het beeld dat ik in de spiegel zie. Nu hij zijn armen om me heen heeft, ruik ik het leer van zijn jack en voel ik de metalen rits tegen mijn rug. Ineens voel ik me kwetsbaar als hij met zijn vingers mijn schaamlippen uit elkaar duwt en mijn klit aanraakt. He scherpe genot laat mij me nog hulpelozer voelen, alsof ik alle controle verloren heb. 'Alsjeblieft.' Mijn stem trilt. 'Alsjeblieft, Peter…'

'Alsjeblieft wat?' Hij duwt zijn vingers in me en kromt ze zodat hij mijn G-spot raakt. Opnieuw voel ik zijn tanden in mijn hals. 'Alsjeblieft wat, *ptichka*? Alsjeblieft, raak me aan? Alsjeblieft, neem me? Alsjeblieft, ga weg?'

Ik knijp mijn ogen dicht. 'Alsjeblieft, neem me.' Ik ben de schaamte en de ontkenning voorbij. Het voelt alsof iedere cel in mijn lichaam naar hem verlangt en in vuur en vlam staat voor die duistere behoefte die hij in me oproept. Onder andere omstandigheden zou ik misschien sterk zijn, zou ik me vast willen houden aan wat voor waardigheid door moet gaan, maar ik ben te moe… en me er te zeer van bewust dat dit het dan was. Vanavond kan onze laatste keer zijn.

'Open je ogen,' gromt hij.

Versuft van genot gehoorzaam ik. Peters blik is duister en intens; zijn gezicht staat strak van opwinding. En daaronder voel ik dat verontrustende *iets*, die zachtheid die ik niet kan duiden.

'Vertel het me, Sara. Vertel me hoe je wilt dat ik je

neem. Wil je dat ik je ruw neem?' Hij duwt zijn vingers hard in me. 'Of liever teder? Hard...' hij duwt met de muis van zijn hand tegen mijn kutje – '...of zacht?' Hij vermindert de druk op mijn kutje en laat zijn tong over mijn oorlelletje glijden. Zijn warme adem verwarmt mijn huid als hij fluistert: 'Wil je bloemen en lieve woordjes, *ptichka*? Of heb je liever iets dat rauw en echt is, ook al heeft de maatschappij daar een oordeel over... ook al is het niet wat je altijd al wilde?'

Ik laat sissend mijn adem ontsnappen als hij met zijn duim over mijn klit strijkt. De opwinding die door mijn aderen raast, maakt nadenken lastig. Mijn spieren trekken samen rond zijn vingers in mij en ik begrijp niet wat hij vraagt, wat hij van me wil. Ik wil meer van dat haast pijnlijke genot en tegelijkertijd wil ik dat hij me bevrijdt van de spanning die alleen maar aanzwelt in me. 'Peter, alsjeblieft...' Mijn hart gaat te snel. 'O, God, alsjeblieft...'

Zijn greep op mijn hals verstevigt als hij zijn vingers in me kromt en opnieuw mijn G-spot streelt. 'Vertel het me, dan zal ik je neuken.' Zijn tanden schrapen over mijn huid en ik ril. 'Ik zal je precies geven wat je wilt en je kutje vullen tot je me om meer smeekt. Zeg me wat je nodig hebt en ik geef het je, Sara. Ik geef je alles en dan nog meer.'

'Hard,' hijg ik. Mijn handen glijden van de wasbak en grijpen zijn staalharde, in jeans geklede bovenbenen vast. Mijn vagina trekt samen als ik mijn onderlichaam tegen zijn hand duw en de druk op mijn klit verhoog.

Ik weet niet wat ik zeg, maar ik weet wel wat ik nodig heb. 'Neuk me hard, Peter. Alsjeblieft...'

Zijn kaak verstrakt en ik zie duisternis in de grijze diepten van zijn ogen. Abrupt laat hij me los en veegt de spullen van de wastafelkast. Hij tilt me op en zet me met mijn benen wijd op het koude graniet.

Verrast knipper ik met mijn ogen, maar hij heeft zijn broek al opengeritst en trekt me naar voren tot mijn billen half van het kastje af glijden. 'Peter... O, God.' Ik snak naar adem als hij in me stoot, zo hard en groot dat het voelt alsof hij me vanbinnen kneust. Hij is sinds onze eerste keer niet meer zo ruw met me geweest, maar vandaag ben ik zo nat dat die gewelddadige stoot me geen angst aanjaagt. De pijn verhoogt het genot alleen maar. In plaats van te verstijven, blijft mijn lichaam zacht en gewillig.

Hij zet een hard, heftig ritme in en zijn vingers begraven zich in de huid van mijn achterste. Ik sla mijn benen om zijn heupen en mijn armen om zijn hals, me aan hem vastklampend alsof hij mijn baken in een storm is. En misschien is dat ook wel zo. Hij neukt me zo hard dat het voelt alsof ik meegezogen word in een orkaan, overweldigd door het geweld en meegesleurd op de golven van zijn lust. Het is te veel, te intens, maar dat gevoel van hulpeloosheid verhoogt de aanzwellende spanning in mijn binnenste alleen maar. Schreeuwend kom ik klaar, maar hij gaat door.

Hij neukt me tot ik nog eens kom, en dan nog een keer. Pas als ik slap tegen hem aan hang, hijgend en versuft na mijn derde orgasme, laat hij zich ook gaan.

Bij de volgende harde stoot, waarin hij zich helemaal in me begraaft, komt hij ook klaar, zwaar kreunend. Ik voel hem in me schokken en mijn vagina trekt nog een keer samen voor een laatste beetje genot in dat overprikkelde lichaam.

Daarna kan ik nauwelijks blijven staan als hij me van het kastje tilt en neerzet. Ik besef dat het ongewoon nat is tussen mijn benen – doornat, zelfs. Maar pas als Peter achteruit stapt en ik vocht langs mijn been voel glijden, besef ik wat er gebeurd is. 'O, mijn God.' Mijn ogen glijden naar zijn pik, nog half hard en glinsterend van ons vocht. 'Peter, we...'

'Zijn vergeten een condoom te gebruiken? Dat klopt.'

Hij lijkt zich er niet druk om te maken. Terwijl ik vol afschuw toekijk, wast hij zichzelf, stopt zijn penis terug in zijn ondergoed en ritst zijn jeans dicht. Dan pakt hij een washandje en veegt het sperma van mijn benen.

'Helemaal klaar.' Hij legt het washandje in de wasbak. Zijn ogen glinsteren als hij me aankijkt. 'Maak je geen zorgen. Je bent net ongesteld geweest, dus het is nog veilig. En ik heb niets. Ik gebruik altijd condooms en laat me regelmatig testen. Ik ga ervanuit dat voor jou hetzelfde geldt?'

'Juist.' Ik staar hem geschokt aan, zowel door het gebeurde als door zijn houding. Technisch gezien zouden er inderdaad geen gevolgen moeten zijn, maar het feit dat het gebeurd is, en met hem nota bene...

Mijn hoofd begint opnieuw te bonzen en mijn uitputting keert tienvoudig terug.

Hoe kon ik zo nalatig zijn? Met George heb ik er altijd heel goed op gelet dat hij een condoom gebruikte en rond de eisprong sloegen we de seks vaak over. We wilden geen risico's nemen met de relatief hoge faalkans van condooms, niet tot we er klaar voor waren om kinderen te krijgen. Maar ik ben lang niet zo voorzichtig geweest met de moordenaar van mijn man en heb de hele maand seks gehad. En nu dit... Het is alsof een of ander ziek deel van mij graag met hem verbonden wil blijven, deze neprelatie voort wil zetten.

'Dan is er niets aan de hand,' zegt Peter. Hij komt dichterbij. 'Desondanks...' Hij kijkt me peinzend aan.

'Wat?' vraag ik als hij blijft zwijgen. Mijn hart bonst. 'Wat dan?'

'Ik zou het niet erg vinden.' De woorden worden op een luchtige, nonchalante toon uitgesproken, maar er is geen spoortje humor in zijn stem te bekennen. 'Met jou.'

'Je... Wat?' Mijn hoofd voelt aan alsof het op ontploffen staat. Hij bedoelt vast niet wat ik denk dat hij bedoelt. 'Waarom zou je... Dat slaat nergens op!'

'O, nee?' Nu kijkt hij licht geamuseerd. 'Hoezo, *ptichka?*'

'Omdat jij... jij bent.' Mijn stem klinkt gesmoord van ongeloof. 'Je hebt me gedrogeerd en gemarteld, mijn man vermoord en bent mijn leven binnengedrongen. Ik weet niet wat je denkt, maar dit is geen relatie. Dit is geen liefdesverhaal.'

'O, nee?' Zijn uitdrukking verhardt zich en ieder spoortje humor verdwijnt. 'Wat denk je dan dat ik voor je voel? Waarom ik het geen uur volhoud zonder aan je te denken, naar je te verlangen... je verdomme nodig te hebben? Denk je dat ik hier dag na dag blijf uit lust, terwijl de hele wereld op zoek is naar mij en mijn mannen zich kapot vervelen?'

Hij komt nog dichterbij en mijn ademhaling versnelt als hij me tegen de wastafelkast gevangen zet, een arm aan iedere kant van mij. Zijn ogen glinsteren fel en zijn stem klinkt hees.

'Denk je dat ik in plaats van de laatste *ublyudok* van mijn lijst te vinden hier ben omdat ik geen genoeg van krijgen van je strakke kutje?'

Mijn gezicht gloeit; zijn vulgaire woorden maken me alleen maar verwarder. Ik weet niet wat ik moet zeggen, hoe ik dit moet verwerken. Hij klinkt boos, maar wat hij zegt lijkt meer op...

'Ik zie dat je het begrijpt.' Zijn mond vormt zich tot een duistere, spottende glimlach. 'Voor jou is het misschien geen liefdesverhaal, *ptichka*, maar voor mij wel, verknipt als het is. Eerst haatte ik je, maar op de een of andere manier ben jij het belangrijkste geworden in mijn leven, de enige om wie ik geef. En ja, dat betekent dat ik van je houd, ook al mag dat niet. Ik houd van je, ook al was je de zijne... ook al vind je mij een monster. Ik houd meer van jou dan van het leven zelf, Sara, want als ik bij jou ben, voel ik meer dan ellende en razernij. Dan wil ik meer dan dood en wraak.' Hij haalt diep adem en gaat dan somber verder:

'Als ik bij jou ben, *ptichka*, dan heb ik het gevoel dat ik leef.'

Ik merk pas dat ik sta te huilen als zijn gezicht wazig wordt. Mijn borst is strak en mijn ademhaling is oppervlakkig. Ik heb al die tijd geweten dat Peter geobsedeerd door me is, maar ik heb me nooit kunnen voorstellen dat die obsessie voor hem gelijkstaat aan liefde, dat hij een toekomst met me wil... een toekomst waarin we een gezin vormen. Een toekomst waarin er geen FBI-agenten op het punt staan om het huis binnen te vallen.

'Niet huilen, *ptichka*.' Zijn duim steelt mijn natte wang en ik zie hem opnieuw spottend glimlachen. 'Dit verandert niets. Je mag me nog steeds haten. Ik houd van je, maar dat maakt me niet minder monsterlijk... en ik zal ook niet uit je leven verdwijnen.'

Maar dat zul je wel. Ik kan het wel uitschreeuwen, maar dat doe ik niet. Ik kan hem niet waarschuwen, ook al voelt dat alsof ik in tweeën word gescheurd. Ik houd niet van hem – dat kan ik niet – maar het doet pijn alsof dat wel zo, alsof hem verliezen het ergste is dat me kan overkomen. Een gesmoorde snik ontsnapt me, en dan nog eentje, en dan lig ik in zijn armen, veilig tegen zijn borst terwijl hij me de badkamer uit draagt.

Hij gaat met mij op zijn schoot op het bed zitten en ik begraaf mijn gezicht in zijn hals en huil, terwijl hij zachtjes mijn rug streelt. Hij heeft gelijk: zijn liefdesbekentenis zou geen verschil moeten maken, maar hij maakt juist alles erger. Het voelt alsof ik iets echts kwijtraak, alsof ik hem en *ons* verraad. Hoe kan een monster me zo teder vasthouden? Hoe kan een psychopaat liefhebben?

Mijn schedel voelt aan alsof hij in tweeën gezaagd wordt, want het huilen verergert mijn hoofdpijn alleen maar. Ik duw me weg van Peter en plof met mijn handen tegen mijn hoofd kreunend op het bed neer.

Hij leunt bezorgd over me heen. 'Wat is er, *ptichka?*' vraagt hij terwijl hij mijn arm streelt.

Ik mompel iets over hoofdpijn en knijp mijn ogen dicht. Het lijkt meer op migraine, maar het doet te veel pijn om dat uit te leggen. De matras beweegt als hij opstaat en ik hoor voetstappen de kamer uit lopen.

Een paar minuten later is hij terug met Advil en een glas water.

Ik open mijn opgezette ogen lang genoeg om de pijnstiller aan te pakken en in te nemen en dan sluit ik ze weer, wachtend tot het heftige bonzen in mijn hoofd een beetje af wil nemen. Ik verwacht dat hij weggaat of naast me komt liggen, of wat hij ook van plan was, maar in plaats daarvan hoor ik de badkamerdeur opengaan.

Een minuutje later voel ik een koele, natte doek op mijn voorhoofd en ogen, wat een klein beetje welkome verlichting brengt. Opnieuw zorgt hij voor me wanneer ik het het hardst nodig heb.

De tranen keren terug en druppelen onder de doek uit als hij me instopt en dan op de rand van het bed gaat zitten. Zijn hand begint de gespannen spieren in mijn nek te masseren.

Het is een heel ander soort marteling, die tedere zorg die hij me biedt. Dit verzacht mijn hoofdpijn, maar versterkt de pijn in mijn borst. Ik hield mezelf voor de gek toen ik dat wat er tussen ons is een gestoorde fantasie noemde. Het mag misschien gestoord zijn, maar het is wel echt en ik zal hem missen als hij er niet meer is, net zoals ik hem miste toen hij in Mexico was. Ik voel geen liefde voor hem, want liefde kan niet zo duister, onlogisch en gestoord zijn, maar het is wel iets. Iets anders dan haat, iets dat diep zit en verontrustend verslavend is.

In de verte hoor ik een hond blaffen en een autoportier dichtslaan. Het zijn waarschijnlijk mijn buren, maar mijn hart slaat over en mijn maag draait zich om als ik denk aan een SWAT-team dat mijn huis binnenstormt en Peter neerschiet waar hij nu zit, aan mijn zijde. De scène vormt een film achter mijn ogen: in het zwart geklede figuren stormen binnen, kogels maken scheuren in het beddengoed, de kussens, zijn borst, zijn hoofd...

Gal rijst in mijn keel op en mijn hoofd lijkt opnieuw te ontploffen. O, God, ik kan het niet. Ik kan dit niet stilzwijgend laten gebeuren. 'Peter...' Mijn stem trilt en ik bal onder de dekens mijn handen tot vuisten. Ik weet dat ik hier op talloze manieren spijt van ga krijgen, maar ik kan de woorden niet binnenhouden. 'Je bent gezien. Ze komen je gevangennemen.' De hand in mijn hals verstrakt even en gaat dan door met masseren.

'Dat weet ik, *ptichka*,' prevelt hij. Zijn lippen strijken

langs mijn natte wang terwijl ik iets kouds en hards in mijn nek voel prikken. 'Ik weet dat ze weten waar ik ben.'

Een zwaar gevoel raast door mijn lichaam en met een vreemde opluchting besef ik dat dit het is. Hij wist al van de FBI. Hij wist het en ik zal nooit meer vrij zijn.

Peter

'Schiet op,' sist Anton vanaf de passagiersstoel als ik naar de SUV loop, Sara's in een deken gehulde lichaam tegen mijn borst geklemd. 'Heb je onze berichten niet gehad? Ze zijn ons op een straat of tien genaderd.'

Ik verstevig mijn greep op mijn menselijke pakketje. 'Ik kon pas weg toen ik wist wat ik moest weten.'

'Wat dan?' Yan doet het portier van binnenuit open. Hij schuift opzij en ik stap in, voorzichtig manoeuvrerend zodat ik Sara's hoofd niet tegen het portier stoot. Het is al erg genoeg dat ze hoofdpijn had toen ik haar drogeerde.

Ik negeer Yans vraag en laat Sara's bewusteloze figuur tussen ons in rusten om het portier te kunnen sluiten. Dan vang ik Ilya's blik via de achteruitkijkspiegel. 'Naar het vliegveld. Zo snel mogelijk.'

'Begrepen,' mompelt Ilya. Hij trapt het gas in en we stuiven weg door de rustige straat.

'Wat moest je nog te weten komen?' Yan geeft het niet op en kijkt naar Sara's gezicht, dat boven de deken uitsteekt. Met haar volle wimpers op haar bleke wangen ziet ze eruit als een slapende Disney-prinses. Ik kan het mijn teamgenoot de interesse op zijn gezicht dan ook niet kwalijk nemen. Maar ik zou hem er nog steeds graag voor wurgen.

'Heeft het iets met haar te maken?' Hij kijkt nietsvermoedend op en trekt wit weg als hij mijn blik ziet.

'Ja.' Mijn stem is kil. 'Het heeft met haar te maken.'

Hij knikt en is zo verstandig om weg te kijken.

Ik sla mijn arm om Sara's schouders en maak het haar gemakkelijk tegen me aan. In de verte hoor ik sirenes en het gebrul van rotorbladen, maar ondanks het naderende gevaar voel ik me kalm en tevreden. Meer dan tevreden; gelukkig.

Sara heeft me gewaarschuwd. Ze koos voor mij terwijl ze alle reden had om dat niet te doen. Misschien houdt ze niet van me, maar ze haat me niet.

Ik trek haar nog iets dichter tegen me aan en snuif de delicate geur van haar haren op. Op een dag zal ze van me houden – op een dag zal ze helemaal de mijne zijn.

Ze heeft me gewaarschuwd en voor mij gekozen. Nu zal ze de mijne blijven. Ik houd van haar en ik houd haar bij me, wat er ook voor nodig is.

EINDE

Bedankt voor het lezen! Als je een recensie wilt achterlaten, wordt dat enorm gewaardeerd. Het verhaal van Peter en Sara gaat verder in *Mijn Obsessie*. Als je wilt weten wanneer mijn volgende boek uitkomt, kun je je aanmelden voor de nieuwsbrief op www. annazaires.com/book-series/nederlands/.

Als je van *Mijn Kwelling* genoten hebt, vind je de volgende boek misschien ook wel leuk:

- *Verwrongen* – het verhaal van Julian en Nora, dark romance
- *Gevangen* – het verhaal van Lucas en Yulia, dark romance
- *De Krinar-kronieken* - drie romans over Mia en Korum, enkele jaren na de invasie
- *De Krinar-gevangene* – een volledige roman

over Emily en Zaron, die zich afspeelt in de
tijd vlak voor de invasie

Als je wilt weten wanneer er een nieuw boek uitkomt,
schrijf je dan in voor de mailnieuwsbrief op www.
annazaires.com/book-series/nederlands.

Sla de bladzijde om voor een voorproefje van
Aanraking, Verwrongen en *Gevangen.*

FRAGMENT UIT VERWRONGEN

Ontvoerd. Meegenomen naar een privé-eiland.

Ik had nooit gedacht dat mij dit zou overkomen. Ik had me nooit kunnen voorstellen dat een toevallige ontmoeting aan de vooravond van mijn achttiende verjaardag mijn leven zo volkomen zou veranderen.

Nu behoor ik hem toe. Julian. Een man die even meedogenloos als knap is — een man wiens aanraking me in vuur en vlam zet. Een man wiens tederheid verwoestender is dan zijn wreedheid.

Mijn ontvoerder is een raadsel. Ik weet niet wie hij is of waarom hij me heeft ontvoerd. In hem bevindt zich duisternis—duisternis die me evenzeer aantrekt als beangstigt.

Ik ben Nora Leston. Dit is mijn verhaal.

Het is avond. Ik word elke minuut nerveuzer omdat ik weet dat ik straks mijn ontvoerder weer zie. Niet langer houdt het boek mijn aandacht vast. Daarom leg ik het maar weg en begin te ijsberen.

Ik heb de kleren aan die Beth me gebracht heeft. Zelf zou ik ze niet uitgekozen hebben, maar ze zijn beter dan die badjas. Ik heb een sexy wit slipje aan en een bijpassende beha. Daaroverheen draag ik een leuk blauw zomerjurkje met knoopjes van voren. Het is verbazend hoe goed het past. Misschien houdt hij me al wel langer in de gaten. Misschien weet hij naast mijn kledingmaat nog veel meer van me.

Die gedachten zijn misselijkmakend.

Hoe hard ik ook probeer niet te denken aan wat komen gaat, het lukt me niet. Eigenlijk begrijp ik niet eens waarom ik er zo van overtuigd ben dat hij vanavond naar me toe komt. Misschien heeft hij wel een hele harem aan vrouwen op dit eiland zitten en neemt hij elke avond een ander, net als sultans dat vroeger deden.

Maar ik weet gewoon dat hij eraan komt. Gisteren was gewoon een voorproefje. Hij is nog niet klaar met me – nog lang niet.

Uiteindelijk gaat de deur open. Hij stapt binnen alsof hij de touwtjes in handen heeft, wat natuurlijk ook zo is.

Opnieuw ben ik onder de indruk van zijn

mannelijke schoonheid. Met zo'n gezicht zou hij een model of een filmster kunnen zijn. Als de wereld eerlijk was, was hij klein geweest, of had hij een andere imperfectie gehad om voor die trekken te compenseren.

Maar dat is niet het geval. Zijn lichaam is perfect geproportioneerd, groot en gespierd. Als ik denk aan hoe het was om hem in me te voelen, bespeur ik tot mijn ongenoegen een vlaag van opwinding.

Wederom draagt hij een spijkerbroek en een T-shirt, een grijze ditmaal. Hij heeft groot gelijk dat hij de voorkeur geeft aan eenvoudige kleding. Het is niet of zijn uiterlijk nog extra nadruk nodig heeft.

Hij glimlacht naar me, duister en verleidelijk als een gevallen engel. "Hallo, Nora."

Ik heb geen idee wat ik moet zeggen en daarom flap ik het eerste eruit wat in me opkomt: "Hoelang wil je me hier houden?"

Hij houdt zijn hoofd een tikje scheef. "Hier in deze kamer? Of op dit eiland?"

"Allebei."

"Beth zal je morgen rondleiden. Als je zin hebt, kunnen jullie gaan zwemmen," zegt hij terwijl hij op me af loopt. "Ik houd je niet opgesloten, tenzij je domme dingen gaat doen."

"Zoals?" Mijn hart begint als een gek te bonzen wanneer hij met een hand door mijn haren strijkt.

"Beth of jezelf pijn doen." Zijn zachte stem en indringende blik werken hypnotiserend. Die ritmische strelingen door mijn haar versterken dat effect alleen maar.

Ik probeer de betovering te verbreken door een paar keer met mijn ogen te knipperen. "En op het eiland? Hoe lang ben je van plan me hier te houden?" Nu strijkt zijn hand over de ronding van mijn wang. Even leun ik tegen zijn hand, als een kat die geaaid wordt. Dan besef ik wat ik aan het doen ben, en meteen ga ik weer stokstijf rechtop staan. Aan zijn glimlach zie ik dat hij precies weet welk effect hij op me heeft.

"Lang, hoop ik," is zijn antwoord.

Op de een of andere manier verrast dat me niet. Je neemt niet de moeite iemand helemaal naar een verlaten eiland te brengen als je alleen paar keer seks wilt. Ik ben doodsbang, dat wel, maar niet verrast. Ik verzamel mijn moed en stel de volgende logische vraag: "Waarom heb je me ontvoerd?"

Nu glimlacht hij niet meer. In plaats van te antwoorden, neemt hij me met die onpeilbare blauwe ogen op.

Over mijn hele lichaam begin ik te beven. "Ga je me vermoorden?"

"Nee, Nora, ik ga je niet vermoorden."

Ik weet dat hij zou kunnen liegen, maar toch stelt het antwoord me gerust. "Ga je me dan verkopen?" Ik forceer de woorden naar buiten. "Als een prostituee of zo?"

"Nee," zegt hij zacht. "Dat nooit. Je bent van mij. Alleen van mij."

Ook dat stelt me wat gerust, maar er is één ding dat ik nog moet weten. "Ga je me pijn doen?"

Wederom lijkt het of hij geen antwoord gaat geven. Heel even verschijnt er een flits van iets duisters in zijn ogen.

"Waarschijnlijk wel," zegt hij dan en hij buigt zich voorover om me met zijn warme mond zachtjes op mijn lippen te kussen.

Een moment lang blijf ik als bevroren staan. Ik geloof hem. Ik weet dat hij de waarheid vertelt als hij zegt dat hij me pijn gaat doen. Al vanaf het begin is er iets aan hem dat me angst aanjaagt. Hij is zo anders dan de jongens met wie ik altijd uitging. Volgens mij is hij tot alles in staat. En ik ben volledig aan hem overgeleverd.

Heel even overweeg ik me weer te verzetten. Dat is wat men zou doen in mijn situatie, nietwaar? Dat zou dapper zijn.

Maar ik doe het niet. Ik bespeur een duisternis in hem, een afwijking. Die schoonheid verbergt iets monsterlijks en ik wil niet degene zijn die het wekt. Ik heb geen idee wat er dan zal gebeuren.

Daarom blijf ik doodstil staan en laat ik hem me kussen. Ook wanneer hij me oppakt en naar het bed draagt, verzet ik me niet. In plaats daarvan sluit ik mijn ogen en geef ik me over aan de gevoelens die hij in me oproept.

~

Verwrongen is nu verkrijgbaar. Ga naar mijn website www.annazaires.com/book-series/nederlands/ voor meer informatie en om je in te schrijven voor mijn releasemailing.

Noot van de auteur: *Gevangen* is een trilogie met donkere romantiek met Lucas en Yulia. Het loopt parallel met enkele van de gebeurtenissen in de *Verwrongen*-trilogie. Alle drie de boeken zijn nu beschikbaar.

~

Ze is bang voor hem vanaf het eerste moment dat ze hem ziet.

Yulia Tzakova is geen onbekende voor gevaarlijke mannen. Ze groeide op met hen. Ze heeft ze overleefd. Maar als ze Lucas Kent ontmoet, weet ze dat de harde ex-soldaat misschien wel de gevaarlijkste van allemaal is.

Eén nacht, dat is alles wat het zou moeten zijn. Een kans om een mislukte opdracht goed te maken en informatie te krijgen over de wapenleverancier van Kent. Wanneer zijn vliegtuig naar beneden gaat, zou het het einde moeten zijn.

In plaats daarvan is het nog maar het begin.

Hij wil haar vanaf het eerste moment dat hij haar ziet.

Lucas Kent heeft altijd graag langbenige blondines gehad en Yulia Tzakova is zo mooi als ze komen. De Russische tolk heeft misschien geprobeerd zijn baas te verleiden, maar ze belandt in Lucas 'bed - en hij is van plan haar daar weer te zien.

Dan gaat zijn vliegtuig naar beneden en leert hij de waarheid.

Ze heeft hem verraden.

Nu zal ze betalen.

Zodra de deur open zwaait, stapt hij naar binnen. Geen aarzeling, geen begroeting... Hij stapt gewoon naar binnen.

Geschrokken zet ik een stap achteruit. De hal lijkt ineens benauwend klein. Ik was vergeten hoe groot hij is, hoe breed zijn schouders zijn. Ik ben lang - lang genoeg om me als model voor te doen als de situatie daarom vraagt - maar hij steekt nog een volle kop boven me uit. In zijn dikke winterjack neemt hij bijna alle ruimte in de hal in beslag.

Zonder iets te zeggen, sluit hij de deur achter zich en komt op me af. Instinctief ga ik achteruit, alsof ik een in de hoek gedreven prooi ben.

'Hallo, Yulia,' prevelt hij. Bij de doorgang naar de woon-/slaapkamer blijft hij staan. Zijn lichte ogen zijn op mijn gezicht gevestigd. 'Ik had niet verwacht je zo aan te treffen.'

Ik probeer mijn zenuwen weg te slikken. 'Ik ben net in bad geweest.' Ik wil kalm en zelfverzekerd overkomen, maar hij brengt me volledig uit mijn evenwicht. 'Ik had niet op bezoek gerekend.'

'Nee, dat zie ik.' Een vage glimlach verzacht de harde lijnen van zijn mond. 'Toch heb je me binnengelaten. Waarom?'

'Omdat ik geen zin had door de deur heen te praten.' Ik haal diep adem. 'Kan ik je een kopje thee aanbieden?' Aangezien hij voor iets heel anders gekomen is, klinkt het stom om te zeggen, maar ik heb een paar minuten nodig om me te herstellen.

Hij trekt zijn wenkbrauwen op. 'Thee? Nee, bedankt.'

'Mag ik dan je jas aannemen?' Ik gebruik beleefdheid als rookgordijn voor mijn onzekerheid. 'Hij lijkt me behoorlijk warm.'

Nu schijnt er geamuseerdheid door in die koele blik

van hem. 'Zeker.' Hij trekt het donsjack uit en reikt het me aan. Eronder draagt hij een zwarte trui en een donkere spijkerbroek, die in zwarte sneeuwlaarzen gestoken is. De spijkerstof spant om zijn gespierde dijbenen en kuiten. Aan de riem is een pistool in een holster te zien.

Van die aanblik alleen al versnelt mijn ademhaling. Het kost me moeite mijn handen niet te laten trillen als ik de jas aanpak en in mijn kleine kast hang. Het is niet zozeer een verrassing dat hij gewapend is - het zou eerder verbazend zijn als dat niet het geval was geweest - maar het wapen is een overduidelijke herinnering aan wie Lucas Kent is.

Aan wat hij is.

Het maakt niet uit, houd ik mezelf voor. Ik ben gevaarlijke mannen gewend. Ik ben met ze opgegroeid. Deze man is niet heel anders. Ik ga met hem naar bed, peuter de informatie los die ik krijgen kan en dan verdwijnt hij uit mijn leven.

Zo simpel is het. Hoe eerder ik tot actie overga, hoe eerder het allemaal voorbij is.

Ik sluit de deur en plak een glimlach op mijn gezicht, klaar om mijn rol als zelfverzekerde verleidster aan te nemen.

Maar hij staat al naast me. Blijkbaar is hij zonder enig geluid te maken de hal door gelopen.

Mijn polsslag schiet opnieuw omhoog. Van mijn zojuist hervonden evenwicht is weinig meer over. Hij staat zo dicht bij me dat ik de grijze kleurschakeringen in zijn lichtblauwe ogen kan zien - zo dichtbij dat hij me zou kunnen aanraken.

En een seconde later doet hij dat ook.

Hij heft een hand en laat zijn knokkels langs mijn kaak glijden.

Ik staar hem aan, verrast door de directe reactie van mijn lichaam. Mijn huid wordt warm, mijn tepels worden hard. Mijn ademhaling versnelt. Het slaat nergens op dat deze harde, gewetenloze vreemdeling me opwindt. Zijn baas is knapper, indrukwekkender, maar mijn lichaam reageert op Kent. En hij heeft slechts mijn gezicht aangeraakt. Het zou me niets moeten doen, maar toch voelt het gebaar intiem aan.

Verontrustend intiem.

Ik slik nog een keer. 'Meneer Kent... Lucas, wil je echt niets drinken? Misschien koffie of...' De woorden worden abrupt afgebroken als hij in een kort, simpel gebaar aan de ceintuur van mijn ochtendjas trekt.

'Nee.' Hij kijkt toe hoe de ochtendjas openvalt en mijn naakte lichaam onthult. 'Geen koffie.'

Gevangen is nu verkrijgbaar. Ga naar www.annazaires.com/book-series/nederlands om er meer over te weten te komen.

In de nabije toekomst hebben de Krinar het voor het
zeggen op aarde. De Krinar komen uit een ander
universum, zijn veel verder ontwikkeld dan wij en zijn
een mysterie voor ons – en wij zijn aan hen
overgeleverd.

De verlegen, onschuldige Mia Stalis leidt een serieus
studentenleven in New York City. Net als de meeste
mensen heeft zij nooit contact gehad met de Krinar.
Maar op een dag in het park komt daar verandering in.
Korum laat zijn oog op haar vallen en vanaf dat
moment heeft ze te maken met een krachtige,
gevaarlijk verleidelijke Krinar die haar wil bezitten en
zich daar door niets of niemand van laat weerhouden.

Hoe ver zou jij gaan voor je vrijheid? Hoeveel zou jij
opgeven om de mensheid te helpen? Welke keuze zou
je maken als je begint te vallen voor je vijand?

Ademhalen, Mia, ademhalen. Ergens in haar achterhoofd bleef een rationeel stemmetje die woorden herhalen. In diezelfde vreemd opmerkzame hoek van haar brein viel haar op hoe symmetrisch zijn gezicht was en hoe strak zijn goudkleurige huid om zijn hoge jukbeenderen en hoekige kaaklijn zat. Ze had wel foto's en filmpjes gezien van K, maar die vielen in het niet bij wat ze nu zag. Op een kleine tien meter afstand was het wezen simpelweg adembenemend.

Ze bleef naar hem staren, nog steeds als versteend, en hij rechtte zijn rug en begon naar haar toe te lopen. Of eigenlijk was het meer sluipen, bedacht ze, want zijn bewegingen deden haar denken aan die van een katachtige die een gazelle wilde verslinden. Al die tijd hield hij met zijn blik de hare vast. Naarmate hij haar dichter naderde, zag ze de gele vlekjes in zijn lichtgouden ogen en zijn dikke, lange wimpers.

Ze keek geschokt en ongelovig toe terwijl hij naast haar ging zitten op het bankje, op nog geen halve meter afstand. Hij glimlachte zijn witte tanden bloot. Zijn hoektanden waren normaal, merkte ze op met een of ander nog functionerend deel van haar brein. Niet eens een klein beetje langer dan anders. Dat was een mythe die een tijdlang over hen de ronde deed, net als dat ze niet tegen zonlicht konden.

'Hoe heet je?' Hij stelde de vraag op een haast spinnende toon. Zijn stem klonk laag en prettig, zonder enig accent. Zijn neusvleugels gingen een klein stukje naar buiten alsof hij haar geur opsnoof.

'Eh…' Mia slikte nerveus. 'M-Mia.'

'Mia,' herhaalde hij langzaam, om haar naam te proeven. 'Mia hoe?'

'Mia Stalis.' O shit, waarom wilde hij haar naam weten? Waarom zat hij hier tegen haar te praten? Wat deed hij überhaupt in Central Park? Dit was niet bepaald om de hoek bij de K-Centers. *Ademhalen, Mia, ademhalen.*

'Relax, Mia Stalis.' Zijn glimlach werd breder en er verscheen een kuiltje in zijn linkerwang. Een kuiltje? K hadden kuiltjes? 'Heb je nooit eerder een van ons ontmoet?'

'Nee.' Mia besefte dat ze haar adem inhield en liet hem met een zucht los. Ze was trots dat haar stem niet zo bibberig klonk als ze zich voelde. Moest ze het vragen? Wilde ze het weten?

Ze raapte haar moed bij elkaar. 'Wat eh…' Nog een keer slikken. 'Wat wil je van me?'

'Praten, op dit moment.' De ooghoeken van zijn gouden ogen rimpelden een beetje, alsof hij op het punt stond naar haar te lachen.

Vreemd genoeg maakte dat haar zo boos dat ze geen angst meer voelde. Als er één ding was waar Mia een hekel aan had, dan was het uitgelachen worden. Gezien haar kleine, magere lijf en haar algemene gebrek aan sociale vaardigheden – het directe gevolg van een lastige puberteit waarin ze te maken had gekregen met een beugel die de nachtmerrie was van ieder meisje, pluizig haar én een bril – had ze meer dan genoeg ervaring als mikpunt van spot.

Ze hief haar kin omhoog. 'Goed dan, en hoe heet jij?'

'Korum.'

'Alleen Korum?'

'We doen niet echt aan achternamen zoals jullie. Mijn volledige naam is veel langer, maar als ik je die vertelde, zou je toch niet weten hoe je hem moest uitspreken.'

Hmm, interessant. Ze herinnerde zich dat ze iets dergelijks had gelezen in *The New York Times*. Tot nu toe leek zijn verhaal te kloppen. Haar benen waren bijna gestopt met trillen en haar ademhaling werd weer wat kalmer. Misschien, heel misschien, zou ze dit wel kunnen navertellen. Het praten met hem leek wel veilig, hoewel de manier waarop hij haar met die geelachtige ogen bleef aanstaren zonder te knipperen zenuwslopend was. Ze besloot hem aan de praat te houden.

'Wat doe je hier, Korum?'

'Zoals ik al zei: ik ben met jou aan het praten, Mia.' Hij klonk vermaakt.

Mia zuchtte gefrustreerd. 'Ik bedoel waarom je hier in Central Park bent; waarom je in New York City bent.'

Hij glimlachte weer en hield zijn hoofd een beetje schuin. 'Misschien wel in de hoop dat ik een mooi meisje met krullen zou ontmoeten.'

Oké, nu was het mooi geweest. Hij was haar

duidelijk aan het dollen. Nu ze weer een beetje helder kon nadenken, realiseerde ze zich dat ze midden in Central Park waren, waar ongeveer een triljoen mensen hen konden zien. Ze keek voorzichtig rond om te zien of haar vermoeden klopte. En inderdaad. Hoewel mensen logischerwijs afstand hielden van haar bankje en de buitenaardse man die erop had plaatsgenomen, waren er wat verderop een paar dapper genoeg om naar hen te kijken. Sommigen maakten zelfs voorzichtig opnames met hun smartwatchcamera. Als de K haar iets zou doen, zou het in no time op YouTube staan. Daar was hij zich ongetwijfeld ook van bewust. Restte nog de vraag of het hem iets kon schelen.

Maar goed, aangezien ze nooit een filmpje had gezien van een K die een studente aanvalt midden in Central Park, leek het haar dat ze relatief veilig was. Mia pakte voorzichtig haar laptop op en wilde hem terugstoppen in haar rugtas.

'Laat me je daarmee helpen, Mia…'

Voor ze met haar ogen kon knipperen, voelde ze hem de zware laptop overnemen uit haar plotseling krachteloze vingers. Hij raakte heel licht haar knokkels aan en een gevoel dat leek op een lichte elektrische schok schoot door Mia heen. Haar zenuwuiteinden tintelden ervan.

Hij pakte haar rugtas en stopte de laptop er behoedzaam in, in één soepele beweging. 'Zo, opgelost.'

O god, hij had haar aangeraakt. Misschien was haar theorie over de veiligheid van de openbare ruimte complete bullshit. Ze voelde haar ademhaling weer versnellen en haar hartslag was waarschijnlijk gevaarlijk hoog aan het worden.

'Ik moet nu gaan... Doei!'

Hoe ze het voor elkaar kreeg om die woorden eruit te persen zonder te hyperventileren, zou ze nooit begrijpen. Ze pakte het hengsel van de rugtas die hij zojuist had neergezet en sprong op – haar eerdere versteendheid was opgeheven.

'Doei, Mia. Tot later.' Zijn licht spottende stem klonk door de heldere lentelucht terwijl ze wegliep, zo haastig dat ze bijna rende.

Aanraking is nu verkrijgbaar. Ga naar www.annazaires. com/book-series/nederlands om er meer over te weten te komen.

OVER DE AUTEUR

Anna Zaires is verslaafd aan boeken sinds ze op vijfjarige leeftijd van haar grootmoeder leerde lezen. Haar eerste korte verhaal schreef ze niet lang daarna. Sindsdien leeft ze gedeeltelijk in een fantasiewereld waarin alleen haar eigen verbeelding de grenzen bepaalt. Momenteel woont Anna in Florida. Ze is gelukkig getrouwd met Dima Zales (een auteur van science fiction- en fantasyboeken). Al hun boeken komen door nauwe samenwerking tot stand.

Voor meer informatie, zie www.annazaires.com/book-series/nederlands/.

www.ingramcontent.com/pod-product-compliance
Lightning Source LLC
Chambersburg PA
CBHW060614100726
47907CB00006B/1610